木棉花开

何 源◎著

时代出版传媒股份有限公司
安徽文艺出版社

图书在版编目（ＣＩＰ）数据

木棉花开/何源著. —合肥：安徽文艺出版社,2018.10
（2023.4重印）
ISBN 978-7-5396-6404-0

Ⅰ．①木… Ⅱ．①何… Ⅲ．①散文集－中国－当代
Ⅳ．①I267

中国版本图书馆 CIP 数据核字(2018)第 139510 号

出　版　人：姚　巍
责任编辑：张妍妍　姚　衍　　　　装帧设计：褚　琦
....

出版发行：安徽文艺出版社　　www.awpub.com
地　　址：合肥市翡翠路 1118 号　邮政编码：230071
营　销　部：(0551)63533889
印　　制：山东百润本色印刷有限公司　(0635)3962683
....

开本：700×1000　1/16　印张：16　字数：200 千字
版次：2018 年 10 月第 1 版
印次：2023 年 4 月第 2 次印刷
定价：59.80 元
....

序

布谷啼过,柿子红了

　　何源先生散文集《木棉花开》已经编定,即将印制面世,我有幸早几天集中拜读大作,感觉十分荣幸!何源先生的散文,以前在报刊上零星品赏过,只觉得作为一名公务员,作为政府重要部门的主要领导,公务繁忙,事务繁琐,千头万绪,还能挤出时间,特别是还能放缓心态,写出别具个性的文学作品,着实叫人惊讶和敬佩。

　　何源先生的散文大致分为两大部分,一部分是乡愁地,一部分是走四方。所谓乡愁地,其实是他对乡镇少年生活特别是对知青生活的抚摸和回忆,这部分内容最让我留连,或许在这一部分里,不仅有沿江浅山微丘地带的风土,有湖洼圩区的稻麦农作,还有乡村卑微人生的体温,更有懵懂青春的青涩和觉醒。在何源先生的笔下,带雨的梨花、传奇的乡医、护林的狼犬、保姆奶奶、河滩的捉鱼、露水中放牛、施肥种菜等等,都鲜活生动,呼之欲出。读来让人对那种贴伏在土地上的芥微人生,顿生怜悯情怀,也让人对素常日子中的幸福,倍觉珍惜与享受。何源先生写的是他个人的过往,而读者读到的是人类的某种命运。何源先生的这一类散文,沉稳潜厚,不着虚无,读过一遍,还想再去读第二遍,似乎要去反复品咂那其中苦辣酸甜的人生,去细观那低丘稻地里的生长和消亡,去感受那天地人生的大大小小。

随着年齿的增加和阅历的增长，何源先生的文学修研更显出他品性的特质来。作者曾因工作关系，离开长年生活的地方，到另一个城市任职，这时期的作品显露着突出的安静和心悟。柿子红了，但远不是这么简单，柿子红了的背后，是由春而秋、风雨暑凉的几百个日日夜夜；斑鸠叫了，但这叫声里除了自然和环境外，还有作者的心境，还有作者的沉厚；布谷叫了，作者的心就回到了家乡，就回到以往，就回到了古诗的情境中。或许是成长背景使然，见到农耕文化的景象，作者的心就放稳妥了，就落实了，文化感就悠然而至了；作者的心就静若止水了，只有情感的风、亲情的风、正当的风才吹得动、吹得皱。

何源先生的散文大都有故事、有人物、有情节，甚至在走四方的游记里也时时见得到人物和情节的痕迹，这是他散文的显著特征，也是他散文的独特。在语言和整体结构上，何源先生的散文行文扎实，言简意赅，鲜见虚饰与夸张。

文艺崇拜是我们每个人文化基因的一部分，通过文艺的修习，我们才能体验到心态的平衡、人格的完善、灵魂的安放；缺少了文艺的修习，人生总会缺少一些妥贴，缺少一些明白，缺少一些润泽。何源先生说，文学是他的初心，甚至是他当年报考中文系的动力之一。何源先生与我大学同窗，他是改革开放后安徽大学中文系的优质高材生，也是我十分崇敬的老哥。大学毕业，数十年一晃而过，但是何源先生淡然沉定的品性守持无贰，一以贯之；这或是何源先生天生的心性使然，抑或是文艺向善功能的累积推助。何源先生初心不改，为官为文，宽厚恬然，这正是值得小弟崇尚学习的至道呢。

安徽省作协主席

2018 年 8 月 21 日于合肥淮北佬斋

目　录

第四辑　纪游篇

第一辑　往事篇

用牛

1975 年 3 月,我下放到江北一个崇文尚武的小山村。山村不通电,也不通汽车。山村的农业机械只有几台用于抽水的柴油机,犁地耕田只得用牛,牛是当时山村首推的农业生产工具。大凡使用牛来干活,统称为"用牛"。

我当时到生产队当知青,才 18 岁,一般的农活也不能干。生产队的周队长就叫我"放牛"。我放的是一条未"告"过的小水牯。清晨,太阳尚未出山,我就牵着小水牯去圩堤上吃带有露水的草。中午,我牵着牛到山涧边吃茂盛的草。夕阳西下,我牵着小水牯下山。周而复始,小水牯长得很快,也很健美。它颈脖粗壮,前轭浑圆,四肢有力,剽悍中透出秀美。它常常在吃饱肚圆之时,狂奔到山坡上昂头嘶叫,声音高亢而嘹亮,展示出尚未被驯化的野性和力量。

一天,周队长对我说:"小何,小水牯要'告'了。我问什么叫"告"。周队长说:"就是要驯化它架轭犁田耕地。"我记得给小水牯"开告"是在油菜收后不久,地很平,是块旱地。周队长是个中年人,长得较瘦,但很精干,喜欢出口成"骂",时常透出一种农民式的幽默。他对农活很精通,更是一个用"牛"的好把式。天刚亮,他就喊我起来,整理套绳、牛轭、木犁等犁地的用具。我们吃过早饭,小水牯也吃饱了青草,周队长麻利地扛起了犁,我牵着牛,跟在他后面下了地。到了地头,周队长给小水牯套上了牛轭,牛轭架在小水牯的前轭上,牛轭上的绳子套在犁上。因为是"告牛",周队长叫我在前面牵着牛,他在后面扶着犁。当他将犁尖插入地,喊了声"走"时,小水牯置若罔闻,毫不理睬。当他猛抽一鞭,吆喝"走"时,小水牯突然向前一蹿,猛地将我带了一个趔趄,差点跌倒。"我弄你'大大'!"只听见周队长骂了一声,不知是骂我还是骂牛。我赶忙又牵着小水牯走到犁沟里。这样不知重复多少次,耳边只听见周队长高声大喊"哦,哦""弯着""撇着,撇着,走沟里",并不断高声夹杂着"我弄你'大大'"的叫骂声。一上午下来,小水牯全身是汗,身上添了无数条鞭痕,有的还渗着血迹,我很心痛。我也一身是汗,全身是灰土,分不清头脸,只剩下两个眼睛还在闪动,成了一个灰蛋。周队长也累得气喘如牛,嗓子都喊哑了。周边看着的人们眼泪都笑了出来。

休息时,我才搞清"大大"是"爸爸","哦"是"停住","弯着"是"转弯","撇着,走沟里"是要牛走直线,沿着犁过的地沟走才不会漏犁。我这才理解"告牛"就是告诉牛要记住主人使唤时的用语。

说来也好笑,不知是小水牯捣蛋,还是习惯了,只要听见周队长喊"大大、撇着、走沟里",它就很听话地走着。反之,你喊"哦",它非要走;你吆喝它走,它非要"哦"。我只好对周队长说:"队长,你就喊'大大、撇着、走沟里'。"周队长笑着说:"我弄你'大大'。"

后来,公社学校缺少一位民办教师,公社叫我去学校教书,我就离开了小水牯。年复一年,我记得在1977年早春的一天,上午上完课后,我去生产队领口粮。走在圩堤上,大圩里红花草一望无边,绿色一片。走到生产队队屋前,看见放牛娃周二狗牵着小水牯在哭,小水牯肚子胀得像吹了气的河豚一样,乱蹦乱跳。周队长一面叫人去拿粳稻草,一面用手拍打着牛的肚子,他边打边骂:"我弄你'大大',这牛你怎么放的?"牛吃多了开春的红花草是要得青草胀的,是要胀死的,因为红花草在牛肚子里发酵胀气。要用粳草抽打,将气打出来就好了。他看见我来了,说:"何老师,你用粳草抽打牛肚子。"我接过粳草,和另一个农民轮换着猛力地抽打着牛肚子。周队长牵着牛转着圈,小水牯拼命地蹦着、跳着、嚎着。大约40分钟后,小水牯的惨叫声渐渐小了,终于倒在地下,四蹄乱蹬,眼睛闭着。我们全身犹如汗水浸过一样。周队长说:"不行了,放血吧,免得牛肉发黑。"生产队周大爷拿来刀。当锋利的刀架在小水牯的脖子上时,它也许是感觉到金属的冰凉,猛地睁开眼,哀哀地看着我,眼泪一滴一滴地涌出,大颗大颗的,把它脸上的绒毛都湿透了。我感到非常震撼。这是我平生第一次看见动物流泪,这是生命泪珠,泪珠使生命变得真切。我赶紧扭过脸去,我看见周队长蹲在地上,双手捂着脸。

晚上,月亮升上来了,全生产队人都在欢笑着,整个山村都弥漫着牛肉的香气。周队长给我盛了一大碗牛肉,我捧着牛肉,看着天上的月亮,眼泪也一滴一滴地流着。我想:这也是在"用牛"吧。

阿黑小记

阿黑非人,是我当年下放的林场的一条狗。阿黑不是一般的狗,而是一条狼狗。

"阿黑"来林场,纯属偶然。

我们的林场坐落在与无为搭界的一条山坳里,一字排列着一长溜的瓦房。知青有上海、合肥、安庆和本地的。一天早晨,天蒙蒙亮,上海知青宝林起来小解,看见一只黑色的动物趴在地上,他惊叫是狼。我们爬起来一看,发现是一条全身沾满露水和杂草的狼狗。狼狗好像从很远的地方跑来,极度疲惫,正趴在地上喘息,眼睛里流露出求救的目光。我说:"可能是条狗。宝林,你唤唤它。"宝林就"噢啰、噢啰……",用带有上海口音的声音唤着。这时,只见这条狗爬了起来,摇着尾巴走进了林场的宿舍,成了我们知青点的一员。

阿黑没有口粮。我们知青每餐都省些饭给它吃。时间不长,阿黑就恢复了它的雄壮,全身毛发黑亮,夹杂着一些棕黄色的条纹,双耳耸立,体魄健壮,非常机敏。我们就叫它"阿黑"。那些年,因为粮食不够吃,我们有时就喂它山芋。宝林时常将山芋向上一抛,待山芋下落时,阿黑纵身一跃,一口接住。明眼人一看,就知道这是一条受过训练的狼狗。我猜测,可能是山那边探矿部队的军犬,而且它的饲养员可能是上海人,因为它特听上海知青的话。

我们巡山,阿黑跟着我们跑前跑后。晚上看山,阿黑也和我们一样,在半山坡的路口坐着,两眼发光。我们下山串门,阿黑兴奋得又蹦又跳地撒欢。我们快活起米,经常叫阿黑表演。叫它打滚,滚儿打得好看;叫它摇尾,尾巴摇得潇洒;叫它亲亲,它用舌头舔得人手心痒痒。宝林将草帽抛向天空,它跳起接住,送到主人手上。令人叫绝的是,有一次我们抓一名偷树者,偷树者跑到一个2米高的陡崖上,只听得宝林一声呼叫,阿黑像箭一样猛冲上去,一口咬住偷树者的手腕,两条前腿搭在偷树者肩上,吓得偷树者喊爹叫娘。阿黑成了一条声名远扬的狗。

知青点的劳动是辛苦的,但最折磨人的是精神上的苦恼,大家都希望能早点招工上调回城。宝林下放林场有8年了,我也有2年了。每年下半年都有1至2名知青招工回城。大家都像盼星星、盼月亮一样。宝林尤甚,因为他的未婚妻已被招到县城。大约是1976年冬天,雪下得好大,远山近岭全白了,天冷得扎骨。林场知青和一些农民都围坐在火塘边烤火。下午,林场领导来到我们知青点,先组织大家学习了一些文件,后又杂传下半年可能有招工的小道消息。大家听后,有着较长时间的沉默,心事重重。这时,只听见宝林说:"周书记,我叫阿黑表演节目。"阿黑表演了打滚、起立、摇尾、寻物,表演得不亦乐乎。周书记看得连连大笑。节目完后,周书记说:"宝林,大雪天,狗肉好吃,是大补的。"我们都笑着附和。"到哪儿买狗呢?"宝林问。周书记说:"就把阿黑宰了。"宝林一愣,大家都默不作声。周书记说:"你们招工走了,别人不也是把它吃了吗? 现在粮食也不够吃。"我们都懂得了他的意思。

"要搞你们搞,我不搞。"宝林说。

"好! 我们搞。"周书记说。

阿黑好像知道一样,两只前爪死死地挠着地,两条后腿向上躬着,两眼透出哀婉的目光。别人怎么唤,它都死死不动。周书记说:"宝林,你唤。"宝林慢慢地从火塘里掏出一些山芋,放在地上凉了凉,拍拍灰,拿到阿黑嘴边。

阿黑摇着尾巴,一只一只地吃着,快活得呜呜地哼着。山芋快吃完时,宝林讲绳子套到了阿黑的脖子上。大家一拥而上,将阿黑吊在屋后的小树上。阿黑拼命挣扎着,嘶哑地叫着,悲惨地呜咽着,两眼茫然地看着,久久地不断气。

"快!趁热剥皮!"不知谁说的。一位护林员欢快地剥着。当剥到一半时,我发现阿黑下垂的肚子怎么特别大。我惊叫着:"阿黑肚子里有小狗!"大家一看,果然发现狗肚子很大。剥皮的护林员一下丢掉刀子,说了声"罪过啊",整个场面一片沉寂,谁也不愿再动手。过了一会儿,炊事员老周说:"公狗肚子里怎会有小狗?那是吃山芋吃的。""轰——"人群里爆发出一片嬉笑声。我羞愧地转过身去。人们继续操作,剖肚子的剖肚子,洗狗肉的洗狗肉,剁狗肉的剁狗肉,买酒的买酒,烧锅的烧锅,整个知青点好像过年一样,一片欢乐,连空气中都弥漫着狗肉的香气。

多少年了,我还记得那场景,但也不时地透出一种淡淡的哀愁。

不是故事的故事

　　1975年初春，我下放到江北一个叫施湾公社的林场当知青。施湾公社林场是县城南边最远的一个公社，背靠黄木山，面朝陈瑶湖，与普济圩农场隔河相望，翻过小岭就到无为县的昆山境内了。当时那里没有公路，照明点煤油灯，是一个非常偏僻的小山村。

　　林场有上海、合肥、安庆和本地的知青，我是唯一的本县知青。知青有男有女。女知青在林场总部做些打理茶园的轻活。男知青都住在一个叫准立庵的地方，干些看山、砍树的重活。抗日战争时期，林场所在地区是新四军七师经常出没的交通线，所以林场民兵小分队队部设在我们住的地方。小分队周队长，三十几岁，高小肄业，未婚，个头不高，阶级斗争观念特别强。

　　刚到时，我的主要任务是和上海老知青小江、小林以及民兵小分队的同志们看守山场。第一次看山时，民兵小分队周队长告诉我，看山是大事，大家一定要防止阶级敌人破坏山林，苏修亡我之心不死。我们要不分外县的、本县的、本队的，就是自己的大大（爸爸）、妈妈也不放过，就是砍一根草也要狠狠打击。听后，我们都感到担子很重。上海知青小江告诉我，因为当地的农民，特别是圩区的农民，甚至外县的，无钱买煤，缺少燃料，烧锅的柴火很缺，经常来山上砍柴草，除了自己烧，还卖点。另外，大队有规定，不准个人上山砍柴。当地人管不住，就派民兵小分队和知青看守山场。看山，就是每天将所辖山场巡查一遍。早晨天刚亮就出发，晚上天黑才回来，有近十个小时的路程,任务的确很重。

　　我是在一个叫周潭中学的农村学校度过中学时光的。我记得很清楚,我们的高中一班班长姓王,名广根,是个家在圩区的农村学生。他年龄比我大不少,他有 1.78 米,国字脸,浓眉大眼,很英俊。他不但学习成绩好,体育也很好。每年的校运动会上,赛跑、跳高、跳远、铅球、手榴弹,他都出尽风头。他工作也很老练,每周星期一早上的列队训话,他煞有介事,手舞足蹈,声情并茂,抑扬顿挫地进行讲评,很有领导的综合素质,我们很崇拜他。农村学校的女生只要一听到他的名字,都激动得脸上红扑扑的。毕业后,他回乡务农,我下放农村。

　　3 月份的一天,天下着小雨,我们看山巡查到黄木岭时在上午九时左右,看到山下的山沟里有两人在砍草。周队长当机立断,指挥我们兵分两路,跑步前进,一路由棺材岭下,一路由长人岭下,形成钳形包抄,很快将两人围住,有逮人的,有搜缴扁担、镰刀等工具的,紧张得手忙脚乱。周队长他们将两人绑好时,我定睛一看,天啊,这不是我的班长王广根吗? 另一人是他的弟弟。我怯怯地、失望地看着他,他沮丧地低着头,眼睛不愿看我。他们兄弟俩默默无语地被我们带下山。下山到林场时快近中午,周队长进行审问后,将他俩关进小分队的黑屋子,并派人看守他们,下午要游村示众。

　　下午,老天下着霏霏细雨,寒风袭人,游村示众时,广根兄弟俩胸前挂着牌子,牌子上写着破坏山场的罪名,并在他俩的姓名上打个大黑叉。小分队队员还背着没有子弹的半自动步枪,敲着锣,押着他俩从一个村游到另一个村。沿途一些顽皮的小孩不断地朝他们扔石块,其中一块打在广根的头上,顿时,头上鼓起一个大血包。我看见广根眼中充满了屈辱、愤怒、酸楚的泪水。我心里像打翻了五味瓶,不知道是什么味,默默地跟在队伍的后面。晚上,我在林场食堂打了两碗饭给他俩吃。广根不吃,他说:"吃不下。"我说:"班长,吃吧,吃点暖和,你衣服还是潮的呢。"我告诉他,"恶管山场,善管芦洲,你不是不知道。"他含着泪说:"妈妈生病了,我们兄弟俩想趁下雨天,生产队不出工,砍些柴卖点钱,给妈妈看病……"他哽咽着说不出话来。我听了心里涌出一阵一阵揪心的痛。他们在黑屋子里被关了一夜,第二天才放他俩回家。多少年来,我都忘不了班长这件事,特别是在民主与法制昌明的今天,我对班长那酸楚的泪,更为记忆犹新。

女儿在北京一所大学学习法学,今年她暑假回家,我把这件事说给她听,她惊讶地瞪大眼睛看着我说:"爸爸,你不是在说故事吧?"我说:"你说得对,这是个不是故事的故事。"

我的手表情结

在标识时间的工具众多的当下，我仍然喜欢佩戴手表。因为我对手表有着深深的情结。

1975年，我下放到枫沙湖边的一个小山村。山村不通公路，也不通电，很闭塞。人们基本上是日出而作，日落而息。太阳出来是早晨，太阳当顶是中午，太阳下山是晚上。借以掌握时间的主要工具还是太阳和公社每天三次的广播喇叭。手表在那个时代还是稀罕之物。

下放当知青的第一年，我在生产队劳动，基本上是听生产队长的哨子出工、收工。第二年水稻灌浆时，天下大雨，枫沙湖发大水。全队男女劳力都上堤，分成三班日夜防汛抗洪。雨一天比一天下得大，水一天比一天涨得快。有时简直像从天上倒下来。大圩就像枫沙湖中漂荡的腰盆，岌岌可危。我们整天吃喝都在圩堤上，打桩、抛石、堵漏、巡堤，有时是不分白昼和夜晚，累得人都直不起腰来。只有到换班和傍晚歇工时才能回到村中。特别是夜间巡堤时的交接班，夜晚无掌握时间的工具，常常为你多我少的时间问题而争吵。当时多么渴望有只手表来掌握时间。一天，生产队里的单身汉二秃子不知从何处借来一只手表。手表很老，表面都已发黄，罗马字盘，弹簧表链。虽然走得不很准确，但凑合能用。人们要问时间，常常去找二秃子。二秃子很自豪地伸出手腕，指着表面上的罗马数字说："你'望望'，你认得吗？特别是在休息的时候，他常常在女同胞面前炫耀，很享受。

从村中到大圩的小溪在汛期变成了小河。小河不宽，20 米左右，深处约 2 米，浅处到我的脖颈子。每天靠船摆渡上下工。特别是晚上下工时都急着赶回家，小小渡船常常超载。一次下晚工，小船载人太多，人挨人，转身都困难。船行到河中间时，突然一歪，摇晃着下沉。全船的男女惊喊怪叫，乱成一片。村中和堤上的男人纷纷下去救人。我看见二秃子也落到水中，他左手高高举起，声音几近于哭，喊着："手表，手表，我的手表。"岸上的人们眼泪都笑了出来。事后，我戏谑地说："二哥，你是生命诚可贵，手表价更高。"

1976 年，我被抽到公社学校担任民办教师。学校不大，只有五个班级，公办民办教师总共只有 10 个人。没有工友。教师每人每天轮流值班打钟。学校只有一个小闹钟，谁值班谁使用。所以，值班教师上课时都拎着小闹钟，以便掌握上下课时间。我在值班时经常忘记上下课时间，耽误工作，非常不方便。于是我很渴望有一块手表。当时买一块手表的确不容易，一块上海表要 120 多元人民币，相当于一个代课教师四个多月的工资，况且还要表票（购买券）。当时社会上男女青年谈恋爱的职业选择是："白衣战士红旗飘，四个轮子一把刀"——医生、解放军、驾驶员、售货员。物质要求是"三转一响"，手表是其中的"一转"。1976 年底生产队结算，我进款 70 元，知青补助 30 元，加起来有 100 元。我交给了母亲。母亲很高兴，并通过她在供销社的关系，要了一张表票，还贴了 25 元，给我购买了一块当时最时髦的全钢防震防水的上海牌手表。手表圆盘白面，"上海"两字行书，既庄重又潇洒，表针和刻度盘晶亮晶亮的，配上刚流行的黑色的尼龙表带，用当下的话来说，真是帅呆了、酷毙了。我非常喜欢，白天戴着它，晚上睡觉也不取下，听着它那咔嚓、咔嚓铜锣般的响声进入梦乡。

那时学校经常组织教师和学生进行篮球比赛，这可是我烧包的时候，因为看球的人多，有学生、生产队的青年男女，有时还有公社干部。我戴着手表上场，别人叫我取下来，我说："不必不必，我的手表是全钢防震的。"激烈的球赛进行到一半的时候，一位学生在场外喊："老师，你看你的手表。"我一看，手表半挂在手腕上，当时心都凉了。我赶忙跑到场外，仔细一看，原来是手表一边系表带的柱子掉了。表的秒针仍在转着，我将表放在耳朵边听听，表仍在咔嚓、咔嚓地响着。周围的人都在看着我。我讪讪地举着表说："没事，没事，表没坏。"大家哄然大笑。这块凝聚着我下乡劳动的汗水和心血、聚集着母爱亲情的手表，伴随着我考上了大学，走上了工作岗位，直至娶妻生子。

2012 年，我因公去德国考察，去前，我想，给妻子带什么礼物呢？我在与妻子谈恋爱时曾承诺送给她一块手表，但一直没有兑现。妻子经常开涮我说："女儿都结婚了，你送给我的手表呢？"我常常无言以对。所以我第一个想到的礼物是手表。在德国科隆的一家表店里，我用 400 欧元买了一块女式手表。当我送到妻子手中时，妻子很惊讶，脸上都笑开了花，并说道："你还讲诚信。"

改革开放走到今天，在这精神、物质十分丰富的社会，手表已不是人们刻意追求之物。手表的种类、款式繁多，有机械的、电子的，有刻度盘式的，有数字化的，代替手表作用的还有手机等等，举不胜举，美不胜收。但从手表这一物件中，可以折射出社会的进步和时代的发展。

煤油灯下学《毛选》

当下，全国各地都在开展形式多样的读书活动。我想起了三十多年前我的读书生活——煤油灯下学《毛选》。

70年代中期，我曾经作为下放知青，在靠近江北无为县和普济圩农场的一个公社学校当过民办教师。公社离县城很远，到最近的小镇也要步行十几里地，是个不通公路、不通电、电话时通时不通的很闭塞的小山村。学校的条件很简陋，照明工具是煤油灯。公办民办教师总共只有10个人，学生近200人，全是走读生。这个学校是当地的"最高学府"。

校长是个50岁左右的中年男性，姓周，个子瘦长，头发稀疏，人很精干，也很敬业，阅历丰富，说话幽默，教师、学生都很敬畏他。

1974年4月，《毛泽东选集》第五卷出版发行，全国开展学习活动。公社要求组织学习，并作为一项政治任务贯彻落实。学校也不例外，当然执行。那时不同于现在，又是制定学习方案、发文件、开会动员等等。那时只是在教师在学校厨房早餐时，周校长说一下："今后每天晚上集中学习《毛选》一——五卷，时间2个小时，星期六休息（因为周六教师要回家）。每位教师按值班顺序依次领读，今天从我开始。"言简意赅，简单明了。我曾经问过周校长："上面是说学习《毛选》第五卷，你怎么要求学习一——五卷呢？他说："这你就不懂了，这样是更好地学习毛主席著作，更全面地领会毛泽东思想。"听后，我似懂非懂地点了点头。

山村的夜晚来得早，每当夜幕来临，晚上 7 时，学习的钟声准时敲响，教师们端着煤油灯，拿着《毛选》到教室去学习。第一天学习时，周校长带头读。第一篇是《中国社会各阶级的分析》，第二篇他又接着读《湖南农民运动考察报告》。我们都在煤油灯下边看边听。一直快到 9 时，他宣布学习结束。以后每位教师以此类推，用时近一学年，将《毛选》一——五卷全部读完学完。直到今天，我还记得 1974 年版的《毛选》第五卷最后一篇文章是《一切反动派都是纸老虎》，可见对当时的学习印象之深。日后，我在与同学、同事们聊天时曾问过，有没有真正把《毛选》一——五卷全部通读的，他们都说没有。我自豪地说："我有。"他们不信。刚开始时，我也不相信能坚持下来。学到中途时，一位刚从安庆师范学校分配来的青年教师就不适应这种读书方式。他曾经以晚上要备课的理由表示不同的意见。周校长知道后，在第二天的早餐上讲了三点："第一，学习《毛选》是个政治任务，坚持学习，这难道比坚持井冈山斗争还困难吗？这可是个思想认识问题。第二，备课可以在白天，每位老师都要将每周的备课笔记交给我检查。第三，如果谁故由不参加，我们全体教师就在教室里等着他。"这三条可是绵里藏针，谁人敢违抗？我曾私下与周校长说过，在学习中如果开展讨论，这样能相互提高，效果更好。他说："你能保证在讨论中，大家的观点都正确吗？如果不正确呢？我们水平有限，还是通读吧。"后来，我就此事向与他共过事的老教导主任说过。老主任说："过去反右倾，有人就是讨论问题，被抓过辫子，打过棍子。老周也吃过亏。"此时，我理解了他的"老到"。

随着年月的流逝、年龄的增长，生活和工作阅历增加，我越发体会到这种既阅又读的好处。当下，人们容易丧失坚持阅读的耐心，容易丧失阅读的思考和沉醉于阅读的喜悦，容易冲动和浮躁。曾国藩曾说过，一个喜欢读书的人，品格不会坏到哪里去；一个品格好的人，一生运气不会差到哪里去。文化思想的滋养，如春风细雨，润物无声，潜移默化。久而久之，人们的思维与人生就会产生好的演变。通读学习了《毛选》一——五卷，毛泽东思想"实事求是,群众路线,独立自主"的精髓,对我的世界观、人生观、价值观的形成和工作实践有着不可磨灭的指导意义。阅读和感悟,是人类训练和提高思辨能力的重要手段之一。《毛选》中的文章,闪耀着思辨的哲学光芒。《实践论》《矛盾论》等改变了我的思维方式。每当任务来临,我总要思考分析任务的重点、工作的困难、将会出现的问题、如何解决等情况,做到心中有数,未雨绸缪,以便更好地完成任务,不出差错,提高了自己解决问题的能力。正如曾国藩所说,读书与看书不同,看者如攻城拓地,读者如守地防隘。二者截然两事,不可缺,不可混。但我认为,读者还有声有形。在读到《星星之火,可以燎原》中描写革命高潮即将到来的情景时,"中国革命高潮快要到来,它是站在地平线上遥望海中已看见桅杆尖头的一只航船,它是立于高山之巅远看东方光芒四射喷薄欲出的一轮朝日,它是躁动于母腹中快要成熟的一个婴儿",那声情并茂的情景依然在我脑中浮现。做到了事、形、情、理的综合应用,那种描述的美、意境的美、哲理的美和声音的美,无不感染着每个人,让人们的灵性得到极大的愉悦,增强了人们的文学修养。孙中山先生说过:愿乘风破万里浪,甘面壁读十年书。翦伯赞先生说:板凳要坐十年冷,文章不写一句空。能坚持在艰苦的环境中,通读《毛选》一——五卷,真的要有恒心,要有坐功。这对培养自己坚韧不拔的精神大有益处。

今天人们的物质生活已比四十年前大为丰富,但人们仍需要阅读。阅读是人类几千年形成的一种文化传统,是一种生活方式,是一种同物质营养一样重要的精神营养。无论社会发展到何等地步,生活多么富足,我们依然离不开阅读。所以,我仍然记得煤油灯下学《毛选》的日子。

我当队长种菜记

我当过科长、局长、书记等职务，我还任过不在编制序列、没有职数的队长。

1976年，我作为知青被选到公社学校当民办教师。我们的学校坐落在长江北岸陈瑶湖畔枫沙湖边的西流村。学校面朝碧波荡漾的陈瑶湖，背靠绵延起伏的青山。一条小溪由于地势东高西低，溪水常年不息地向西流去。学校规模不大，有三栋平房，呈凹字形，两边是教室，中间是教师的宿舍兼办公室。学生近200人，小学有四、五年级，初中有三个班级。公办民办教师总共有10个人。公办教师年岁较大，民办教师大多是回乡知青，只有我一人是下乡知青。学校吃饭是伙食团制。每人每餐自报米饭数量，菜是统一的，每人一份。蔬菜基本上是自给，荤菜是在食品站买的鲜猪肉，每月只吃一次。生活较为艰苦。

学校的校长姓周，个子高高的，人较瘦，头上毛发稀疏，眼睛不大，但很有光。人很精干，也很正派，工作能力较强，说话很幽默。他批评教师有时是以笑话的形式，有时是以故事的形式，有时是很严厉的训斥。但很少训斥，多是前两种，含沙射影的批评，让你在笑后体会其中的含义。教师和学生都有些怕他。教师宿舍后面是一块菜地，有十几畦，拢共不到半亩地。与西流村农民的自留菜地连在一起。每天下午课后，教师们都要到菜地中去干活。由于教师们的思想认识、身体状况、家庭情况等方面各有不同，干活的主动性、积极性定然不同,所以出现忙闲不均、轻重不一、出工不出力等现象,学校菜地的菜总是没有农民种的好。这就势必影响到教师的生活质量。村民也常常笑话我们:"教书我们的不行,种菜你们的不行。"周校长听后,常常笑笑,无言以对。

一年春节后开学,一次晚学习结束时,周校长宣布一项决定:将学校的菜地分成两份,每份有6至7畦,教师按年龄、身体状况等情况,分成5人一队,实行种菜的"体制、机构改革"。并任命我为一队队长,负责种菜。我想:这也许是看我年轻身体好,时间多,以校为家吧。从此我走上了队长的兼职岗位,主业是教书,副业是种菜。我针对队员情况,实行责任分工。我负责全面,一位年龄大、身体不好的负责监督、检查,两位年龄稍大的负责浇水、除草等轻活,我和一位中年教师负责挑粪、挑水等重活。分工不分家。

菜地是收获之母。我们利用课余时间,将原菜地进行多次深翻,堆肥发酵,整理分畦。春夏季节,种茄子、辣椒、瓠子、丝瓜、豇豆、苋菜、韭菜,秋冬季种大蒜、萝卜、白菜、菠菜等等。我们5人,一有空闲时间就去菜地,施肥、浇水、锄草、灭虫等等,忙得不亦乐乎,硬是把6畦菜地打理得四季如春。瓠子开着白色的小花,丝瓜的黄花鲜艳夺目;紫色的茄子胖乎乎的;豇豆长长的,像维吾尔族姑娘头上编织的发辫;辣椒好似一个个红灯笼;苋菜红绿杂陈,多像印象派画师的大作。我经常去菜地里。我非常小心翼翼地整理瓠子、豇豆等藤类蔬菜相互缠绕的茎蔓,生怕损伤了它们。我常常抚摸着它们的叶片,就像爱抚着婴儿一样。我多次就像在给自己的学生上课似的,喃喃自语,充满了感情。旁边菜地的农民常夸奖说:"何老师,你们的菜种得真好。"我心里窃喜,嘴上却说:"比你们差得远啰。"

《诗经·七月》里说:"四之日其蚤,献羔祭韭。"意为二月用小羊羔和韭菜祭祖。可见韭菜在我国栽培之早。唐代诗人黄庭坚曰:韭菜照春盘,菰白媚秋菜。可见韭菜是人们餐桌上常见的菜肴。但我们的韭菜就是种不好,韭菜黄黄的、瘦巴巴的、蔫蔫的。我请教农民周大爷,他看后说:"何老师,你们的韭菜地地板，缺肥。要用鸡屎、人畜粪和稻草堆起来烧禾粪包子。这样土地就松，透气，肥沃。韭菜要分棵种植，这样好通风，发棵。割韭菜时，最好在早晨或傍晚时，这样不伤菜。"我想起诗人杜甫曰："夜雨剪春韭，新炊间黄粱。"割韭菜要在早晚，这和温度有关系，早晚的气温低些。我们立即照此办理。每次割好韭菜后，我还在割过的韭菜上铺些草木灰，并在傍晚经常施些水肥。我们的韭菜长得非常好，远远望去，如同一块绿色的地毯。苋菜与韭菜不同，它要在盛夏的中午施肥，要施以人畜尿。苋菜喜欢高温湿润，喜欢氮肥。夏季骄阳似火的中午，太阳炙烤得皮肤火辣辣的，我泼下去的小便被苋菜地吸得沙沙地响。苋菜越长越旺。

夏天是蔬菜上市的旺季。清晨，我们摘着顶尖带着黄花的丝瓜、长长的豆角、胖墩墩的茄子、尖尖的辣椒、带着露水的苋菜，放在篮子里，挎在手臂上，心中满是喜悦。我看见，食堂炊事员周奶奶每次摘瓠子时都要在瓠子上咬上一个小口子，用舌头舔舔苦不苦。我问她："为什么同一架子上，有的瓠子苦，有的不苦？"她告诉我："这是和葫芦'串花'造成的。瓠子开花时，蜂子将葫芦的花粉带到瓠子花上，这样结出的瓠子就苦，不能食用。"我又长了知识。

一年多种菜队长的工作锻炼，对我的教学和日后走上其他工作岗位都大有裨益。种菜和教书、做工等工作一样，要认真，有责任感，善于组织协调，要勤学多问多思，要舍得吃苦下功夫。真是一分汗水，一分收获。

摸秋

　　我的中学时期是 70 年代在枞阳县周家潭度过的。周家潭地处县城的最东边,中华人民共和国成立前属桐城县的东乡,是个崇文尚武的地方。

　　周家潭镇很古老,50—70 年代是陈湖区和周潭公社所在地。镇上有邮局、银行、供销社、医院、中小学校等单位,机构一应俱全。小镇有一条鹅卵石和麻石条铺就的街道,从东到西,长 1000 多米,宽 15 米左右。街道两旁是商店、饭店和居民的住宅。早晨,街道成为集市,十分繁荣。逢上节日,更是水泄不通。每天,我都由西边的银行宿舍到东边的周潭中学去上学。

　　周潭中学坐落在镇东头的大涧旁边。大涧的溪水终年不息地流向碧波荡漾的枫沙河。学校面朝一望无际的圩田。校园周边都是生产队社员的房子。学校的建筑由两部分组成,其中一部分是原周家祠堂。祠堂很大,也很辉煌。前后是两座八角亭,檐牙高啄,上盖金黄色的琉璃瓦。两座亭子之间是祠堂的大堂,可容纳近千人。教室是新盖的平房,组成四合院状。辖区内的初、高中学生都在此接受教育。学校的师资力量很强,语文、数学、物理等课的老师都是老三届的大学生,就连体育老师也是大学体育系的本科生。他们都是"文革"中大学毕业后由农场分配来的。校长姓周,是中华人民共和国成立前桐城中学的毕业生,个子有 1.8 米多,腰有些勾,脸方方的,耳朵很大,人很和蔼,平时不大讲话。我们常常看见他在校园中散步。我的好友福光常说:"此人很有官相。"这就更增添了他的神秘感和人们对他的敬畏心。学校有一支篮球队,曾经在全县中学生篮球竞赛中拿过名次。我和福光、美方、信籽、美著等人都是队员,业余时间大都混在篮球场上,久而久之,大家成了"哥们"。1973年正是"读书无用论"的泛滥期,学生不好学,教师不敢教。我们在晚上曾经爬到学校教室和教师宿舍的天花板上抓麻雀,吓得教物理的黄老师不敢回宿舍,以为天花板上"闹鬼"。

那年中秋节,铁民提出晚上去枫沙湖网螃蟹,大家一致同意,只是福光家中有事,不能前往。那晚,天空深邃、高旷、星星闪烁,月亮又大又圆又亮。我和铁民等一行4人,走在枫沙河的大堤上,一边是波光粼粼的枫沙河,一边是青纱帐般的玉米地,远处的村庄、山峦都笼罩在皎洁的月光中。大堤上空无一人,万籁俱寂,只有秋虫的鸣叫和远处村庄传来的狗吠。我们到达目的地,选好位置,下好蟹网,盯着网纲,等着螃蟹上网。我们看着水中,月圆如轮,水面烁银;天空中,玉镜高悬,清辉灿烂。看着看着,不知是水中的月亮在天上,还是天上的月亮在水中。我想起鲁迅先生的小说《故乡》:"深蓝的天空中挂着一轮金黄的圆月,下面是海边的沙地,都种着一望无际的碧绿的西瓜,其间有一个十一二岁的少年,项戴银圈,手捏一柄钢叉,向一匹猹尽力地刺去。"可蟹网一动也不动,如同放在水缸中。夜渐渐深了,湖风吹在身上冷飕飕的。大家一致决定回家。我们走在回家的路上,快到生产队的玉米地时,美方说:"今天真不走运,一只螃蟹也没逮到。我们'摸'些玉米棒带回去煮着吃。"我说:"不行,这不是偷吗?"美方说:"没关系,这是'摸秋'。"话还未说完,只见美方和信籽就蹿进了玉米地。随之而来的是,一只只玉米棒像手榴弹一样被投到大路上,我和铁民左冲右突地将玉米棒拾起,放到蟹篓中。掰玉米棒咔嚓、咔嚓的响声,玉米棒咚咚的落地声,在中秋节静谧的深夜多么响亮、多么刺耳。这响声惊动了看玉米地的两个农民,他们边跑边喊:"偷玉米的,看你往哪儿跑!"我大吃一惊地对铁民说:"不好,被发现了,你赶快将玉米棒倒掉。"铁民飞一般地将玉米棒倒到路边的水沟里。这时,两位农民已到我们跟前:"你们是干什么的?"我们举着蟹网说:"是网螃蟹的。"两位农民急忙去追赶玉米地里的美方和信籽。我们脱身，回到家中。那个中秋夜我一晚未睡，看着天上的月亮，我总觉得是那么刺眼瘆人，高深莫测。

第二天早上一到校，我就看见校长门前站着三位农民，两位是昨天看玉米地的，一位是生产队长。我估计他们是为昨晚的事来的。第一节课下课时，我看见铁民、信籽、美方三人耷拉着脑袋往校长办公室走去。整整一上午，我都心神不定，忐忑不安，好像全校师生都在看着我，知道我们偷玉米的事。下午，在篮球场上，福光把我叫到一边，神秘地告诉我："事情闹大了。看玉米地的农民认识信籽，信籽先是不说后来，生产队长说要扣他家的口粮，信籽吓哭了，供出了铁民。铁民交代是信籽、美方他们三人干的，没有说你。生产队长说，要将他们罚款，并且还要挂牌子，放鞭炮游街。"我一听全身都凉了。我说："周校长肯定知道我也在，信籽一定会供出我的。你说怎么办？"福光说："今天晚上，你去周校长处自首，承认错误，以减轻处罚。"夜幕来临时，我怀着怯怯的心情，胆战心惊地敲开了周校长的门。周校长坐在煤油灯下看书。他看见我说："你是来检讨偷玉米的事情吧。"我红着脸说："是的。"他叫我坐下，态度很和蔼。他说："中秋节的晚上你们怎么想到干这件事呢？"我如实地交代了事情的来龙去脉，并说，他们说这是摸秋。周校长笑着说："我在中学读书时也干过。"他又问，"你知道摸秋的来历吗？"我摇摇头。他说，摸秋是过去当地的一项旧习俗。相传，元朝末年，长江中下游流域出现一支农民起义军队伍。这支队伍纪律严明，所到之处秋毫无犯。一年中秋节，起义军来到一个村庄，深夜不便打扰百姓，便在旷野露宿。有几位士兵饥饿难忍，在田间摘了一些瓜果充饥。此事被主帅发觉。天明主帅召集乡里，要处分那几位士兵。村民知道后，纷纷向主帅求情，为他们开脱。其中一位老者随口说道："中秋摸秋不为偷。"那几位士兵因此获得赦免。从此此地留下摸秋的习俗。中秋之夜，家长大多放纵小孩去别人家的田园中摸秋。如果摸到了葱，则认为小孩长大后聪明；摸瓜归者，为宜男兆。丢了秋的人家也不叫骂。此习俗流传甚久。接着,周校长话锋一转,说:"你们是高中生了,要知道农民的辛苦,要知道粮食来之不易,是'粒粒皆辛苦'啊。况且摸秋也是一种不好的旧习俗,应该摈弃。"听后,我很惭愧,一再认错,愿意接受处分。周校长又说:"你们要接受教训,以后再也不能犯了。你们学生应该以学习为主,要好好学习。书到用时方恨少啊。"事后我才知道,周校长反复做了生产队长的工作,强调学生们犯了这样的错误,应该由学校来处理,不能将学生挂牌游街,并且说了摸秋这个习俗。最终生产队长同意了校长的意见。

我至今还记得,我从周校长的宿舍出来时,看见一轮明月挂在天空,多么明亮,多么皎洁。我如释重负,心情也像天上的明月一样,清澈透底。我觉得这真是十五的月亮十六圆啊。

涧滩捉鱼记

我下放插队在江北一个不通公路、较为偏僻、名叫施家湾的小山村。山村被逶迤、葱老的群山呈半月形环抱。山村面对阡陌纵横的田园和碧波万顷的陈瑶湖。当地的村民是上山下河的好手,既能"吃山",又能"吃水",较为富裕。所以有民谣唱道:"有女要嫁施家湾,面朝河来背靠山。"这里是山清水秀的鱼米之乡。

1978 年,我在施湾学校担任民办教师。学校的操场前有一条山溪,当地人叫"涧滩"。涧滩从大山里流出,忽宽忽窄,九曲回肠。滩床全是黄沙和形态各异的石头,滩中的溪水汨汨不绝地从大山深处蜿蜒流过陈瑶湖的溪流与湖水入口处,泾渭分明。湖中的鱼儿常为吃"新水",溯流而上。山高水长,鱼随水走。1978 年高考后,我独自在空荡荡的校园中看校。当地一位周姓教师看我等待高考通知焦急、忧郁、不安的神情,提出带我去涧滩捉鱼。

盛夏晨后,天空碧蓝如洗,没有一丝云彩。我们穿着短裤,赤着脚,光着胳膊,提着丝网,拿着棍了,沿着涧滩向大山深处走去。涧滩两岸,青山如黛,绿草如茵,田间屋舍,竹木扶疏。涧滩大大小小的石头,奇奇怪怪,以黄色为主,杂陈一些深褐、铁灰、棕红……也算是五彩缤纷。踩着这些卵石,咯咯地响,凉丝丝的,我感到浑厚中有些苍凉。涧中水浅处只有脚面深,因溪底不平,形成粼粼波浪,清而秀丽,潺潺流淌。溪水曲折奔流到断崖处,跌宕而下,形成深潭。水石相击,铮铮着响,如击磬鸣琴。潭水如碧绿的翡翠,绿得沉重。潭中石头上生了一层绿绿的苔藓。潭的浅水边，几个孩子光着身子打水仗。潭边有一些村妇，低着头，跪在光滑的石头埠上搓洗衣服，身上多色的确良衬衫在绿波中晃动，丰满圆浑的胳膊好似雪白的荷藕，挥动着棒槌，使劲地捶打衣服，晶亮的水花到处飞荡。身后的草地上晒满了白的、蓝的、花的衣裳。村里人很尊重老师。她们朝我们喊着："老师捉鱼啊？""是啊。"我们应着。"就在这儿下网，这儿鱼多。"周老师说。我俯下身去看。潭中游动着鱼，一阵一阵的，活泼地摆动着尾巴，胆大的还不时地吮吸我的脚丫，痒痒的。我用双手去捧，然而指尖刚触及水面，鱼儿倏然远逝。一会儿水面平静，它们又纷纷出现。我拿着丝网向潭中走去，潭水深及胸部。我边走边放网，不一会儿在潭中形成一条屏障。随后，我们拿着棍子，猛击水面，轰轰着响，水花四溅，受惊的鱼儿像箭一样地乱窜。起网时，网上卡满了一种叫作"红嘴叽"的鱼。这种鱼比柳鲴鱼肥，五寸左右，嘴是红色的，鳍为淡黄色，肉滚滚的，在阳光下跳动，鳞片闪耀着，五彩斑斓。对于窜藏到浅水处卵石缝里的鱼，我用手去摸，一条也未逮着。周老师叫我别动，只见他举起一块石头，用力砸在鱼窜进的石头上，两石相击，轰然作响，清水一片混浊。片刻过后，水清如故，搬起石头，只见震昏了的鱼儿翻着白肚，漂在水面上……

那天，我所有的焦灼、忧虑都被捉鱼的快感一扫而光。涧滩捉鱼时把蓬蓬勃勃、生机盎然的生命热情挥洒得淋漓尽致。山村的涧滩，是你给我提供了一个逸兴湍飞的灵地。

消失的大烟囱

1975 年 3 月,我下放到江北一个叫施家湾的山村。山村背靠小岭山脉,与无为县的昆山、土桥相邻,面朝陈瑶湖的枫沙湖,与普济圩农场隔湖相望。这里交通不便,很闭塞。

下放当知青的第一年,我在生产队干农活,在农民家吃派饭,生活不方便,劳动很艰苦。农时"双抢",三伏天骄阳似火,炙烤着稻田里收割和栽秧的人们。我当时属于劳动力。100 多斤的"稻把子"(指割下来没有脱粒的稻禾)挑在肩上,五六里路,从圩里一肩不歇地挑到生产队稻场,停下来时,双腿都不由自主地打战。插晚稻秧,稻田里的水都烫人,蚂蟥一拱一拱的,像尺蠖一样朝人腿游去,赶都赶不走。一季"双抢"下来,皮肤都晒脱了一层,黑一块,白一块,好似花斑蛇。人累瘦了一圈,眼睛都凹了下去。后来,因为知青分散在各个生产队,不便管理,便将知青都集中到公社茶林场劳动。

我们知青来自上海、合肥、安庆和本县。男知青共有 10 人,集中在茶林场分点。茶林场的劳动比生产队的要轻松些,采茶季节,主要任务是挑煤、挑鲜茶、管理茶园,平时管理林木。大多时间是看山,也就是防止人偷砍树木和柴草。当时当地的农民盖房子、烧饭都用树木和柴草,茶林场的管理人员都是从山下生产队抽来的农民,熟人熟事磨不开情面,所以叫知青管。相比较而言,我倒喜欢看山这个行当。我们 10 人,分成 5 个小组。我和上海知青小江为一组。小江个头不高，皮肤黑黑的，很壮实，下放已有 6 年，是个老知青。每天早晨，我们俩各带一把镰刀、一副绳索、一条扁担和预备中午吃的干粮，到自己管辖区内看山。有一次，我们发现邻县有三四个人在偷我们茶林场的树木，我们上前制止，他们看我们人少，根本不予理睬。我们俩收缴他们的砍刀和绳索，双方发生了纠缠。偷树的一个大个子看小江个子小，又是上海口音，走上前，一把封住小江的衣领，嘴里还骂骂咧咧。无论是个头，还是地形，小江处于劣势。这时，只见小江用手扣住大个子的手腕，快速侧身，弯腰，耸肩，猛得像一头豹子，一个"背包"将大个子摔出一米多远，仰面朝天，背上被竹签戳得鲜血直淌，最后他抱头逃窜。看得我都惊呆了，佩服得五体投地。事后小江告诉我，他在上海学过摔跤。

有一次，夏天，我和小江看山来到小岭的最高峰，吃完干粮，我们靠在一块大石头上休息。四周除了山风和松涛声，没有其他声音，很安静。天空蓝蓝的，显得多么高远、空旷。空气清新，能见度非常高。满目的青山，山下圩中的庄稼是那么青翠。就连很远处的长江也历历在目。江中小火轮（当地人对机动船的叫法）犁起的白色浪花，像漂荡在江中的白色绸带。江边上一个大烟囱，正在冒着绵绵不绝的袅袅青烟，与天相接。我惊讶地说："小江，你看，大烟囱，大烟囱，铜官山大烟囱。"因为我在山下生产队时，一位在铜官山矿工作的人说过，铜官山大烟囱是全中国最高的大烟囱，烟囱里的灰都含有金子，炼铜的渣子里都含有金子、银子等好东西，日本人拿大米来换都不同意，等到中国科技发达了再来提炼。他回来时穿着劳动布的工作服，足蹬翻毛皮鞋，我们非常羡慕。我还记得，他说，他们厂工资高，福利好，出铜时还发保健票，吃红烧肉，吃大肉丸子。听得我云里雾里的，感觉很神秘。小江说，那是铜陵市，大烟囱是炼铜用的。小江回上海探亲都是从普济圩到铜陵横港乘大轮船的。当时的心情真好，感到无处不是风景。我说："小江，你还是要回上海的，我也不想在这里扎根。"小江说："我回不了上海的家啰。1970 年从上海来的时候，有十几个人。6 年多了，现在只剩下 2 个人。能招工到铜陵就不错了,这样回家看妹妹方便些。也不知道她现在怎么样。"我听说小江的父亲1957年被打成右派后去世了,母亲"文革"中因父亲的政治问题被批斗而自杀了,只有妹妹一个人在上海生活。小江说着说着眼泪就流了下来。听后我也很难过,默默无语。我家的情况也不好。父亲在1957年也被打成右派,全家人都一直背着沉重包袱。小江安慰我说:"你文化基础好,能上大学的。"我说:"推荐上大学没有我的份。能招工到铜陵大烟囱那个工厂去就是梦想啰。"当时,我们知青都想离开农村。我当然也不例外,非常想摆脱农活的繁重劳动和沉重的精神负担。我们俩下山时,谁也没说话,只觉得自己的前途和命运如同天上的白云,虚无缥缈。但铜官山的大烟囱在我心中形成了记忆中的标杆。

1978年我参加高考去合肥上大学,1982年8月毕业分配到铜陵市。大学毕业论文的指导老师问我在铜陵有无熟人,我说,举目无亲,一个熟人没有。吴老师说:"我有一个亲戚在铜官山矿工作,好长时间没有联系了。我给你写封信带着,你去找找看。"到铜陵后,我去有色公司找他,问的人恰恰是吴老师的亲戚,他恰巧是搞大学生毕业分配的。我怯怯地问道:"我能分到大烟囱的那个工厂里去吗?"他笑了笑说:"你们这次大学生分配,市里很重视,还有更好的单位。"我当时还不理解。在铜陵工作后,我还专门去扫把沟看大烟囱。我知道了,大烟囱的工厂是铜陵有色公司第一冶炼厂。一冶是1951年共和国自行设计、自行建造的第一座铜冶炼厂。大烟囱高110米,是排放炼铜过程中产生的废气的。中华人民共和国成立后的第一炉铜水、第一块铜锭的诞生地。50多年来,一冶为全市经济、社会的发展做出了重要的贡献,也为老企业环境污染的治理提供了宝贵的经验。2007年12月28日,作为市重点污染减排项目,一冶大烟囱被成功爆破,从此在这个世界上消失了。

2010年7月,我去上海世博会参观,看见世博会公园将上海南市原发电厂165米的废弃大烟囱改造为一个巨大的温度计和全世界最高的气象信号塔及广告发布塔。入夜时，塔上的灯光标示着城市的温度和天气状况，顶上的 LED 大屏幕连续播放着商品广告，格外美丽。还将我国第一个民族工业企业——江南造船厂的可用厂房，改造成船舶博物馆，留住了历史，留住了记忆。我听说，铜陵市正在老铜官山矿的址上建设铜矿公园。这勾起了我对下乡时的回想，勾起我对大烟囱的怀念。这表明了人们对工业遗产的关注和重视。工业遗址是一个城市记忆的沉淀，见证着当时的生产方式和产业水平，记录、传承了一个城市的历史，同时也提醒人们对环境再生和环境治理加以重视。每当想到社会如此的进步，我心中常常泛出一丝丝温温的欣慰。

党的生日纪念

今年是党的 90 岁生日,各种纪念活动都在有声有色地开展。但我最难忘的是一次小组纪念会。

1982 年,我从大学毕业后被分配到长江南岸一座工业城市的政协办公室工作。这个城市是我国有色金属基地,50 年代初,从全国各地汇集了一批矿山建设、冶炼、加工、管理人才,是一个移民城市。市政协的干部结构也有这个特点。市政协领导有冶金部下来的老干部,有南下工作队的老领导,还有从抗美援朝战场上下来的转业干部,以及民主党派的领导和部、委、办、局的负责人。最早是三七、三八式的老八路,也有 40 年代参加革命的新四军。他们的工作经历都很丰富,有的是从副市长和有色大企业的副经理岗位上来政协工作的。这些老同志很关心年轻人,年轻人也积极要求进步。

1985 年 7 月 1 日,我作为刚入党的新党员参加了一次党小组会。参加过抗美援朝的卞副主席讲述了一件事。卞副主席是 1949 年毕业的大学生,刘邓大军挺进大西南时,他参加了 12 军,任联队文化教员。参军后不久,他就参加了抗美援朝,在第五次战役中腿部被子弹穿透,发炎化脓。随着战局变化,他们所在的部队战略后撤。大部队洪水般向北方撤退。他们三个伤员被撤散了,临时组成了一个小组。一个是胳膊负了伤的党员老班长,还有一个是头部负了伤的党员老战士。他们两人架着他向北方撤去。白天美国飞机轰炸,坦克穿插扫射,只好晚上走。作为青年学生,身上伤口的痛,肚子的饿,心理上的恐惧、孤独,让他连死的心都有了,而且怕连累了老班长的北撤。他多次要求老班长先走,但是都被老班长严厉地拒绝了。老班长很乐观、自信,而且经验丰富,每过一天,他都把日期记下来。1951 年 7 月 1 日这天,他们正躲在公路的一个涵洞里。老班长说:"今天是 7 月 1 日,我们开一个纪念会,大家都表个态:一是坚决不当俘虏,二是要回到北方,三是要把小卞带回去。"卞副主席说,他当时就热泪盈眶。他被共产党员老班长的崇高精神所感动,坚定了要活着回去的决心和信心。三天后,他们幸运地遇上了他们部队收容的卡车。回国后他在丹东医院里养好了伤,后来转业到铜陵。他说,共产党员老班长的坚定信念,成为他日后战胜各种困难的精神支柱,在这种支柱的支撑下,经过努力,他也加入了中国共产党。

这次小组会,使我终生难忘。我想:老一代共产党人历经战乱、饥荒和各种各样的坎坷,历经孤寂、悲凉和难以述说的苦难,但是他们仍是那么执着、勇敢、乐观、坚定,坚守着自己的灵魂和信念。在党的 90 岁生日的时候,我认为,这是一代又一代共产党人对远大理想、对为共产主义事业奋斗终生信念坚定之所在。学习他们的精神,这是最好的纪念。

第二辑　人物篇

保姆"奶奶"

每到清明节时,我们兄妹三人都要到保姆"奶奶"的坟上去祭奠。

我没有见过自己的亲奶奶。我来到这个世界时,亲奶奶已经去世了。在我大脑的屏幕上,只有保姆"奶奶"的身影。保姆"奶奶"是 20 世纪 50 年代中期来我们家的,来时已有 50 多岁。她生前没有留下任何一张照片,但我记得她。她个子 1.7 米左右,皮肤白白的,稍胖,圆脸,大眼,小脚,脑后梳着一个粑粑髻,经常穿着蓝阴丹士林的、黑色老式的衣服,是一个清清爽爽、干干净净的农村妇女。

我曾听母亲说过,保姆"奶奶"姓田,出生在桐城东乡一个叫作"田家圩子"的小村庄。她家中只有姐妹二人,她是姐姐,年轻时长得很漂亮,嫁给横铺河镇一户周姓人家。丈夫是乡村郎中,还开了一个小中药店,家境殷实。可惜好景不长,丈夫突然病故。她无儿无女,年纪轻轻的就守寡。公婆把责任归咎于她,认为她是一个克夫的女人,叫她"扫帚星"。公婆怕她要分家产,谋划要将她卖掉,她坚决不从。1950 年 5 月,共和国颁布了《婚姻法》,不允许买卖婚姻,更不允许卖寡妇。我父亲当时在县法院工作,在下乡宣传《婚姻法》的工作中知道了这件事,就把她解救出来,并作为典型在全县广为宣传。由此,也就认识了保姆"奶奶"。

20 世纪 50 年代中期,正是共和国蓬勃发展的时期。母亲所在的银行、父亲所在的法院工作都很忙,加之我们兄妹三人相继出生,家中特别需要请保姆，经人介绍，保姆"奶奶"就来到我家，大家都以"奶奶"称呼她。家务活全由她做主，没有主仆之分，关系融洽，如同一家人，在县委大院中被传为美谈。平静的生活像流水一样流逝。到了1957年反右派斗争中，父亲一夜之间突然被打成右派，后来被押送农场劳动改造，母亲家庭成分是地主。政治上的压力，经济上的困难，母亲一人35元的工资，要养活五口之家，小妹才出生不久，可见其难，全家陷入了绝境，已无力再用保姆。母亲对保姆"奶奶"说："奶奶，我实在无力再请你了……"话也说不下去了，但意思很明白。保姆"奶奶"马上说："孩子妈，我也寻思了好久。三个孩子都是我带的，他们都还小，你又要上班。我虽然不是孩子的亲奶奶，但我与他们有感情，我舍不得他们。现在困难，孩子长大就好了。我还在你家，工钱我不要了，我们是一家人。"

县委大院子里是住不下去了。母亲租了一个大杂院的无门无窗的轿廊，是原大户人家放轿子的地方，房租很低，但要承担开关院门的事项。我们全家吃、住都在这个地方。那时母亲是个头上刺着"政治红字"的女人，她用自己的努力工作来洗刷着悲伤和屈辱。有一天，母亲下班很晚，保姆"奶奶"和我们都等着她回来吃饭，保姆"奶奶"看见母亲精神恍惚。饭后，她抱着小妹，带着我和大妹，对我母亲说："孩子妈，你有什么事吧？"母亲不语，后来低声抽泣着说："今天付款多付出100元，他们说我'落'（意思是偷）下去了。家里这么困难，以后的日子怎么过哦？"保姆"奶奶"说："孩子爸是个好人，好人也有落难的时候，过去皇帝也有落难时。你不要想不开，三个孩子都小。"这时，母亲哇的一声哭了起来，哭声是那么瘆人。我们兄妹都惊悸地望着母亲，小妹吓得也哭了起来。保姆"奶奶"拍着小妹说："别哭，别哭。孩子妈，明人不做暗事，身正不怕影子斜。不就是赔钱吗？人不死，债不烂。留得青山在，不怕没柴烧。"生活是越来越苦了，但最终渡过了难关。后来，母亲对我说起此事时，还流着泪。保姆"奶奶"虽然是个目不识丁的家庭妇女，但她那明白事理、敢于担当的精神，是中华妇女优良品质的体现。

保姆"奶奶"已成为我们家的一员。我们兄妹三人在保姆"奶奶"的照顾下一点一点长大。每天晚上,我们兄妹三人都依偎在保姆"奶奶"的怀中,抱着她那皲裂弯曲的小脚,她常常哼着古老的童谣:"外婆带外甥,好似放风筝,风筝断了线,不见外婆的面。""拉锯,扯锯,你拉来,我拉去,一拉拉到外婆家,外婆门口唱大戏,爸爸去,妈妈去,宝宝长大也要去。"说着狼外婆和一些前生来世,慈善孝顺的故事。我们常常在她的童谣和故事中入梦。长大后我们才知道,保姆"奶奶"在诉说她那身世之痛,以及怕我们离她而去的担忧和对未来的期望。这些古老的童谣和朦胧的故事是我童年的启蒙老师。

日子像时钟一样,慢慢地过着。到了1962年年初的时候,母亲由县城调到长江边上一个叫作"老洲头"的银行营业所工作。我们举家迁去,生活较为平稳。1964年"四清"的时候,一天晚上,母亲很紧张地对保姆"奶奶"说:"奶奶,有人说你的成分是地主。如果你的成分是地主,要被清理回农村的。你的成分你可知道?"保姆"奶奶"听后很平静地说:"孩子妈,我听广播知道要清理了。我的成分不是地主。死鬼(指她丈夫)走后,家里分家,只给我一点口粮田,土地都给小叔叔拿走了。土改划成分时,小叔叔家是地主,我不是。我有土改证,在我娘家。"于是乎,保姆"奶奶"带着我,乘船,坐车,颠着小脚,还走了十几里的小路,到了田家圩子她妹妹家,找到了土改证。原来她的成分是小土地出租。回来后,她对我母亲说:"孩子妈,这事你不要管了,我去找他们说去。"她找到了区委书记,说明了情况,并把土改证给他看了。按照政策,保姆"奶奶"没有被清退。我和母亲都很敬佩她那大不怕,小不欺,不怕事,堂堂正正做人的胆量和勇气。

1966年的下半年,母亲又被调到离县城更远、交通更不便的周家潭镇银行工作。周家潭虽然是个边远的小山镇,但"文革"战火遍地燃烧。狭窄的麻石条铺成的古老街道上,批斗的队伍你来我往,银行和一些商店的墙上贴满了批斗的大字报和批判走资派的大标语。银行里出身好的干部都当造反派去了。母亲和另一位同志在单位办业务,工作更忙了。学校也不上课,我们兄妹三人全由保姆"奶奶"照管。当时，我们家租住在小镇上街头一户农民家，我们是外乡人。别人一开始不知道"奶奶"的保姆身份，久而久之，慢慢地就知道了，对我们这特殊的家庭组合特别敬佩。保姆"奶奶"虽然不识字，但她懂得读书的重要，每天上午都要督促我们兄妹三人看书写字。下午，她和周围的一些老人去讨生活，捡柴、淘山芋地、拾麦穗、养猪等等，很快就打成一片。那年头，好像大家生活都很困难。特别是青黄不接的时候，几乎家家都有过断炊的日子。有的无法时来我家借米，只要我家有一碗米，保姆"奶奶"都要借给人家半碗。那时讨饭的也多，特别是晚上来时，保姆"奶奶"总要将自己碗中的饭菜划给人家半碗，还对我们说："晚上来讨饭的，一定要给人家饭吃，不然人家要饿肚子的。"房东周奶奶要去走亲戚，来借衣服，她毫不吝啬地将自己不舍得穿的新衣服借给她。那时我已开始上初中，两个妹妹上小学，正是长身体的时候，家中的供应粮不够吃，保姆"奶奶"领着我和大妹去采摘蒿子头，回来过水用米粉做粑粑，到集市上买过时的、便宜的蔬菜煮稀饭吃，以她所有的生存经验来应对着困难。她还带着我们去拾稻穗。我至今还清晰地记得，有一次保姆"奶奶"带着我和大妹去拾稻穗，秋日艳阳高照，一望无垠的大圩里，收割后空旷的稻田里只留下一排排稻茬和零星的稻穗，稻田尚未干透，低洼处还有积水。高邈的蓝天下，一位老人带着两个孩子在拾稻穗，是多么寂寞、渺小和孤单，就如同俄罗斯画家列宾油画中拾麦穗的农妇，是那么沉重和悲凉。我们祖孙三人，不紧不慢地拾着，不断地弯腰直腰，动作单调、枯燥。快到天黑时，我和大妹都累得直不起腰，脸上被汗水和泥巴弄得像个花脸猫。我想，保姆"奶奶"更累，她是小脚，个子又高，但她更有耐性，不知疲倦地干着，拾的稻穗已有一小捆了。保姆"奶奶"说："拾好最后一把我们就回家了。回去后，将稻穗上的稻搓下来，在房东奶奶家的碾子上脱掉稻壳，然后磨成粉，做粑粑，做糊吃，都好。"当我们沉浸在收获的喜悦和对粑粑美味的憧憬中时，一个吼声从远处传来："谁叫你们在这里捡稻谷？全部没收！"远处收工回家的人群中，一个小青年边跑边喊着。保姆"奶奶"赶紧抱着那一小捆稻谷,带我和大妹从田中往回走。"奶奶"脚小,走得慢,小青年很快跑到她前面,边吼边抢保姆"奶奶"怀中的稻谷。保姆"奶奶"奋力护着稻谷,一边护一边骂:"谁规定不许捡稻谷?我一不偷,二不抢,捡稻谷犯了谁家的法?你这个挨千刀的,你不得好死!"你拉过来,我拉过去。我不知道保姆"奶奶"哪来的力量。我和大妹吓得哭了起来。这时,小青年猛地一推,保姆"奶奶"一下子从田埂上倒到稻田中,摔了个仰八叉,整个后背都是泥巴,鞋子都掉了,但稻谷仍抱在怀中。我们赶快跑到保姆"奶奶"身边。保姆"奶奶"像老母鸡张开翅膀一样护着我们,嘴里还说:"心呢,心呢,别怕,别怕。"这时,生产队的周队长看到了,他跑过来,边跑边骂那小青年:"二孬子,我×你娭毑,捡点稻谷关你屁事?你不晓得丑啊?欺负老人和孩子算什么本事?"二孬子在骂声中怏怏地跑走了。保姆"奶奶"在周队长的帮助下取得了胜利。但就在此时,保姆"奶奶"突然爆发出呼天抢地的大哭,边哭边诉,那悲怆和愤懑的哭诉声,在夕阳西下空空的田野上,是那么苍凉和悲壮。我至今想起来,还不由自主地流泪。我崇拜保姆"奶奶"那勤劳、善良的品德和那坚韧不屈的精神。

1969 年,我上中学了,两个妹妹也都上小学了。保姆"奶奶"感到她的使命已经完成。一次做早饭,在锅灶边梳头时,梳子掉在地上,她弯腰捡梳子时,突发脑溢血,倒下了。倒下后,她再也没有起来。

我家按照当地的习俗,给她入殓。母亲带着我,雇人用板车将她的棺木送老终山。我回想起保姆"奶奶"在我家从 50 多岁到 60 多岁去世,她的一生,是苦命的一生。我痛惜她的命运,我知道她是信命的,我知道她相信今生来世。在她的棺木入土下葬时,按照本地的做法,我作为她的孙子,捧着一抔黄土,走在她的棺盖上,边走边撒,边走边哭,边走边祈祷:"奶奶,你一路走好,你在天堂一定很快乐,你的来世一定是幸福的。"

名副其实的"美老师"

美老师的"美"不是他的姓氏,是他姓名中间的一个字。从 20 世纪 60 年代开始,我母亲的工作就不断地调动,我们的家也就随之不断地迁徙,我们的学校也就不断地变动,所遇到的老师也就很多。70 年代,母亲在陈瑶湖畔一个叫周家潭的小镇银行工作。小镇的居民大多是聚族聚姓而居,几乎全都姓周。小镇有一所中学,学校的老师也是大多姓周。为了有所区别,所以用姓名中间的一个字来称呼老师。

美老师个子不高,戴着一副深度近视眼镜,穿着不很讲究,身上总是有许多白色的粉笔灰。他的话不多,走路也慢慢的。他的活动轨迹是课堂、饭堂和宿舍,他的爱好是看书和教学。他 60 年代中期从大学中文系本科毕业,在那时一个小镇中学里是不多见的。他是我中学的语文老师。

我上中学期间,正值"文革"时期,学校经常召开批判会,教师、学生共同上台发言,他总是默默地坐在下面,不喜欢凑这个热闹。那时"读书无用论"的思潮泛滥,课堂纪律很差,但他总是准时上课按时下课,认真备课讲课。那时中学语文教材中只有鲁迅的作品,他在讲鲁迅先生的小说《药》时说,老栓用蘸着革命者鲜血的馒头给儿子治病,说明辛亥革命时中国社会和民众的愚昧。在分析鲁迅的《孔乙己》小说人物形象时他说,孔乙己用知道茴香豆的"茴"字的四种写法来炫耀自己,这反映了封建社会旧知识分子的迂腐。对孔乙己的命运是哀其不幸,怒其不争。特别是他讲到激动处,往往脖子上的青筋暴起,嗓子响亮,语速加快,脚尖都踮了起来。我记得有一次,他讲得正激动时,有一位学生站起来问他:"美老师,你讲这么多有用吗?"这好像热锅里突然浇了一瓢凉水,温度骤降。他的脸色有些悲凉,嘴唇动了几下,似乎有话要说,但又说不出口。我看着他那样子,心中有一种说不出的味道。我至今还记得他上作文讲评课的情景。他将好的、差的范文都抄在黑板上,从文章的主题、结构、语言、特点等方面,详细地讲评。我是既喜欢,又害怕。喜的是自己的作文成为好的范文,怕的是讲到自己作文的缺陷。我在一次记叙劳动形容汗水时,说汗水在脸上滚来滚去。他在讲评时说:"该同学注意了作文的细节描写,但表述得不准确,你的脸又不是葫芦瓢,汗珠怎么能在脸上滚来滚去呢?你可以表述为,汗水湿透了衣裳,汗水迷住了双眼。"当时丑得我恨不得钻到地缝里。几十年过去了,我仍然记得当时的情景。我走上社会后,明白了美老师的良苦用心。他那不以物喜、不以己悲的工作态度,严肃认真的工作作风教育了我。

1972 年暑假,学校抽我和另一位同学看校,其主要任务是防止外面的人进来偷东西。晚上,我和美老师在学校水井旁乘凉。我问他:"老师,你们在大学中文系看小说很快活吧?"他说:"毛主席要许世友看《红楼梦》,是为了仅仅看《红楼梦》的故事吗?是要从《红楼梦》中看到当时社会的政治、经济、文化、风俗等等。我们还要研究它的结构、语言,作品的特点等等,你说能快活?你要研究任何东西,都要下功夫的。"他给我们讲俄国作家契诃夫的作品《小公务员之死》,说一个小公务员看戏,打了一个喷嚏,吐沫溅到前排一个将军脸上,小公务员惊恐得一再道歉,惹得将军生气,最后,小公务员被吓得一命归天。我们从中可以知道,当时小官员这个阶层的卑微心理,和俄国社会的等级森严及社会的黑暗。他还给我们讲细节描写。他讲托尔斯泰、高尔基、讲莫泊桑、巴尔扎克,等等。他说:"古今中外的文学家多如天上的繁星,是需要人们去研究的。"从此,我知道了如何去看作品,知道了文学作品的揭露和教化作用。这就给我这个农村学校的学生打开了一扇认识、了解世界的天窗。

1977年下半年，我作为知青参加了高考，初选了，但没有被录取。春节回到家中，我心情非常不好，几乎不出门。有一天，一位同学给我带来美老师的信，美老师约我去他处，信中还引用了唐代诗人王维的诗句："遥知兄弟登高处，遍插茱萸少一人。"我去他家，向他诉说了我的心情和高考的情况。他默默地听后说："1964年我大学毕业，下农村搞了两年'四清'，后又等待分配，心情也不好。在此期间，我读了许多书，不能颓废。"我说："能有结果吗？"他说："只管耕耘，不问收获。"他分析了我高考的情况后，果断地对我说："你的数学、语文成绩都不错，你改考文科。"我说："离1978年高考只有几个月的时间，怕来不及。"他说："去年高考，许多同学来我处辅导，唯独缺少你。今年从现在开始，你每个星期天来我处，我给你指点指点。你一定能考上。"他的话增强了我的信心和动力。那时我还在农村当知青，不便请假，只好每个星期到他处辅导，将他布置的作业带回去做，做好后带给他改。这些都是无偿的，他不收分毫。果然，在1978年，我考取了安徽大学中文系，从此，走进了人生的一个新阶段。

随着年龄增大，我常常想起往事。这些学习、工作、生活中的点点滴滴，如同陈年的老酒，愈久愈透出它的香浓。从美老师身上，我深深体会到韩愈在《师说》里所说的"师者，所以传道受业解惑也"的真正内涵。美老师不仅是称呼，他更是名副其实的"美老师"。

家有小女初长成

　　女儿从学校打来电话,欣喜地告诉我们,她被推选为入党积极分子,参加大学业余党校积极分子培训班学习。我和她妈都谆谆地告诫她:"被推选为入党积极分子并不是入党,还需要经过很多的努力和考验……"她在电话中连连说:"爸、妈,我知道,我知道,你们放心吧……"

　　放下电话,我心里想:孩子终于长大了,开始懂得追求自己的奋斗目标。

　　1984年10月,女儿在护工的用力压迫、她妈的拼命挣扎、医生的猛拽下,臀位难产出生。起名时,我们不想她像爸妈一样在孩童、青少年时代因家庭所谓的政治原因历经坎坷,希望她顺顺畅畅,就叫她"畅畅"。但她从出生,到上托儿所、幼儿园、小学、中学都不顺,不是年龄缺几天,就是分数缺几分,好像什么三好学生、学生干部等等都与她无缘。她的学习大都保持在中等,偶尔冲一下,露一下峥嵘。她好像什么都无所谓。我们怕伤着她的自尊心,总是旁敲侧击地说:"你妈从小学到中学年年获优秀,你大姑学习成绩非常好,你爸在中学作文竞赛中得过第二名。"她听后,从不表现出惊讶和感慨。说多了,她不耐烦地说:"我们班的三好生都是老师指定的,都是关系户。"听后,我们无话可说。因此,她上大学政审表的奖励栏中,是个空白。我们都感到汗颜。我想:这孩子也许是个天性散淡的人吧。

　　2002年,女儿在上大学后的第一封来信中说,她在班级年龄倒数第二,只有一位青海的同学比她小一个月。她们寝室有六位同学,其中四位都是中学里的班长，还有一位大连的同学在高中时就入了党，哈尔滨的一位同学考分离北大录取线只差一分，其他五人都获过奖。言下之意，只有她一人是"空白"学生，有点不好意思。

大约在一个月以后，她非常激动地打电话给我们说，她代表班里参加法学院新生辩论赛，并且在第一轮中闯过了第一关。她是四辩手，其任务是总结和归纳。后来我们打电话问她："你们是否获得名次？"她顾左右而言他，只说："我们竞赛队的小李同学获得了全院最佳辩手奖。"我们知道，他们队肯定被淘汰了。

也许是"空白"学生的缘故，到大学后，她急于表现自己。在校运动会上，她报名参加了400米、800米运动项目，并入选法学院田径代表队，高年级的一位师哥是他们的教练。她信心十足，每天下午都抽出2个小时去训练。也许是急于求成，方法不得当，在训练中将脚扭伤。我们都很心痛，劝她退出，她说："不行，不好意思退出。"我们知道，她想在运动会上出人头地，所以不肯放弃。因为她在初、高中时，400米、800米一直是她的保留项目，不是第一，就是第二，奖品笔记本一大摞。我告诉她："大学里人才济济，天外有天。爸爸有这样的体会。"她笑着说："在大连上大学的中学同学徐义打电话对我说：'谁能跑过你？'"后来她打电话给她妈，委屈得快要哭出来。她说："那些内蒙古、青海的同学太强，我的脚伤得很厉害，跑了个最后一名，以后再也不干了。"我听后默默无语，心想：这孩子自尊心和肉体肯定受到了极大的伤害，也许她会从此一蹶不振了。

女儿在中学时就特喜欢电视剧《大明宫词》。有一次她考试成绩不错，我问她需要什么奖励，她说："你就给我买一套《大明宫词》吧。"上大学时，她特地叫我把《大明宫词》装到她的箱子里。去年，她大二暑假回家，我问学校开了哪些课，她说："除了法学专业课外，还开了司法礼仪、书法艺术和电影电视艺术欣赏等。"因此，我问："你看《大明宫词》的语言怎么样？"她反问道："你说呢？"因为我是大学中文系的毕业生，我侃侃而谈："《大明宫词》欧化的语言太多,它的对白太多,太像莎士比亚的作品,不具有民族性。"她说:"爸爸,你说的《大明宫词》的缺点,恰恰是它的优点。《大明宫词》的作者,就是留学英国,研究莎士比亚的学者。他就是要把外国的东西运用到中国的电视剧中来,使《大明宫词》的对白充分表现人物的性格,使中国小说平白通俗的语言变得富有哲理和激情。"我仔细体会一下,说得还有些道理。

我曾经突然问她:"美国司法制度中的陪审团和中国的人民陪审员有什么区别?"她首先从我国国体、政体来说明其性质、本质的不同。我说:"这个我知道。"我要她用最简洁的语言说出它们的不同点。她首先从人数、产生的方式说明它们的不同点。接着,她又从根本上说:"美国的陪审团有决定权,我国的没有。"我又问:"这样,美国的法官在审判中不是没有作用吗?""不是,而是作用更大。美国的法官不但自己要准确地进行判决,而且要使那些不甚懂,甚至不懂的陪审团成员弄懂他的判决理由,从而支持他的判决。"她这样回答了我。这下子,我弄懂了这个问题。

大二时,有一天她来电话说:"我准备参加班干竞选。"我问:"竞选什么岗位?"她说:"文体委员。"听后,我和她妈都很担心。"你运动会跑了最后一名,又没有文艺细胞,竞选有把握吗?"我们劝她。她对我们说:"你们要相信我,只要我认真准备,有信心,有决心,就一定会成功。"我们想,这对她也是个锻炼。她经过演讲、选举,终于战胜其他对手。一年来,她热心组织同学们开展文体活动。今年大三,班委改选,她继续留任文体委员。她说:"这说明同学们相信我,也说明我干了事。"最近,她来电话说她忙死了,既要准备寒假期末考试、英语六级考试,全班还要组织一场文艺演出,她还要担任节目主持人。因为,同学们只有大三才有时间集中,大四就要找工作、考研,全班难以集中了。我想想也是。现在的大学生也不容易,不仅仅是读书,还要考虑就业,比我们读大学时多了一番思考。我和她妈听后,都感到很高兴,也很欣慰。这些虽然我们没有经历过,但孩子们经历了这个时代的考验。原先我们总认为，这一代孩子没有吃过苦、受过累，总认为他们长不大。现在我们才知道，长江后浪推前浪，江山代有才人出，一代更比一代强。这是社会发展的规律。我们在内心衷心祝愿：女儿，将来的路还很长，你要走好！

木棉花开

2014年国庆节长假,我和妻子去广州看望在一所大学里工作的女儿。我们去得也不多,尽管女儿常说"你们放心",但我们还是时常牵挂着她。

记得2006年8月,南国广州骄阳似火,我和妻子送女儿去广州那所大学报到。学校是一所刚办的新学校。学校门前学府大道的绿化带上刚刚栽下的木棉树,只有小孩胳膊粗,样子很羸弱。女儿很兴奋,对事业和生活充满了豪情和自信。我们在机场告别的一刹那,我看见女儿那怯怯的眼睛和点滴的泪花,以及弱弱挥动的手。坦率地说,我不大赞成女儿到那么远的地方工作。我知道一个女孩子在南方那喧嚣、充满着不确定的诱惑和危机、举目无亲的大城市去工作和生活,是大不易的。我曾经因干部交流,在皖南一个城市工作和生活了六年。作为一个上过山、下过乡、担任过领导、已近知天命年龄的人,我都感到工作和生活的不易,更何况一个从家门到校门、无任何工作经验和社会阅历的女孩子呢?但我和妻子都知道,小鸟长大了终究要离开鸟巢飞向蓝天,孩子长大了总归要离开父母走向社会。所以,我大声地告诉她:"你要觉得很困难,随时都可以回到家中,家是你永远的港湾。"

女儿时常来电话,我们从她的声音里听到她的喜怒哀乐。她在学校的人事处工作,她的直接领导是一位50多岁的女处长,工作经验丰富,人脉很广,对她很信任,无论是分内还是分外的事,都叫她去做。女儿也很尊敬她。女儿很勤奋,也很敬业,情绪较好,但常常加班,有时也说很烦。我告诉她:

"人生工作的第一站就碰上一个好领导,这是难得的。干事情,做工作,要看你怎么去对待。你要把工作看成是锻炼自己的一个机会,是增加自己才干的一个途径,这样,你就会感到工作是美丽的,是快乐的;反之则不然。"一次,我接到女儿的电话,她说,人怎么这样?怎么凭空造谣呢?原来是她的一位要好的同事,在别人处讲她说处长的坏话。她说,她从来没有讲。我觉得她很委屈,很沮丧,泪水涟涟。我知道女儿很刚强,是个任劳不任怨的人,能吃苦,能吃亏,就是不能受冤屈。我告诉她说:"世人说得好,谁在背后不说人?谁在背后不被人说?你不要计较,你该怎样工作就怎样工作。黑的就是黑的,白的就是白的,日久见人心。不要当回事。但以后与人相处要做到,害人之心不可有,防人之心不可无。适当的时候与你们处长沟通沟通。"她呵呵地应着。随后,她又恢复了常态,情绪很好。不久,她就被提为副科长、科长。过了一段时间,她又成了学校院处级的中层干部。当她在电话里高兴地告诉我时,我告诫她,这是领导和组织的信任、同志们的支持、自己努力的结果,是喜事,但更是责任。今后做人做事更要任劳任怨。果然,事情来了。因一位副校长临时有事,改由她带队去荷兰一所大学进行校际交流,有20多个学生,还有2名刚参加工作的教师,共有30人。她非常怕出事,压力很大。我们也很担心。

时间一晃过去了八年。学校门前大道上的木棉树已有成人大腿那么粗了,有的树身上还长了带刺的树瘤,很健壮,显得生机勃勃。树上开满了红色的木棉花。远远望去,一长溜的木棉树,一长溜的鲜红,红艳艳的一树树火焰似的繁花,炽烈,像高扬的无数火炬凌空飞舞,把天空都染得红彤彤的。

木棉树是广州的市花,又叫攀枝花,是一种生长在热带及亚热带的落叶乔木。树高10—20米。树干直立,呈灰褐色,密生瘤刺,像武士那有着铁钉的盔甲,威风凛凛,不可侵犯。枝条轮生,向四周伸展。花有五瓣,反卷,花瓣红色。明末诗人陈恭尹曰:"粤江二月三月来,千树万树朱花开。有如尧时十日出沧海,更似魏宫万炬环高台。覆之如铃仰如爵,赤瓣熊熊星有角。

浓须大面好英雄,壮气高冠何落落。"所以,人们又叫它"英雄树"。当代诗人舒婷在《致橡树》中写道:"我必须是你近旁的一株木棉,作为树的形象和你站在一起。根,紧握在地下;叶,相触在云里。"她将木棉树比拟为人。我惊异这木棉树为何在 10 月开花。女儿告诉我,这是美丽异木棉,是木棉树的一种,花期在 10 月份。我知道木棉树长大了,女儿也长大了。

　　我问起女儿在荷兰带学生校际交流的事。她说:"别人都很羡慕我去荷兰,我却感到责任重大。"那时正是马航出事的时候,30 人一个团队,一旦出事,可不得了啊。去前制定了方案,呈交校领导批准。进行了明确的分工,落实了责任人。虽然做了周密的安排,还是出了问题。按照荷兰校方的安排,去巴黎观光的时候,一位学生的钱包被偷,里面有护照、银行卡等等,很是麻烦,这些都需要她去解决。她一方面安慰该学生,一方面去海牙中国驻荷兰大使馆,按照特事特办的原则,很快办好了临时护照,安全回国。在回广州的机场上,另一位同学的行李箱没有托运回广州,她多次找机场交涉,一周后,硬是将行李箱完璧追回。原来行李箱在莫斯科机场转运时漏运了。她还自豪地告诉我,这次校际交流结束时,中国驻荷兰大使馆的文化参赞还出席了他们的仪式,应该说是很成功的。女儿很自豪,她享受了成功的快乐。我也享受了她成功的喜悦。我说:"这一点儿小曲折,是这次校际交流中的花絮,如同大海中的小浪花,就是这些小小的浪花,汇集成了波浪。人生的经验也是由这一点一点的曲折而积累产生的。"

　　我看着这满树的木棉花,想到了女儿及一些 80 后、90 后的成长,他们不也像这些木棉树一样,由弱小到壮大,由不成熟到成熟?江山代有才人出,长江后浪推前浪。愿木棉树越长越大,花越开越盛吧。

苦楝子

20 世纪 70 年代中期,我在当知青期间干过几年民办教师。

我任教的学校是公社学校,只有小学四、五年级和一个完整的初中部,是公社的"最高学府"。学生绝大部分是本公社农民的子女,也有少数外公社的。学校背靠青山,面朝大湖。一条小溪终年不息潺潺地向西流往枫沙湖。因此,当地人也叫它"西流学校"。学校布局呈凹字形,南北两边是平房教室,中间是校园,东边是教师的办公地点兼宿舍,北边还有几间厨房,厨房外的空地上有两三棵苦楝树。

当地的农民喜欢栽苦楝树,苦楝树生长快,材质好,不生虫。当地人娶媳妇、嫁女儿都用它打箱子、做小柜。它的根和果子比树干还苦,可以入药。校园里的苦楝树是野生野长的,树不高大,也不粗壮,枝丫疏疏的,有些营养不良,呈羽状,椭圆形的树叶却是绿油油的。春夏之交,苦楝树开着淡紫色的小花,不香,不显眼,默默无闻。很快就结出一挂一挂青色、圆形的果子,果子很坚硬。冬天时,树叶落光,苦楝树的果子由青变黄,由硬变软,挂在枝头,在寒风中瑟瑟摆动,显得那么单薄、单调、羸弱。当地的民谣唱道:"苦楝子中熬苦胆,苦上加苦。"我教初中二年级数学,只有一个班,二十几个学生。学生们早上往往砍了一担柴才来学校上课,下午放学后回家还要下地干农活,学习、生活条件都非常艰苦。我班有一个叫周著生的学生,个头不高,瘦瘦的,头大,圆不溜秋的,眼睛黑亮黑亮的,皮肤很黄,脸上常有一些黑黑的虫斑。冬天他常穿一件又破又大的棉袄,几乎没有穿过袜子,手背常冻得像面包,红亮红亮的。他的学习成绩挺好,也很平和。同学们都叫他"苦楝子"。我有一次到他家家访,看见他在没有灯罩的煤油灯下学习,豆大的灯光映得他是那么黄瘦。他爷爷告诉我:"孩子的父亲病逝了,母亲带着他妹妹改嫁了。他是男孩,现在由我带着,生产队因水灾减产,口粮都不够吃,读书就更困难啰。我们也老了,以后怎么搞哦?"孩子真懂事,听得眼泪汪汪的。我只好安慰着他们,心里想:这孩子真是个"苦楝子"。

那年,寒假快到了,同学们都在复习,准备考试。有一天,我上几何复习课,几何是初二学生的难题,二十几个学生的班上唯独缺少周著生。我问班长:"周著生呢?"班长说:"不知道。"正在这时,听见门外一声"报告"。我一看,周著生脸上、身上都是泥巴,胆怯地站在教室门口。我气不打一处来,没好气地说:"你迟到了,到后面站着去。"接着,我继续讲课。当我讲到圆与三角形的一道难题时,同学们都回答不出。良久,我听见后面一个人说:"老师,通过圆心,做一道辅助线,用三角形的勾股定理和圆周角原理就可以解出。"我大喜过望:"就是这样。"提出这种解法的就是周著生。这时我才想到教室后面还站着一个人。过了一会儿,同学们喊:"老师,周著生倒了。"我跑过去一看,著生黄色的脸上泛白,冷汗直冒,不断地咳嗽,并用双手捂着肚子。我问他:"怎么啦?"他说:"肚子疼。"我赶忙将他扶到宿舍,躺在我的床上。他挣扎着爬起来,跑到外面呕吐,先吐食物,后来吐的全是黄水。随着一阵剧烈呕吐,我看见他鼻孔里有一条白色的东西在蠕动,我赶忙将那白色的东西捏住,使劲拽出。啊,原来是一条蛔虫。"蛔虫怎么从鼻孔里钻出?"我不停地说着,并不断地甩着手。他不断地抽搐着。我握住他冰冷的手,他的手上布满了裂缝、积垢,就像苦楝树的皮。我问他:"你吃了什么?"他说:"我经常肚子疼,爷爷说有蛇虫在肚子里,就用苦楝子熬水给我喝,打虫。"我气愤地说:"你为什么不去医院看?为什么不买'宝塔糖'吃,打虫?"他说:"家里没钱。"我口气软了些,说:"你今天为什么迟到了?""昨天晚上刮大风,早上我下河赶鱼去了。"他回答道。我默默无语。苦楝子,小小的年纪,精神和肉体却承担了与之不相符的磨难。我的眼睛潮了。

1977年恢复高考,第二年我考进大学,离开了下放的地方。后来,听说著生上了高中、大学,离开了家乡。

2002年,我到北京培训学习,在京工作的我的一些学生听说后,要为我接风。当奥迪轿车来时,其中一个年轻人快步走到我面前,他圆圆的脸红润润的,眼睛炯炯有神,高高的个子,穿着一身得体的西装,透出一种青年人特有的干练和自信。他说:"老师,你不认识我啦?"我忙不迭地应着:"哦……哦……""我是著生啊!""呀,是著生,真的不认识啦。""老师你也长胖啦!""是啊。"一番对话后,大家笑着上了车。

那天,著生将我教过的几个在京的学生都请到了,他们有的在国家部委当干部,有的在大学当教授,有的当医生。著生还邀请了几个从纽约回来的朋友作陪。席间,著生告诉我,他大学毕业后考上北京一个金融研究所的研究生,毕业后分在北京一家银行工作。我说:"你们都有出息,真想不到,真好。"大家一个劲地给我敬酒,我也很兴奋,真是酒不醉人人自醉。大家都喝多了,话也多了。一位学生告诉我:"老师,著生不错,他曾给一位全国闻名的'大银行家'当秘书,后来那位领导因经济问题锒铛入狱,而他却没有倒。现在他在银行搞风险投资管理。"听后,我连连说:"著生,你不简单,好多领导倒了,秘书也栽了,你是出淤泥而不染。"著生笑而不语。过了一会儿,他问我:"老师,你还记得西流学校的苦楝树吗?"我反问他:"著生,你还记得'苦楝子'吗?"我们都异口同声道:"记得,记得!"

带雨的梨花

  我下乡插队在长江北岸一个公社的林场,住在一个叫准立庵的山沟里。当地的农民讲,这里过去是个庵堂,后来办了公社林校,盖了一长溜教室,时间不长就停办了。我们的宿舍就是原来的教室。

  林场的对面是山,背后也是山。中间一道山溪,终年不息的潺潺流水,流向山下的陈瑶湖。山溪两旁全是高低不平的山坎地和沙砾地,栽了一片梨树,一直延伸到山下出口处。每年3月,梨花盛开,整个山沟那千万株梨树,那千万朵梨花,一团团、一片片,映白了山沟。真是"千树梨花千树雪,一溪杨柳一溪烟"。我们知青的任务就是看管梨园。有一天,雨后清晨,天空如洗,山溪两旁茂盛的草木被雨水冲洗得青翠欲滴。空气也带有一股清新湿润的香味,带有水珠的洁白的梨花,被朝霞映照得晶莹剔透、娇嫩透亮。我巡视完梨园准备回去吃早饭时,看见一头大水牯正在梨园中的蔬菜地里吃青菜,并在梨树上蹭痒,梨花撒了一地。我连忙追赶水牛。牛绳很短,追赶得我上气接不着下气才抓住水牛,我心里非常气愤,准备好好地惩罚牛的主人。我牵着牛向回走。这时,只见一个小男孩从山溪那边跑来,怯生生地说:"知青大哥,这牛是我放的。"

  "这牛是你放的,你知道它干了什么吗? 叫你爸爸来领。"我边说边走,头也不回。

不多时,身后传来嘤嘤的哭声。我回过头仔细地看着。这是一个十一二岁的男孩,身材黑瘦,头却圆而大,脸上虽然挂着泪珠,眼睛却透出黑亮的光来,光脚丫上沾满了泥水,穿着一身不合体的衣裳,柔柔的,像个女伢子。他看我狠狠地盯着他,身子怯怯地向后退去。

"我以后不干了,今天还要考试呢,是看书看忘了,牛挣断了绳子……"他语无伦次地说着。

听他说看书看忘了,我稍缓了些口气说:"看书就是看书,放牛就是放牛,一心无二用,你知道吗?"

"我以后改。知青大哥,把牛还给我吧。"

看着孩子的可怜样,一股怜悯之心涌上心头。我走上前,在男孩头上轻轻地砸了一"光栗"。"拿去吧。"我说道。我将牛还给他。

男孩龇牙一笑,牙齿雪白,还有一对小虎牙,眼中闪着泪光,不知是痛的,还是感激。

一年后,公社派我到山下学校担任民办教师。在上课的第一天,我又看见了这个小男孩。后来听说他是施家村的,名叫施旭东,外号"小黑皮",父亲病逝了,家中只有奶奶、母亲、妹妹和他四个人生活。因家庭困难,生产队照顾他家放一头牛,多挣些工分。男孩很聪慧,也有悟性,学习成绩很好。每当老师表扬时,他都羞涩地笑着。我记得他曾因家庭困难,在初二时要辍学。我和校长去他家做工作。在昏暗的煤油灯下,他低着头,站在墙角,像放牛时丢了牛一样,忸怩地、怯怯地、柔柔地看着我们。校长对他母亲说:"孩子聪明,不念书太可惜了。"还答应减免学费。他母亲同意后,我看见他眼里晶莹发亮,笑脸像绽开的梨花。

1978 年我考取大学离开了下乡的地方,毕业后分配到长江南岸一座城市工作。一天,男孩突然来我办公室看我。他满脸灿烂地告诉我他上了师范大学。后来,又听说他考上了一所重点大学的研究生。再后来,又听说他出国留学去了。

多年后,我不知道他是否还记得家乡那片梨园,但我仍记得他那灿烂、羞涩、带泪的笑脸,多像带雨的梨花。

乡医"周大炮"

　　我在1975年至1978年的四年知青生涯中,曾在当时的公社医院代做过一段时间的收费工作。

　　我下放的地点位于长江北岸一个全国贫困县最边缘的东部山区,不通公路,也不通电。公社医院在一个施姓的老旧的小祠堂内。药房和就诊都在大堂里。靠东边的两间房,一间是收费员的工作和住宿间,另一间是病房。西边的两间房被打通了,与大堂相连。医院的条件非常简陋,连一台显微镜都没有,只有一台烧煤用的消毒釜。医护人员共有四人:半路出家年轻的院长姓王,兼医生;由江湖郎中转过来的医生姓张;赤脚医生小施;护士姓许,是个中年妇女,她身体不太好,时来时不来的。他们都是正式的工作人员。另外还有两人。一人是公社抽来的上海知青,担任收费和会计。我就是因他去上海探亲而代替的。还雇用了一名临时工医生周大炮,"周大炮"是他的外号,外号的名气大到人们连他的真实姓名都不知道。我常常笑说,这是他的"医名"。

　　这家医院的条件虽然很差,但声名较大,病人也较多。每天上午,周边县、乡的一些农民常常翻山越岭,行船渡湖来此看病,主要还是因周大炮的缘故。

　　周大炮是个50多岁的男性,个头中等,较胖,头大脖粗,眼大外凸,嘴大微拱,一腿受过伤,走路稍跛,经常挂着一个圆头的文明棍(拐杖),可立、行、坐都身腰挺直,颇有派头。他性格刚直,好似大炮筒子,直来直去,喜讲好说,语速快而响亮,如同放炮。这大概是其绰号"周大炮"的来历。他因是临时雇用,必须天天坐诊。他的诊桌前经常排着长队,这也引起其他医生的不满。我曾和王院长聊过此事。王院长告诉我,周大炮原是县医院的医生,1957 年"反右"时被打成右派遣送回家,因腿有残疾,不能干农活。老百姓常常去他家,找他看病。所以公社医院雇用了他,说是以便更好地监督管理,实际上是增加医院的收入。都是乡里乡亲的,都要过日子,将就将就吧。听后我默然。我懂了。

　　乡村医院的医生经常晚上要急诊。"双抢"是农村大忙的时节。傍晚时分,天气闷热,医院里只有我、周大炮和王院长,正准备下班。这时,邻县的五星生产队队长急匆匆跑来说,他老婆在家发高烧,说胡话,上吐下泻,队里的劳动力都到圩里去了,没人抬来,想请周医生去看看。周大炮二话没说,立即准备药箱。王院长说:"小何,你和周医生去吧。"周大炮还叮嘱我,带两瓶盐水和注射用具。我背着十字箱和周大炮、生产队队长一行三人,急急忙忙地向五星生产队赶去。五星生产队离医院有 10 来里地,周大炮拄着拐杖一拐一拐地在田埂上走着,走了将近 1 个小时,到时我们全身衣服都被汗水湿透了。我们看到病人躺在床上,脸色惨白,眼睛闭着。周大炮先是翻开她的眼皮,用手电筒照了照,测了测体温,量了量血压,摸了摸脉搏,听了听胸腔,看了看吐泻物,又问了问吃了什么后说,是急性肠胃炎。他很麻利地给她打了退烧针,叫她吃了止泻药,吊上盐水后,对队长说:"今晚没事了,你明天一定要送她去医院,再吊几瓶水,就好了。"说得很肯定。处理好后,我们在回医院的路上,他情绪很好。我问他:"周医生,你当过兵吧?"他说:"你怎么知道?"我说:"我看你身板笔直,像当过兵的。"他说:"不错,是当过兵。"抗战时,他随学校西迁到重庆,在重庆考取了两所大学:一所是重庆大学,一所是陆军军医大学。那时家里穷,中小学是族里供的。到重庆后,没有经济来源,他只好上了陆军军医大学。因为军医大学不要学费,吃饭穿衣还不要钱,是当兵。毕业后他到云南卢汉部队当军医。抗战胜利后,他还去过越南河内接受日本鬼子投降,回来时出车祸,腿受了伤。官至上校军衔。1949年12月,卢汉率部起义,云南和平解放。他又转为中国人民解放军。50年代,他转业到县医院当医生。说着说着,我们走到了医院前的涧溪边,微风吹来,十分凉爽。他吩咐我先回去,他凉快一会儿。过了一个时辰,突然从涧溪里传来周大炮的喊声:"呛死我了,呛死我了……我是'鬼',老子是'活鬼',老子吓死你。"原来周大炮在溪水里躺着睡着了,溪水不深,他的鼻子露出水面。农民下工赶着牛回村,天黑,根本看不见水中还有人。牛在蹚水过溪时,激起的水花灌到他的鼻子里,把他呛醒了。他一下子从水中跳了起来,农民吓得跑了,边跑边叫:"出鬼了,出鬼了。"这件事后来常常成为我们茶余饭后的笑料。

那时乡村医院缺少仪器诊断,全凭经验行医。一天下午,一对年轻的夫妇找周大炮看病。女的说,她小肚子处经常胀痛,很难受。周大炮检查后说,是小疝气,是因为"双抢"干活累的。他叫女的回家用茄子煎水早晚喝,并注意休息,药都未开一粒。那对夫妻似信非信地走了。我也似信非信。赤脚医生小施轻声地对我说:"胡扯,哪有女人得小疝气的?"哪知,恰恰被周大炮听到了。他大声嚷嚷:"说你是赤脚医生,你还真是赤脚,连这点医疗常识都没有,还装模作样地当医生。"说得小施脸上红一阵白一阵。我赶忙打岔说:"周医生,你也开点药嘛。"他说:"开什么药?开什么药?你没有看到那对农民家里很苦吗?身上衣服都是补丁挨着补丁。茄子有收敛活血、健脾止带的作用。"几天后,那对夫妇前来道谢。周大炮脸上挂着得意的微笑,嘴上却说:"不用谢,不用谢。"

公社时期的卫生院很少分科,医生都是来什么病人就看什么病,按现在的说法是全科医生。有一天大清早,我们刚上班,周大炮正在扫地抹桌子。院长去区里开会了。这时门外急匆匆抬来一个病人。我和小施出去一看,病人处于昏迷状态,都快不行了。原来是一位农村妇女与丈夫吵架,喝了敌敌畏。小施一看，不知所措，对周大炮说："老周，这女的不照了，赶快转到区医院去。"周大炮一听，立即骂开了："屁话，转到区医院要近 2 个小时，在路上怕就死了，赶快抢救。"他一面叫小施给她注射阿托品等药品，一面叫我去井里打来一大盆凉水，他用高锰酸钾调好后，用钳子撬开那位妇女的嘴巴，进行洗胃。那妇女吐出的胃液和农药喷了他一身。竹床担架周围都弥漫着浓浓的农药味。周大炮一边灌药，一边骂："你要死怎么不去跳枫沙湖？害得老子全身都是农药。"由于抢救及时，处理得当，那位妇女终于转危为安。事后，我说："周医生，你不怕担担子吗？假如抢救不过来怎么办？你怎么能用井水调药呢？也不消毒。你还骂人，说人们所忌讳的'死'字。"他用京剧道白的腔调说："想不到那么多，来不及了，来不及了，救人要紧，救人要紧啊。"颇为自豪。

1978 年，我考上大学上学去了。党的十一届三中全会后，听说周大炮平反了，还恢复了军籍，调到县医院，并被安排为县政协委员，声名更响了。

第三辑　自然篇

家朋的油菜花

2014 年 3 月 28 日晚,我在看到 437 具志愿军遗骸归国那庄严肃穆的电视新闻时,脑海中又浮现出绩溪县家朋乡的油菜花。

我曾在宣城市工作过一段时间,去过家朋乡。有次去时,绩溪县工商局的方局长和汪所长一行几人陪同。当时正是阳春三月,春光明媚。由杨溪镇出发,经过蜿蜒曲折、九曲回肠的盘山公路到达家朋乡时,正是上午九时左右,阳光灿烂。我们一行几人走在磡头村中。农人们大都上山下地干活去了。村中的涧溪淙淙地流着,一条小花狗躺在一户人家的门口,几只鸡正在觅食。小山村显得很宁静、悠闲。村中的民居大都是明、清、民国时期的,依山而建,傍水而居。房屋错落有致,和谐得体。古巷曲径通幽,羊肠百折。高耸的马头墙上几株青草在风中摇曳,斑驳的墙面和民居内的板墙、房梁、斗拱、窗漏无不透出古老徽派建筑的特色和历史的厚重。家家民居都很干净清爽,无不体现了皖南人家的特点。房前屋后的空地上大多见缝插针地种了一些蔬菜,稍大一点的地块还种上了一些油菜,油菜正开着黄花。这无不体现了在这片土地上世代繁衍的绩溪人勤劳、节俭、善良和热爱生活的本质。方局长边走边告诉我,家朋乡原来叫磡头乡,该乡涧溪上的石磡多,所以叫此名。黄继光式的英雄许家朋就是磡头乡人。1953 年在抗美援朝战场上,他用自己的胸膛堵住敌人的机枪眼,光荣牺牲。牺牲后,他被中国人民志愿军批准为特等功臣,一级英雄。朝鲜追认他为朝鲜共和国英雄,颁发了朝鲜金星奖章和一级红旗勋章。为了纪念他,经过批准,1957年将磡头乡更名为家朋乡,并为他建了烈士陵园。

我们沿着村中流水潺潺的涧溪走到村外,一眼就看到那金灿灿的油菜花。我对油菜花并不陌生。我下乡时圩区的油菜花是一望无际的,没有高低起伏感,展示的是一种广阔宏大的美。由于家朋乡山多地少,生活在这块土地上的人们,生生不息地在山上开辟梯田。独特山地造就了独特的生态农业景观,有着一种立体结构的层次美。每小块的梯田种植的油菜花就像一个个盆景,它们之间由梯田的田埂连接,横向绕山围成一个圈状,竖向顺势形成阶梯形。每株油菜花的花茎上部是一簇金灿灿的花朵,下部是一片片绿油油的叶片。整体看去,绿叶好像是少女颈上的一条翡翠项链,又好似少女裙上一条绿色的花边,簇拥着金色的花朵,黄花绿叶,格外分明。远远望去,金黄色的油菜花顺着山坡的梯田层层叠叠、叠叠层层,由山脚下一直延伸到半山腰,绵延几十里。真是接天绿叶无穷碧,映日菜花分外黄。这是皖南地区最美的梯田油菜花。

我们徜徉在油菜花地里。方局长告诉我,由于地少人多,交通不便,家朋乡现在还是肩膀驮,扁担挑,牛耕田,板桶打稻。除了外出打工,主要收入靠农业。农民看重的不是花的美丽,而是花期后油菜籽的多少和出油率的高低,那是他们的希望。现在,家朋乡人终于认识到这是一种旅游资源,它需要开发和宣传。家朋烈士陵园也被列入青少年教育基地。每年清明节,都有青少年学生来此凭吊和瞻仰。绩溪县也将旅游作为经济社会发展的支柱之一,每年乡里都承办家朋油菜花节。此时,我看见一对青年男女,特地来家朋油菜花地拍摄婚纱照。姑娘那一袭白色拖地长裙,和那粉红色的笑脸,小伙子那藏青色的西装,和那红色的领带,都显得那么妩媚和精神。看着他们,我想起在莫斯科红墙下的无名烈士墓前,一对俄罗斯青年男女,身着婚纱摄影纪念,他们那种庄重、虔诚的神情,令我感动。我想,先烈们用自己的青春与热血、奉献与牺牲,在历史的进程中标定了人生的坐标、价值坐标,指导着人生的方向。新婚是人生旅程中一个重要的节点,无论种族,不论是在家朋的油菜花地还是在无名烈士墓前身着婚纱摄影纪念,都表达了他们对那可歌可泣、惊心动魄的事迹,和那金戈铁马、峥嵘岁月的怀念,都表达了他们对先烈的敬仰、崇敬,都表达了他们对理想、对美好生活的希望与追求。

青山翠绿,黛瓦粉墙,菜花如金,帅男靓女,这一切构成了一幅浑然天成的油画。一阵春风拂来,我深深地吸了一口,好香!感曰,战地黄花分外香,我爱家朋的油菜花。

又闻布谷声声

我在与江苏、浙江接壤的一个皖南城市工作过。城市虽然不大,但自然生态环境很好。水阳江和宛溪河在城中静静地流着,敬亭山高高地耸立着。空气也很清新。有山有水的城市的确不多。

5月的江南,雨是绿色的,丝丝地下着;树是绿色的,郁郁葱葱地长着;水是绿色的,清清地流着。暖风熏得人晕晕的,似醉非醉似睡非睡。我宿舍隔壁的市政府大院子,草长莺飞,树木葱茏,繁花似锦,百鸟争鸣。大院子早晚是开放的,来锻炼的人不少,项目众多,有唱的、跳的、舞的、跑的、走的等等。生态环境也很好。

每年此时,我在上班的早晨和下班的晚上时,都听到布谷布谷、布谷布谷的鸟叫声。刚开始我并不在意,但六年都是这样,的确引起了我的注意,引发了我的感慨。

人与自然和谐统一的理想,在挖掘机的吼叫前不堪一击。人们生活在钢筋水泥的高楼大厦的森林中。人类对生态环境的破坏,造成天也不蓝了,水也不绿了,空气也不新鲜了,鸟儿也少了,更是难得听见布谷鸟的叫声。

《诗经·魏风·硕鼠》中就有"适彼乐土"的观点。人们追求良好的自然生态和社会生态环境。鸟儿也是有灵性的,当感觉到一个地方、一个区域的生态环境适合它们生存时,它们就会不由自主地向此聚合。这是人类、鸟类乃至一切生命体的生存规律。

20世纪70年代我下放当知青的地方是靠近长江边的一个小山村,有山有水,可谓山清水秀的鱼米之乡。农民大都种一季麦子,再种一季水稻。小麦经过冬天和春天的出苗生长、分蘖、拔节、抽穗、灌浆,到5月间,小麦的腰杆开始变粗变直。麦穗渐渐地低下了头,在暖风的吹拂下,像喝醉了酒似的摇晃。一阵风吹来,密密匝匝成熟了的麦子,像波浪一样起伏,一阵一阵的。麦秆之间摩擦,发出沙沙的响声。农民此时也都在将镰刀磨得霍霍发响。我们生产队的周队长是个老三届的高中回乡知青,他常常带着我去巡视每块麦田。他用手将麦穗摘下,放在手心里揉揉,用嘴吹去麦皮和麦芒,用牙咬开麦粒,看看成熟了没有和干湿度。这时往往从空中传来布谷鸟布谷布谷、布谷布谷的叫声,声音一阵紧似一阵,一声高过一声。周队长说,麦子可以收割了,布谷鸟在叫"割麦插禾,割麦插禾",催人们收割麦子,抓紧茬口,栽插稻子呢。农谚说:"雨淋麦黄,日晒稻黄。"麦子成熟时,正是江南的梅雨季节;稻子成熟时,正是江南的酷暑。如不抓紧趁好天气收割,麦子被雨水淋湿,容易发霉变质,一年的收获就要受到损失。所以,收割麦子是个抢农时的苦活。全生产队的劳力都出动,在烈日下挥汗如雨。人们拿着镰刀,在麦田中挥舞,只听见镰刀与麦秆相交时的嚓嚓声。麦田里热气逼人,麦芒刺人。我感觉好像割不到头似的,渴望尽快割完的焦急心情不时地表现在脸上。而布谷鸟不时在空中鸣叫。我常常眯着眼睛在天空中寻找布谷鸟,看见一只比鸽子大的褐色鸟儿,在云端像一只精灵,边飞边叫。我心想:这鸟儿也怪累的,别的鸟儿停在枝头上鸣叫,而它一边飞一边叫。你不累,我还累呢。周队长看出我的心情。他告诉我,布谷鸟属于杜鹃科,又叫"子规鸟"。古人诗曰:"绿遍山原白满川,子规声里雨如烟。"每年在江南的四五月春收夏种时节,布谷鸟适逢其时,尤喜在春雨里放歌。它不像麻雀之类,群聚群落,也不像喜鹊在枝头鸣叫。相反,它爱独处,在云端高唱,声音清亮,身影孤傲,独来独往。它是个"苦鸟",民间有杜鹃啼血的传说。因它一边飞,一边叫"割麦插禾,割麦插禾",直至啼出血来,血落大地,化成了杜鹃花。

听后,我心想:连鸟儿都知道农时耽误不得,何况人? 心中也就平慰了许多,舒缓了因劳动艰辛和生活艰难而产生的烦躁情绪。

我在交流工作的六年间,一听到布谷鸟的叫声,就知道又过了一年,又一个春天到了。布谷鸟又叫"报时鸟"。清人诗曰:"林外声声啼布谷,青郊应及试春耕。"女儿女婿新婚度假去德国,带回一架布谷鸟挂钟。钟体是小木屋造型,古色古香,高贵典雅,设计精巧。每到半点和整点,钟上的小木门会自动打开,出来一只会报时的布谷鸟,发出布谷布谷的叫声。我想:无论是中国人还是外国人,无论是古人还是今人,都喜欢布谷鸟那清脆响亮、委婉动听的声音,都喜欢遵守时间的布谷鸟,都渴望播种和收获。但我更在想:繁华的城市和园林般的环境,不是不可统一,关键在于人们的创造和保护。布谷鸟的叫声会给在城市生活的人们送来圆润的歌唱,带给人们美好的记忆,但它更告诉人们保护好生态环境的重要性,以及在美好的生态环境中生活和工作是美丽的。

城中闻鸠

2008 年元月份,因工作交流,我被调到宣城市工作。宣城是靠近江苏、浙江的一个江南城市,是个既历史悠久又年轻的城市,也是个山水园林城市。敬亭山上常常飘着块块白云,宛溪河里流水潺潺,空气清新纯净。我居住在一家银行的培训中心,隔着一面墙,是市政府大院子。院子里树木参天,繁花似锦。我宿舍的围墙外是一个池塘,池塘像一条弯弯的小河。池塘周围全是自然生长的树木和竹子。春天里,碗口粗的女贞树开满了白花,早晨竹笋上的露水似颗颗珍珠。夏日里,桦柳树垂下了一串串好似雁群飞行的青青果子。秋天的水杉如同一株株火炬,桂花的馨香不时飘进房中。冬雪下得青松更加挺直,红梅绽放。池塘的水,四季变化不同。翠鸟也常常掠过水面。鸟儿常在林中觅食、雀跃、鸣叫。

刚到时,人生地不熟,下班后,常在宿舍中静思和看书。有时候就隐隐约约地听到斑鸠的叫声,也不在意。随着时间的推移,特别是早晨和傍晚,经常听到咕……咕……勃勃咕……咕咕咕……咕的叫声。这真是斑鸠的啼叫。在当下的城市中,能闻斑鸠的叫声,的确稀奇。

斑鸠是爱情鸟。《诗经·卫风·氓》中就有记载:"于吁嗟鸠兮,无食桑葚吁嗟女兮,无与士耽。"《诗经》的第一首诗,就是"关关雎鸠,在河之洲。窈窕淑女,君子好逑"。每当春意盎然之时,我宿舍外的树梢上,常常有一对斑鸠在鸣叫。先由雄鸠领起:"咕咕……咕咕咕……咕咕咕咕。"反复鸣唱,好像在说:"爱你,我爱你,我爱你啊。"一声比一声急促,一声比一声热烈,抑扬顿挫,激昂亢奋。这是爱的呼唤。雌鸠在另一个树梢上应和:"咕……咕咕勃……咕咕咕勃。"反复应答,如同在说:"好,很好啊,非常好啊。一声比一声妩媚,一声比一声缠绵。一唱,一答。条件成熟,随后比翼同飞,一对俏姿靓影划过蓝天。

冬口池塘边雪融后露出的空地上、树丛中,时常看见三三两两的斑鸠在觅食。雄鸠找到树籽、草籽后,发出低声的召唤:"咕,咕,咕咕。"吐音短促、轻柔,告诉雌鸠:"来,来,来吧,这儿有食物。"雌鸠迈着小碎步,摇摇摆摆边走边叫:"咕咕,咕咕,咕咕。"好似说:"来啦来啦,来啦。"走到跟前,共同啄食,并惬意地唱和。我曾经还听说过斑鸠逐妇的古老故事。天下大雨,雄鸠守巢,将巢中雌鸠赶出,让它到别处躲雨。待到雨过天晴,雄鸠啼鸣不断,呼雌鸠入巢,直到雌鸠入巢为止。所以人们常用斑鸠来比喻男女之间的忠贞爱情。

斑鸠是气候鸟。诗人王维曰:"屋上春鸠鸣,村边杏花白。"农谚道:"斑鸠叫,春雨到。"斑鸠鸣叫,预报着季节和天气。天阴时,气压低,斑鸠叫声低沉:"咕……咕……勃勃咕,勃勃咕。"预示着天要下雨。如遇天气干旱,斑鸠常常立于树枝之上、屋脊之上,天天不断叫唤:"咕……咕……咕,勃勃……咕。"如此反复,长调声声,叫声响亮、粗犷、深情、忧伤、执着,像是祈祷老天爷下雨。农人听后说,这是斑鸠在唤雨,心中自然滋生了一种喜悦、一种希望。有时,雨还真的下下来了。雨畅快地下着,斑鸠追风沐雨,彼此飞逐,载歌载鸣,穿过市政府大院子的上空,直至消失在我的视野中。

在我与斑鸠做邻居的六年中,几乎是每天清晨和傍晚,我都听到斑鸠的鸣唱,有时高昂,有时低吟;有时急促,有时舒缓……它们或许是为了快乐而高歌,或许是为了忧愁在诉说,或许是为了爱情在歌唱……它们用自己的叫声表现不同的内容,这大概就是人们常说的"鸟语"吧。我想,鸟类与人类一样,都有着自己的喜怒哀乐。每当聆听了以后,我心中就感到平静、祥和,达到了人鸟合一的境界。

　　这些年,随着人们生态环境保护意识的增强,环境污染治理的加强,山水园林城市建设的不断完善,斑鸠等鸟儿从深山落户于城市,已成为城市生活的一部分。它们的鸣叫也成为城市交响乐中的一个音符,汇成一个动人的乐章。

池塘蛙声

　　长期生活、工作、居住在城市中,好多年没有听见蛙声了。看见的是钢筋混凝土构成的高楼大厦、车水马龙的街道和川流不息的人流。听见的是汽车、摩托车的驰鸣,高音喇叭和挖掘机的吼叫。蓝天白云不常见,空气中常常有着呛人喉咙的雾霾,树叶上都蒙上一层灰尘。我常常自觉不自觉地想起,童年和下乡时蓝天白云下那泛着青波的池塘、青翠的树木,和那清脆的蛙声,心中往往有着一种淡淡的忧虑。

　　我曾经在一个靠近江、浙两省的皖南城市工作了六年多,居住在城市的中心,市政府大院子就在宿舍的隔壁。城市的生态环境很好,远山如黛,连绵起伏,河流如链,潺潺流淌。蓝天上经常飘着白云,空气很清新。市政府大院子就是一个大花园。园中的雪松高耸像塔,鹅掌楸树叶在微风的吹拂下好似鸽子在飞翔,高大笔直的银杏树在众多的树木中是那么独立挺拔。白色、紫色的玉兰花在春天争相吐艳,夏日的石榴花红似火,秋天的桂花香飘大院,冬日的梅花迎雪傲放、暗香袭人。墙外有一长长的池塘,好似一条小河,两旁树木繁茂、郁郁葱葱,常常有人静静地垂钓。

　　我刚调去不久就遇上梅雨季节,雨丝如帘,慢悠悠地时停时下,天也是时阴时晴。雨水滋润着大地,催醒了万物。忙了一天的公务,回到宿舍,倍感寂寞。心情如同雨丝,剪不断,理还乱。不经意间,我听见窗外传来青蛙的叫声。我推开窗户,雨后春日夜晚,皓月当空,星光闪烁。周边的树木和远处高楼的倒影都映在池塘里。青蛙发出呱呱呱、呱呱呱的鸣叫。我第一次听到时很惊奇，城中能有蛙声，颇为少见。70年代我下放农村时，在乡间的田埂上、池塘的荷叶边、山涧的溪流中，时常看见它们蹦跳的身影，听见它们对唱的歌声。真是"黄梅时节家家雨，青草池塘处处蛙"。我们的生产队长一听见蛙叫就高兴地说，要泡稻籽育秧了。对于面朝黄土背朝天的农民来说，听见蛙声感到格外亲切。现在，由于水和空气的污染、化肥农药的过度使用、人们的捕杀、不顾生态环境的开发，田间地头都少见青蛙了，更何况城中。

　　每当夜晚，我常常静坐在宿舍中，听取蛙鸣。有诗人曰："林莺啼到无声处，青草池塘独听蛙。"你只要认真细听，还真有不同。有时蛙声阵阵，好似大合唱，一阵高过一阵，一声高过一声，此起彼伏。有时如同二重唱，声部时分时合，声音时高时低，和声和谐。有时像是对唱，这边唱来那边和，如同男女在对歌：雄蛙唱声响亮、激越、高昂，雌蛙唱声低吟、妩媚、缠绵。真如白居易《琵琶行》里描绘的那样："大弦嘈嘈如急雨，小弦切切如私语。嘈嘈切切错杂弹，大珠小珠落玉盘。"

　　我常常在早晨围绕着池塘行走锻炼。池塘中，一团团的小蝌蚪在游动，它们摇动着大大的脑袋，摆动着长长的尾巴，一会儿散开，一会儿团聚，像是表演水中体操。青蛙妈妈在旁边游来游去，低声鸣叫，充满了慈母般的怜爱和欢乐。我想起小学时的一篇课文《小蝌蚪找妈妈》，老师说，小蝌蚪就是青蛙的宝宝，随着不断成长，它会慢慢地脱掉尾巴，穿上花衣裳，变成青蛙。我当时怎么也不理解，常常将小蝌蚪捞上来，装在墨水瓶里，想看看它怎样脱掉尾巴。妈妈见了，总是要求我把它放到池塘里去。她说，养在墨水瓶里的小蝌蚪会死的。我总是将信将疑地把它放到池塘里。长大了才知道，改变了小蝌蚪的生存环境，禁锢了它的自由，它永远脱不掉尾巴，变不成青蛙，只会慢慢地死去。七八月份，小青蛙都已长大成年蛙，在池塘的草丛里、池塘旁的道路上，蹦来蹦去，虎踞鸣叫。它全身用力，耳朵旁的气囊一鼓一鼓的，声嘶力竭地吼叫,如鼓声,如雷鸣,仿佛呼唤着人们去收割。难怪豪放派词人辛弃疾,也写出柔情似水的词句"稻花香里说丰年,听取蛙声一片"。

我时常想:城中池塘里的蛙声,是青蛙们在歌唱着春风春雨,在歌唱着泥土的芬芳,在歌唱着爱情的欢乐,在歌唱着丰收的喜悦,在歌唱着城市美好的家园。池塘中的蛙鸣,拂去了人们心中的浮躁,扫去了人们心中的忧愁,使人们的心豁然开朗起来,变得轻松愉快,不知不觉地,好像人蛙合一。这是一种返璞归真、回归自然、至性至情的享受。活在当下的人们,都应当自觉地、主动地保护好生态环境。因为这是我们可持续发展的永恒主题。

柿子红了

我曾在皖南的一个城市工作了六年。我所住宿舍外的池塘边有一棵柿子树。由于池塘周边树木众多，一开始我也没有在意。日复一日年复一年，我经常在池塘边的小路上锻炼，柿子树引起了我的注意。柿子树的主干有大汤碗口粗，树干呈灰褐色，枝干也有小孩的胳膊粗，枝叶繁茂。树冠张开，展盖如伞。柿子树自然生长，也没有人管理，只是在收获季节才有人出现。

春天来临，我清晨时常从柿子树下走过，看见它光光的枝干上吐出了长着白毫的嫩芽。嫩芽毛茸茸的，在春雨的滋润下，一天一个样，很快便长成鹅黄色椭圆形的叶片。叶片透亮，上面的经络清晰可见，显得赢弱。随着时间的推移，经过阳光、风雨的洗礼，叶片由鹅黄变成了淡绿，由赢弱变得强壮，包裹住整个树干，远远望去，好似一把大伞。

三四月，柿子树枝干上结满了小小的鸡心状的花蕾。小花蕾不断地膨大，慢慢地撑开，开出了星星点点的小黄花，不太引人注目，却引得蝴蝶翩翩起舞，蜜蜂嗡嗡吟唱。它们陶醉在柿子花的世界，尽情地享受着柿子花的芳香。

春末夏初之季，最难将息。天气变化无常。一天晚上，风雨骤至。清早起来晨练，我看见柿子树下的小路上撒着许多小小的、青青的柿子球。我抬头仔细察看，柿子树枝干上结满了一个又一个小小的柿子球。它只有指甲盖那么大，绿油油的。柿蒂犹如花边草帽，盖住了柿子球。倒过来看，柿蒂托着柿子球,好像翡翠戒指。柿蒂是为小柿子提供营养的脐带,又是守卫自己孩子的"卫兵"。小柿子们藏在叶片中,与叶片混为一体,很难被发现,给人以谦谦君子之感。

夏天阳光灿烂。强烈的光合作用,使柿叶由原来的淡绿变成了墨绿色,变得肥大、厚实。小柿子越长越大,柿蒂越长越小,慢慢地盖不住柿子了。我想,柿蒂是为了让柿子尽情地享受阳光的照射。柿子像个绿油油的小蒲团,扁圆扁圆地展现出来,一个一个好似壮小子参加健美比赛,秀着自己的肌肉。

秋风飒飒,柿叶落了,柿树一览无余,柿子尽情地展露。柿子树的枝条都被压得弯下了腰,垂下了头,几乎要碰到行人的头。我伸手摸摸,柿子硬硬的,柿蒂开始枯萎,变成了褐色,使命已经完成。每个柿子接受阳光的程度不同,颜色也不尽相同,有青色的,有墨绿色的,有橘红色的,有橙红色的,有半青半红的,有的柿子上面还有一层白霜,好似女人脸上擦了粉妆,五彩斑斓。此时,小区里的大人、小孩,男的、女的,都来采摘。在欢乐的气氛中,不一会儿,柿子被摘光了,只有树梢顶上几个难以摘到的,遥遥地留在上面。

冬天下雪了,天晴了,雪后的柿子树枝干上还残留着白雪。在阳光的照射下,在白雪的映衬下,几个留在树梢顶上的柿子红得是那么鲜艳,红得是那么透亮,像一个个红灯笼,更似高擎的火种。鸟儿纷纷前来啄食。红透了的柿子掉在地上的雪中,摔烂了,柿核被雪埋住了,明年也许会生根、发芽,长成柿树苗吧。

看着这棵不曾引人注目的柿子树,看着柿子由青到红的成熟过程,我大有敬意。不论土壤贫瘠还是肥沃,不论是被重视还是受轻视,它总是默默无闻地按照自己的生长轨迹,追求着自己的成长道路,提供着自己的果实。它虽然没有杨柳那么婀娜多姿,没有白杨那么挺拔,没有桃李那么斗艳,也不似丹桂八月飘香,但它那不以物喜、不以己悲的态度,它那向上、质朴、谦虚、奉献的精神,给了我工作、生活多少启迪和慰藉啊。

大别山的栗树

又到了栗子飘香的季节。我看见市场上那黄澄澄的生栗子,闻着街市上那香喷喷的炒栗子味,我想起去年11月去天堂寨的途中那一片令人震撼的栗树林。

那是在快到天堂寨主峰的一个山谷中,一片天然、野生、原始的栗树林,布满了整个山谷,林中几乎是清一色的栗树,远远望去,呈青灰色的栗树林像一排排威武的战士,又像一堵堵壁立千仞的屏障。我们走进这片林子,仰望那伸入云天的树干,树干粗壮笔直,透出一股坚毅巍然之气。树丫尽情四散展开,相互交错。有的树枝上还挂着尚未落尽的金色叶片和像刺猬一样的果实。一阵山风吹来,飒飒作响,弹奏如乐,又似波浪。我走到一棵几人合抱那么粗的板栗树前,用手抚摸着那龟裂的树干,树皮犹如百岁老人那粗糙的皮肤。扎根于溪谷乱石中裸露的根须,粗壮,挤出地面,如龙虬曲,峥嵘遒劲,尽显岁月、风霜的磨痕。

陪同的六安市工商局的同志告诉我,大别山的栗树,是"刚强树"。它的树质特别坚硬,既可以做家具,也可以建房。栗树是天堂寨森林中的主要品种,许多山头、山谷都有成片的栗树林。当年红军在栗树林中击退了国民党军队的多少次进攻,栗树林用自己的躯干挡住了敌人的多少子弹。它们不曲不弯,不折不挠。从大别山走出去的将军是那么刚烈、忠诚。他们敢爱敢恨的个性、勇于牺牲的精神,至今被人们称颂。从大别山走出去的红四方面军，两过雪山，三过草地，最终到达陕北，为了革命事业，历经磨难，九死而不悔。千里大别山，万亩栗树林，深埋着十几万烈士的忠骨。浴血奋战的壮士，静静地躺在栗树林中，他们的尸骨、精血融入了栗树林。每当栗树开花时，乳白色的栗花如同雪花一般，覆盖了整个山头和山谷，祭奠着烈士的英灵。谁说青山无语，栗树无情？

大别山的栗树，是"实在树"。它全身是宝，树干无论再粗再老，都不空心，可以成材，树丫可以烧炭。它的果实虽然遍体芒刺，但一到成熟就会裂开豁口，油光发亮、深褐色的栗子就会掉出来，撒得满山遍地都是，可以当作粮食。当年刘邓大军千里挺进大别山时，正值寒冬，衣薄粮稀，就是靠栗子充饥，栗炭取火，度过最艰难的岁月。当年"扩红"时，仅金寨县就有 10 万人参加红军。中华人民共和国成立后，金寨县出了 100 多位将军，成为全国闻名的将军县之一。还有许多红军，他们甚至连名字也没有留下，就匆匆地走了，长眠于栗树林下。在共和国的建设中，大别山老区的人民，为了治理淮河修水库，顾全大局，没有向国家伸手，离开故土，重建家园。老区人多么实在，多么无私！

大别山的栗树，是"致富树"。在改革开放的今天，栗树已成为大别山人民的致富树，成为大别山人民主要的经济收入来源。仅金寨县就人工栽培了 900 万株板栗树，万亩板栗林比比皆是。2004 年，金寨县板栗的产量达到 2 万多吨。千千万万大别山人，将大别山的板栗卖到北京、上海，卖到北国、南疆。金寨、岳西的板栗摆满了铜陵的大铺小摊。

我呆呆地望着这片板栗林，眼睛模糊起来。树如其人，人如其树。大别山的栗树，你虽然没有松树那么青翠欲滴，没有柳树那么飘逸柔媚，没有枫树那么丹丹红艳，但你那刚强、朴实、奉献的品质，如同一个伟岸的丈夫，永远印在我的心中！

好大一棵树

记得曾经在一篇文章中看过这样一句话："淮北无大树"。加之去北方较少，因而我一直以为北方无大树。

1999 年 9 月 9 日，我随铜陵市市场考察团考察了嵩山旅游市场。嵩山为中华五岳之中岳，位于河南登封市，周边汇集了以少林寺为主的一些旅游景点。我们在参观嵩山中岳庙时，看到了中岳庙翠柏掩映、红墙黄瓦、金碧辉煌、巍峨壮观。特别是中岳庙那全挺拔多姿的 600 多棵松柏形成的 500 多米的柏树长廊，使我惊愕、喟叹。不是北方无大树，而是北方有大树。

登封市政府的陈主任，是位非常熟悉嵩山旅游业务的女士，她明眸皓齿，妙语连珠，热情地向我们介绍："这些柏树，据统计，树龄最长的有 3000 多年，短的也有 200 多年。在五岳中，保留古柏最多的庙宇就是中岳庙了。"由于树种、年代、种植条件和自然环境等关系，这些柏树苍古葱郁、富于变化，或俯或卧，或屈或蟠，千姿百态。树干上的树瘤，简直是大自然的浮雕，造化出许多耐人寻味的动植物形象来。她如数家珍地向我们介绍着卧羊柏、猴柏、鹿柏、凤尾柏、荷花柏等等。我忙不迭地拿出相机准备拍照。她笑着说："嵩阳书院还有比这更古、更大的柏树，你可要节约胶卷哟。"考察团的同志们都笑了起来。我只好红着脸，快快地收起了相机。

嵩阳书院是我国古代四大著名书院之一。书院与游人如织的少林寺、中岳庙相比，就显得较为清冷，让人有"锦官城外柏森森"之感。一进院内，我就看见一棵柏树身材高大，躯干有三人合抱之粗，枝叶茂密。我口不由己地喊道："好大一棵树！"陈小姐说："这柏树名为'大将军'。"相传西汉元封元年正月，汉武帝刘彻来这里游览，进头一道门，看见这棵柏树，说道："朕游遍天下，从未见过这么大的柏树。"感叹之余，信口封它为"大将军"。随后进正中院，迎面看见一棵柏树比"大将军"柏大好几倍。无奈汉武帝金口已开，只好指着柏树说："朕封你为'二将军'。"随从官员感到不合理，不好直说，只好从侧面提示说："这棵柏树比前面那棵大呀。"武帝大怒，斥责道："什么大呀小呀！先入者为王。"随从连声称是。没走几步，又看到一棵更大的柏树，武帝面对柏树说："再大你也是'三将军'了。"

陈小姐边走边说。我们来到"二将军"柏前。"二将军"高约 30 米，树围要五六人合抱才可，主干树皮剥落，躯干老态龙钟，皮色已呈枯树般的灰褐，纹理坚拔。巨柏老丫虬曲，沧桑遒劲；新枝旺盛，枝叶并茂。树冠如同一团苍绿的碧云。两根弯曲如翼的庞大干枝，左右伸张，状若大鹏振翅、金鸡展翅。主干中间有一裂缝，下部有一枯洞，南北相穿，可容纳五至六人。我好奇地问陈小姐："'二将'军肚量何以如此巨大？"陈小姐笑而答曰："三棵受封柏树，都有不同感受。'三将军'认为大而封小，太不合理，又怒又恼，一气之下，枝枯叶萎，一命呜呼！现在游人看不到了。'二将军'虽心怀不满，却不敢直说，结果把肚皮气炸，伤了身体，但仔细想想，还是随遇而安。'大将军'也自感不称职，受之有愧，所以常低头弯腰，主干微倾，谦恭地对着游人。"后人曾对此赋诗一首：

> 大封小来小封大，先入为主成笑话。
> "三将军"恼怒被气死，"二将军"不服肚气炸。
> "大将军"羞愧低下头，金口玉言谁评价？

听后，考察团张副团长戏谑地说："'三将军'不能正确对待皇帝评价，自寻烦恼,有伤身体,何苦来哉?"全团人就连陈小姐也忍不住哈哈大笑。

此时,我再看看两棵将军柏,体会着陈小姐的话语。我想:树是通人性的,松柏的高洁是不会屈从于受封的不公。"大将军""二将军"虽穿透历史的风云,潇潇洒洒地活了几千年,其大概是在告诫人们:干任何事情,都要注意调查研究,实事求是,让一切结论在调查之后产生吧!

九华雪色

有一年腊月二十八日,任香港《大公报》记者的同学约我上九华山拜见九华方丈仁德大师。

已近春节,大雪封山。中午我们由铜陵乘车上山。开始上山时,天空中飘着雪花,道路冰冻如镜。上山的公路上无往日的车来车往,冷冷的,静静的,只有我们一辆车踽踽而行。这与山下那空气中都弥漫着节日的气氛形成鲜明对比。到达九华山山门时已是下午四时,雪已停止,仁德大师已派人来接。

我曾多次陪人上过九华山,每次都觉得这佛教圣地也是"人满为患",山道上人接着人,寺庙里也是摩肩接踵,山上充满了喧闹。呼朋唤友的游人、高声叫卖的小贩、车辆的轰鸣、电子音响中的"阿弥陀佛",组合成繁荣和喧嚣。

此时,我站在"上客堂"的台阶上放眼望去,九华真是一片雪色,天是白的,地是白的,山是白的……一片白茫茫的世界。远处的群峰,银装素裹,冰雕玉砌,雄奇峻伟。山上一株株松树,高举雪伞,更显松之高洁。道路上一片竹林被积雪压成弓弧,像是青翠的拱门。山涧边的悬崖上悬垂好几尺长的冰凌,好似竖琴的琴弦。寺庙屋脊上的黄色琉璃在白雪的映衬下更为醒目。九华街的家家户户已透出一种昏黄的灯光。街上看不见游人,车辆更无。在去住宿的路上偶遇几位身着灰色僧装的僧人,那踏雪无痕的孑然身影和踏在积雪上的沙沙轻响,都使我感到这雪天的佛国是如此美好和静谧。

我思索着"每逢佳节倍思亲"的诗句,凡尘俗世的节目是否也搅动着这些佛国人的心海?

晚上,仁德大师宴请我们。仁德大师是九华佛教圣地德高望重的方丈,是全国政协委员、安徽省政协常委。大师已是70多岁的老人。他身着青黄色的僧袍,清癯修长的身材,慈眉善目,炯炯有神。他不急不躁、温文尔雅地与我们交谈。席间,同学坦率地询问大师:

"在这春节将至的时候,僧人们也是思念亲人吧?"

"是思念的。"大师停了会又说,"当初佛决定走出宫墙走进苦行林时,你能说他不爱自己的父母、亲人吗?但是,既要出家,但念一切众生为自己的父母、亲人,应把自己的爱,献给一切有情众生,为他们祈祷,为他们修行。地藏菩萨,众生度尽,方证菩提,地狱未空,誓不成佛。"这就是"我不入地狱谁入地狱"的至善至美的精神。

大师轻轻的话语使我知道了,僧人们正因为心中有着一个崇高的目标,才能在无论是喧闹还是冷静的环境中,做到心静如水,这正是高僧大师们所追求的境界。我这个俗人由此也知道了虔诚的僧人们对佛菩萨的那种贴肝贴胆的情怀。

宴后回到客房,久不能寐。客房外僧人的念经声传入我的耳中。我翻身下床,走到室外。夜已深,笼罩在雪色中的群山、庙宇、街道、民居更显得美妙而含蓄。附近祗园寺传来的诵经声,使其显得更加宁静和神秘。我走到祗园寺旁的溪涧边。溪边的老树顶着一堆堆白雪,枝杈老干都镶了银边,枝尖上凝结着一条条冰挂,在风中摇晃,像风铃碰出叮叮声响。溪旁铺着厚厚的白雪,溪中流水潺潺,溪面结着厚厚的冰。"千山鸟飞绝,万径人踪灭。"生命就此停止了吗?不是。诵经声、"风铃声"、溪流声都在显示着生命的律动和追求。我情不自禁地抓起一把白雪——九华山的白雪,仔细察看,这雪好像白得晶莹发蓝,蓝得沁人心脾。这白雪又好像温温的、柔柔的,大概是润物细无声吧!

泰山冰挂

去年 11 月中旬,我们工商局考察团到达山东泰安市时,风和日丽、阳光明媚。泰安市工商局张局长说:"你们来得正是时候,昨天还雨雪交加,泰山下了今年的第一场雪,缆车都停开了。明天上泰山是个好天气。"

第二天清晨,我们乘缆车上中天门。放眼望去,晴空万里,天光空碧,明月尚未落下,太阳正在升起,日月同辉。雪霁后的泰山,植被尽退,岩石峥嵘,谷幽壑深,壁立千仞,擎天捧日。那苍劲挺拔的松柏和一些不知名的树木,铁骨铮铮,傲然挺立。千峰万壑,千树万物,经过风雨、冰雪的洗礼,变成了一个晶莹剔透的世界。我环顾四方,只见齐鲁大地一览无余,大有"一览众山小"之感。

从中天门到玉皇顶的路上,寒风凛冽,白雪铺地,我们都穿上工商局同志送来的羽绒服。通向玉皇顶的台阶给冰冻得如同玻璃,沿途的岩石、流水的山涧、千姿百态的树木,都挂着各种形状的、钟乳石般的冰溜。陪同我们的窦主任说:"前面还有更好看的冰挂呢!"

我们穿行在玉宇琼枝间,漫步在皑皑的山道上。爬到玉皇顶下面的一片开阔地时,我仰望玉皇顶,玉皇顶上的殿宇楼阁全被冰封,犹如玉的世界,建筑物瓦沟里流水结成的冰挂,犹如玉皇大帝皇冠上的璎珞,在阳光的照射下放射出绚丽夺目的异彩,真是琼楼玉宇。玉皇顶下一片封禅祭祀的碑群,好像是文物被浇上一层透明的树脂,用手摸去有一种冰冷滑腻之感,更显得神秘庄重。到玉皇顶的山道的右侧有一大片落去叶片的灌木丛,落叶铺满了整片山坡,枝枝丫丫,树树杈杈,相互交错,全被冰封玉砌,玉树琼枝,像是海中的一片白珊瑚,在雪后初霁阳光的照射下,五光十色,晶莹闪烁。一阵山风吹来,整个树林活了起来,万树摇曳,冰挂相互撞击,好似无数风铃,发出叮当、叮当……的声响,和谐有力,清脆悦耳。我仿佛走进了仙山琼阁,又恍惚似穿过时光隧道,看见历代皇帝到泰山封禅,文武大臣浩浩荡荡穿行在山间,听到环佩发出的声响。

陪同的窦主任说,泰山冰挂,是泰山孕育的一种奇特的自然景观。泰山的冬天气温常在20℃左右,初冬下雨时,雨滴在空中温度已在0℃以下,但仍保持着液态。这液态雨降落到远远低于0℃的地面时,就急速冻结成冰,在物体上形成光滑的冰层。它使岱顶上的树枝化成冰的珊瑚,把岩石变成冰的璞玉,使岱顶上的大地、屋顶、树木等一切都结满了冰层,让万物都在骤然间凝成冰的世界。

这时,我看见两位年轻的姑娘,相互搀扶,走到这片结满冰挂的灌木丛前合影留念。大红、大绿色的羽绒服和姑娘的笑脸,在这片晶莹的冰挂前被衬得多么妖艳、妩媚。我看着这美景,觉得美得让人难以张目。我只能仔细地眯着眼,尽享这人与自然的和谐,尽享神山仙境的奥妙。

黄昏中的鸣沙山、月牙泉

9月的敦煌是金色的。我曾经到过黄昏中的鸣沙山、月牙泉。

大西北傍晚7时,太阳还挂在天上。当我们驱车来到位于敦煌市城南5公里处的鸣沙山、月牙泉时,大漠旷野上的太阳又红又大,渐渐地向鸣沙山下落去,天空中涂满了金色的晚霞,一道道金光铺展到鸣沙山和大漠上,衬托出一种难言的肃穆和雄壮。我看见由积沙形成一条连绵起伏的小小山脉。山脉的怀抱中,有一弯弯的清泉,清泉上边有一座寺庙,都笼罩着落日的光辉。鸣沙山的每一颗沙粒,月牙泉的每一滴水珠,寺庙的每一片瓦,都被染成金色。就连庙中传来的暮鼓和晚归的驼铃声,都发出那金色的音响。天上、地下都是黄澄澄的、金灿灿的,真是落日熔金。

我脱掉鞋袜,赤脚走在沙地上,那沙又细又软,带有微微的温热,让人感到非常温馨,这是久住城市所无法感触的体肤之美。此时,太阳已落到鸣沙山的后面,天空微暗。我走到一座沙山脚下,仰望沙山,高二三百米,座座山包排列有序、错落有致,偌大的山包像蘑菇样。山与山之间,两两相连,全都向一边斜弯,呈弓状。沙山无路、无崖、无穴、无坎,光洁细腻如柔嫩肌肤。人登之,沙随足坠落,软软细流,可谓进一退十。一群人连呼带叫、手脚并用,攀登而上。随行的许同志也一步一滑地爬上了沙山之顶,暗光柔和地勾出了他的轮廓,只见他双手做出"V"字状,高呼:"我胜利了——"喊声笑语,衬出周围环境的空旷宁谧。这时,只见他和人群一同从山上滑下,沙粒随人群如波涛翻滚而下，沙雾腾腾，沙山发出阵阵轰鸣，如春雷初鸣，如大海涛声。正是"雷送余音声袅袅，风生细响语喁喁"。我想，这是沙粒之间摩擦产生的声音吧！这也是鸣沙山名称的来历吧！

夕阳的余晖慢慢退去，不知什么时候，一弯明月挂在鸣沙山的上空，大地上的一切都洒满了银色的月光。我来到月牙泉旁。这一泓泉水，长200米，宽50米左右，如一弯新月。水色清澈，水波不兴，深不可测。偶有小鱼跃出水面，仿佛窃窃私语。泉边丛丛芦苇轻轻摇曳，似玉臂行云，秀发飘动。月色中的月牙泉，犹如怀抱琵琶的少女、灯下的美人，无限妩媚。此时此刻，苍穹下的寺庙楼阁、沙山和天上的弦月都映在泉中，不知是水中的月亮在天上，还是天上的月亮在水中。天上人间、人间天上的朦胧美，披上了一层神秘、诡谲的面纱，给人以无尽的遐想。

自古沙不容清泉，清泉不避流沙。一湾清泉静静地依偎着沙山，一脉沙山紧紧环卫着清泉，好似天井湖井水和湖水相拥相抱，真可谓山无水不灵，水无山不秀。这灵山秀水何以存在？敦煌市工商局王主任解开了这个谜。原来，月牙泉南北沙山高耸，山坳也如泉水一样呈月牙形，这个特殊的地理环境使吹进这个凹地的风由于空气动力学的原理而上旋。因此，白天被人们从沙山上踏下来的细沙和自然原因塌下来的沙子总是自然地被送到山上去，沙山依旧恢复如刀刃样的峰顶。月牙泉下面有一股地下泉水，供给它以充足的水源，所以它不干涸。"沙石填泉，泉不干涸"就是这个道理。王主任又说："'文革'期间抽月牙泉水浇地种植水稻，因过度抽取，泉水干涸，稻没种成，泉却不涌，真是竭泽而渔。'文革'后，组织科技人员重新疏通泉眼，涵养水源，月牙泉才恢复到现在的状况。"听后大家默默无语。

回来的路上，弦月已升至中天，稀疏的星星闪烁着，扑朔迷离。只见几片白云在夜空中飘荡，月牙儿像一只弯弯的小船，在碧空青天中航游。在那皎洁的月光中，远近都变得迷迷蒙蒙，唯有那月牙泉还闪亮着那清亮深邃的目光。回归的"驼的"慢慢地踱着方步，远处的敦煌城已灯火辉煌……夕阳、沙山、泉水、明月、灯光……这一切是那么和谐、得体、安然、融洽,但又无一不显示着它的威严、意志、庄丽、质朴,它以自己的永恒,呼唤人们听取大自然的呼声。

水墨桃花潭

　　我因工作关系,曾多次去过泾县的桃花潭。2012 年 5 月的一天,我还在坐落于彩虹岗的中国桃花潭文化艺术中心住过一宿。

　　5 月的江南,天忽阴忽晴,雨时下时停,雾时聚时散。清晨,晨曦刚露,雨还在丝丝地下着,春风温温地拂着我的脸。我散步到景区悬崖峭壁上的亭阁时,天空放晴,阳光灿烂。放眼远望,脚下的桃花潭被连绵起伏、黛色深深的群山环抱,对面的村庄开始飘出缕缕炊烟。渡口苏醒了,一条渡船在水中徐行。近处,眼前的青弋江水流湍急,流淌的速度很快。江水从上游流到彩虹岗时,被彩虹岗的石壁挡住,水势萦绕,经过千百年的回旋倒腾,形成了幽幽的深潭,潭水碧而清澈。河两岸的山地,两边坡上的桃花还在开着,花开红艳,如火如炽,倒映在潭中。不知是潭中的桃花在岸上,还是岸上的桃花在潭中。

　　我曾经陪朋友到河对岸的"踏歌岸阁"去过。那里是汪伦送李白的地方,明末村人为缅怀李白而建,清乾隆十三年(1748)重修。阁高两层,粉墙黛瓦,飞檐翘角。下层为渡口的人行通道,上层的一些屏风上刻着汪伦送李白的场景。1984 年重修时,时任安徽省政协主席的张恺帆为此阁重写了"踏岸歌阁"四字。虽然斯人已逝,但恺老的字迹还在,李白与汪伦情谊深长的故事仍在广为流传。虽然汪伦"诓"了李白,但李白认为这是善意的谎言。汪伦解释道:"'桃花'者,潭名也,并无十里桃花。'万家'者,乃酒店主人姓万也,并无万家酒店。"李白反倒笑曰:"临桃花潭,饮万家酒,会汪生,此亦快事。"几天后,李白告辞,汪伦率乡人在此以踏歌的形式送行。李白非常感动,作诗赠汪伦曰:"李白乘舟将欲行,忽闻岸上踏歌声。桃花潭水深千尺,不及汪伦送我情。"寓情于景,寓景于情。脍炙人口的诗句成为千古绝唱。从此,藏在深山中的桃花潭与李白的诗句传遍全国,乃至走向世界。

5月的江南雨多,春水浸润了万物。正值青弋江上游的陈村水库开闸放水,江水由上直下,水量充沛,流急,流至桃花潭时,水速放缓。江面和潭面上,升起白色的水汽。还暖乍晴的气候,遇上陈村水库底层放出的冷冷水流和江中那暖暖水流,形成了温差,便产生了雾气,造成了独特的气候环境。水汽袅袅,缓缓地上升,有时聚集在一起,有时慢慢散开;有时是一缕一缕的,有时是一块一块的;有时浓浓的,有时淡淡的。好似在宣纸上泼墨作画,墨水慢慢洇散而开。浓中有淡,淡中有浓。浓处精彩而不滞,淡处灵秀而不晦,浓妆淡抹总相宜。水汽随风形成了轻纱般的薄雾。薄雾一阵一阵,形成了带状,一层一层地向上冉冉飘去,好似天上的云。这时,青弋江、桃花潭、山岚、村庄、亭台、楼阁,都在薄雾中时隐时现。山峦一会儿只剩下一个山顶,像个孤岛,一会儿又笼罩在薄雾中。那一层一层的轻纱般的雾霭,就如同姑娘的纱巾和束腰,那么飘逸;又如电影中的蒙太奇手法,不断变化多样。

我曾经见过大漠的孤烟,它是那么孤直,雄伟;我也曾经远眺过鄱阳湖上升起的云霞,它是那么大气、壮观!虽然是美不胜收,但都不是身在其中。此时,我看见桃花潭文化艺术中心的建筑,那高耸的牌坊,那巍巍的门楼,韩美林、冯骥才等艺术家的画室,和那建筑群,都笼罩在薄雾中。桃花潭文化艺术中心的建筑都是建新如旧,房屋都是现代化的钢筋混凝土结构,但那装潢用料都是旧物。墙的贴面、门罩、漏窗、房梁、斗栱、雀替、石墩等木雕、砖雕、石雕,都是从民间寻来的明清时期的材料。外墙的贴面用的是清朝时期的青砖,无论远看还是近看,都如同砌的一般,结合得非常好,显示出斑驳、沉重的历史感。这些无不显示了徽派建筑的风格,体现了徽文化的特点。

一阵轻雾吹来,雾幔中,我仿佛走在时光隧道里,不知有汉,无论魏晋。我恍惚在人间仙境,不再有尘间的烦恼,不知道人间的喧嚣,心灵和身体都如同进入虚幻的梦境中一样。

青青的群山,绿绿的青弋江,幽幽的桃花潭,古老的大树紫藤,高耸的马头墙,清逸缥缈的晨雾,那意境、格调、色调、气韵,无不体现了中国水墨画单纯性、象征性和自然性的三要素,犹如一幅巨幅画卷。美哉,水墨桃花潭!

漓江的凤尾竹

我赞美漓江的山水,也赞美漓江的凤尾竹。

漓江两岸的山水间,总点缀着一簇簇、一丛丛、一团团、一队队翠绿的凤尾竹。凤尾竹没有江南毛竹那么高大、粗壮,可以形成竹林,也没有水竹那么柔媚、纤细,成片成片的。但凤尾竹竿粗、叶长,抱团,形成一簇簇。远看集中的如同一棵棵大树;近看竹竿中低部粗而直立,梢部叶长稍稍向外弯曲,如同向上舒展的凤凰尾巴。十几根几十根凤尾竹围成一簇一簇的,连成一圈一圈的,像姑娘裙边上错落有序的波浪形花边。轻风吹拂,竹枝婆娑起舞,竹叶轻声细语。阳光照射,翠竹碧绿如玉,竹影摇曳如云。

唐人韩愈诗曰:"江作青罗带,山如碧玉簪。"他是这样评价漓江山水的。青绿的山水之间,遍植翠绿的凤尾竹。这真是竹影与江水共舞,竹枝与青山一色。

漓江水滋润了漓江的凤尾竹,漓江的凤尾竹辉映了漓江水。清澈明丽的漓江水,给了她无尽的水分,使其那么水灵,富有生机。漓江水的灵动,衬得凤尾竹那么娇丽而妩媚,而漓江凤尾竹也更使漓江水显得飘逸而浪漫。

漓江山抚育了漓江的凤尾竹,漓江的凤尾竹烘托了漓江的山。山峰兀立的漓江山,给了她无尽的土壤,使其扎根于大地,根深叶茂。漓江山的险峻,衬得凤尾竹俏丽而秀美,而漓江的凤尾竹也更使漓江的山显得雄浑而神幻。

漓江人培育了漓江的凤尾竹,漓江的凤尾竹装扮了漓江人。勤劳勇敢的漓江人,将自己的心血倾注入漓江的凤尾竹,使其翠竹葱葱。温情似水的壮家阿妹、剽悍如山的壮家阿哥,恰似漓江的凤尾竹,扭动柔柔的腰肢,拖着如竿的笔直身躯,他们和山水相互依偎,相恋相守。

漓江的凤尾竹与漓江的山水,相互融为一体。它汲取了水的清柔灵秀,吸取了山的雄伟峻峭。它的美丽,与漓江山水之美相互辉映,互为一体,美得深厚,美得动人,美得和谐。

据说,从前漓江两岸并无凤尾竹,凤尾竹大多在云南。有一年,敬爱的周恩来总理游漓江,在赞美漓江山水的同时,遗憾好山好水之间无佳木与之相配,并选定凤尾竹作为漓江两岸的佳木。从此,漓江两岸遍植此竹,现已蔚然成秀,成为漓江山水之侣。

我思索着:天之有德,钟造化之神工;人之有德,不仅泽惠后人,也会泽及山水啊!

漓江山水的和谐美

和谐,《现代汉语词典》上其中一个义项是"配合得适当"。我的理解是指协调、融洽,看得舒服、快活。

有一年端午节前后,我由桂林乘船去阳朔,一路上风和日丽,阳光明媚,观山山青,看水水碧,真正领略了漓江山水的和谐美。

五月的漓江,水态多姿,水色多变。漓江那独具特色的水,始终左右着我的视线。那丰盈充沛的江水,随着岸形和山势的变化,或深潭飞瀑,或危崖浅滩,或激流飞越,或潺潺细语……都是那么透明清秀,自然隽永。漓江的水,一年四季,一天四时,随季节和光线的变化、看的角度不同,在满是绿色的基调中,她会露出不同的芳容,晴则明媚溢彩,雨则烟波蒙蒙。我俯身看去,在艳阳的照耀下,觉得是一条七彩的江,在波光的辉映下,或黛蓝、翠绿、靛青……疑是天上的彩虹,又如缤纷的飘带,呈现出千种风韵、万般柔情。

漓江的山,山态异势,满山青翠。漓江两岸峰峰錾錾,忽而高拔险削,忽而凝重沉稳,忽而山势连绵,忽而奇峰兀立……随着视角的变化和心情的变化,那山那峰,都在灵动,有伸鼻吸水的象山、九马奔腾的画山,有鱼戏水的鲤鱼山,有如书生捧读的书童山,有如荷浴水的碧莲山,还有那峰峰独立的玉簪山……山山峰峰,青碧如玉。丹枫、紫柏,还有不知名的藤蔓、灌木从山石缝隙中伸出,叠叠落落、密密匝匝地包裹着座座山峰。

　　漓江的山水相拥、相抱。水因山而生，山为水而存。唐朝诗人韩愈诗曰："江作青罗带，山如碧如簪。"才子邓拓曾作诗形容："青罗带绕千山梦，碧玉簪系万缕丝。……迢迢南北情何限，心逐春风到水湄。"

　　漓江山水之美，妙就妙在倾注了人们的情感。那美好的传说和山水结合得那么天衣无缝，令人叫绝。当船行大礁滩时，漓江右岸的冷水村对面，我看见一座九峰相连、耸峙江边的大石山，即为画山。这山削壁屏立，高、宽各100多米。壁上赭、黄、绿、白、黛，五彩斑斓，极似画着一群骏马的天然壁画。细看那石壁顶端，有一匹高头大马，好像在迎风长嘶；下方有两匹银灰色的小马，好像在低头吃草。它们有的在昂首嘶鸣，有的在低头饮水，有的在扬蹄飞奔，有的在静静伫立，如此，共是九匹，人称"九马画山"。游船从大礁滩顺流而下，水急浪涌，船速很快，壁上九马很难看清。所以人们传说道："看马郎，看马郎，问你神马有几双？看出八匹是榜眼，看出九匹状元郎？"

　　船过画壁，航行一段，到了黄布滩与朱壁滩之间，这里江面宽阔，水流徐缓。透过清澈的江水，可以看出江底有一块米黄色的大石板，长、宽各数丈，鲜艳夺目，恰似一匹崭新的黄布铺在河床上，黄布滩因此而得名。江的右岸有七座秀丽的山峰，就像七位娴雅端庄的少女相依而立，这山叫"七仙女下凡"。传说天上七位仙女到人间游玩，被漓江景色迷住，流连忘返，于是违抗天命，化作七座青山，永留人间。我们到时正是风平浪静，水平如镜。人的整个身心都处在一个十分清幽的秀美的境界。那两岸翠竹、白云和七位"仙女"的倩影倒映在江中，只见水映山青，峰浮水静，山水连成一体，水天连为一色，简直分不清水中山是影，还是水上影为山，于是形成了"黄布倒影"的景致。清代文学家袁枚故作诗道："分明看见青山顶，船在青山顶上行。"

　　人称"百里漓江，百里画廊"的确名如其实。漓江的山美，水美，传说美。美在何处？"问渠那得清如许？为有源头活水来。"漓江山水，美在漓江两岸人民对生态和自然的保护。漓江的山凝结着两岸人民的情感,漓江的水流淌着两岸人民的智慧。漓江的山与水,达到了几乎完美的和谐。美在和谐。我想:人与自然、人与人、人与社会如都像漓江山与水一样和谐,那么,一个美好和谐的世界一定会早日到来。

南华寺的菩提树

2014 年国庆期间,我和妻子与在广州工作的女儿去南华寺。

南华寺位于距广东韶关市曲江区城东南约 6 公里的曹溪河北岸,背靠宝林山麓,峰峦奇秀,景色优美。南华寺创建于南朝梁武帝天监元年(502),距今已有 1500 多年的历史,是六祖慧能南禅宗法的发源地。各朝各代以及当代的一些名人都曾去参谒,声名远播海内外。

我们去时正值假期,南华寺门前的广场、公路,以及周边的空地上都密密麻麻停满了大巴车、小汽车。香客、游人,熙熙攘攘、摩肩接踵地向寺门走去。寺内香火十分旺盛。我见过不少名山大刹,看过不少寺庙建筑,南华寺是我所见较为集中、完整的古建筑群之一。整个寺庙的建筑面积有 1 万多平方米。一般寺院应有的殿堂它都有,布局也大致相同。入门是四大天王,然后是未来佛、韦驮菩萨、大雄宝殿,再往两侧是钟鼓楼、藏经阁等等。南华寺的不同之处在于它有一个供奉六祖慧能真身的六祖殿,和藏经阁两旁那棵古老的菩提树。我们随着人流走到菩提树前,看见这棵菩提树的树围有三个成人合抱之粗,树干凹凸不平,树皮光滑,树叶婆娑,巨冠如伞,给人以沧桑、苍劲之感。树下有一直径 5 至 6 米、高约 1 米的水泥圆坛围着。络绎不绝的游客和善男信女在圆坛上围着菩提树转圈抚摸祈祷,据说摸了后可以万事如愿。女儿也想挤上去,但几次都因人多未能如愿。我笑着告诉她,不要挤了,只要心诚,在树下看看,许个愿也就可以了。女儿不解。我对她说,南华寺的菩提树是有个典故的。菩提树为桑科榕属植物,树干笔直高大,高有 10—20 米,树皮灰色。树冠为波状圆形,具有悬垂气根。树叶单叶互生,深绿色,有叶柄,呈心形,形美观。因佛教创始人释迦牟尼在菩提树下悟道成佛,又在菩提树下涅槃升天,才得名"菩提树"。菩提(梵语)意为觉悟、智慧,有宽宏大量、大慈大悲、明辨善恶、觉悟真理的意思。所以佛教一直都视菩提树为圣树,印度则定为国树。我国原来是没有菩提树的,它最初是随着佛教被传入中国的。502 年,印度僧人智药三藏从天竺国带回两株,一株种在广州的王园寺,后来改为光孝寺;还有一株栽在南华寺。他预言以后会有肉身菩萨在光孝寺的菩提树下落发,有肉身菩萨在南华寺菩提树下弘扬佛法。这就更增添了菩提树的神秘感。

哲人爱默生说过:"每棵树都值得用一生去探究。"南华寺是因人而出名,南华寺菩提树是因六祖慧能大师而被人所膜拜。这棵活的文物树,已如慧能大师的化身,仰望之如仰望大师,民间称为"佛树"。六祖慧能大师,唐代高僧。他是广东新州人,为了求佛,从新州北上,穿越千山万水,到达湖北靠近安徽宿松的黄梅东禅寺。当时他在东禅寺是个目不识丁、默默无闻从事杂役的小和尚。但他潜心学习佛教,深刻领会佛学精神。东禅寺的五祖弘忍大师,为了打破佛学界论资排辈传授衣钵的传统,发现更能弘扬佛教禅宗思想精髓的佛学人才,于是出一偈语,考察弟子们对禅宗的理解,并传言,谁能揭偈,衣钵传与谁。当时东禅寺的神秀作了一偈:"身是菩提树,心为明镜台。时时勤拂拭,勿使惹尘埃。"这已是佛家不得了的修行了。慧能认为,尚未彻悟。他也作一偈:"菩提本无树,明镜亦非台。本来无一物,何处惹尘埃。"跳出佛经教义的束缚,直抵佛的本心。用慧能的话来说,佛在我心,静心自悟。弘忍大师认为,慧能的偈语对佛的理解更为深刻,于是夜授衣钵于这个毫无名分的岭南小子慧能。这引起轩然大波,慧能连夜出逃,在岭南隐匿了 16 年。后在广州光孝寺,因在是风动还是幡动这个著名的佛教争论中,慧能提出,不是风动,也不是幡动,是仁者心动,而被大德法师发现,成为六祖。慧能先在光孝寺的菩提树下落发,后在南华寺的菩提树下讲法 30 年,一时信徒云集,从者如市。佛教史上曾有"曹溪一滴水,遍覆三千界"之说。也就是说,在南华寺哪怕是得到一滴水的智慧,也受用一生。后来,他的弟子将他的讲经编为《六祖坛经》。《六祖坛经》是中国第一部有自己特色的佛教著作。慧能的禅宗思想融合了中国传统的儒、道的思想。他强调在思想上要加强修养,要有智慧和觉悟,而不要执着于事物的表象和形式,提倡在实践中和生活中参悟。用今天马克思主义哲学来解释,也就是要透过现象看本质。禅宗的出现,表明了中华民族是最有包容性、最有消化力和最有创新力的民族,来自西域的佛教一旦在中国落地,就会沾上中华民族的气息,产生新的中国佛教教派 ——禅宗。

女儿听后,似有所悟。她说:"老爸,你的佛教知识还可以哦。"我说:"你爸一参加工作就在政协,那时因工作关系看了一些宗教方面的书籍,对佛教知识略知皮毛。"

我凝视着这株菩提树直径近 2 米的树干,仰望着它那绿色的巨大树冠,看着那些围着它虔诚转圈抚摸的人。我告诉女儿,人都是凡夫俗子,在当下高楼耸立喧嚣的世俗环境中,人们往往会被现实搅得烦躁不安,心灵会蒙上尘埃。人们常说,人心是肉长的,播什么种子发什么芽,发什么芽开什么花,开什么花结什么果。种下真善美,就会开出绚丽灿烂之花。种下假丑恶,就会结出罪恶之果。佛教为何几千年流传下来? 是因为它强调人们要修行成"仁者之心",要保持心灵的洁净,保持每一个意识和念想的仁慈,要用社会的正能量去教育和锤炼。

女儿走到远处,望着高大的菩提树说:"只有这样,才能看见菩提树的全貌。这树真大啊!"我说:"你拾一片菩提树叶吧。佛家说'一叶一菩提',也就是说,要从一片菩提树叶中感知整个菩提树。佛教借此来说明,世间之事,要以小见大。寻常细小的事物中常常包含了大千世界的缩影。推而广之,在人生中,不要羡慕别人能飞得多高,走得多远,而要在自己的工作岗位上默默地耕耘。古人云：'不积跬步无以至千里，不积小流无以成江海。''勿以善小而不为，勿以恶小而为之。'要从小事做起，要实事求是，脚踏实地，这样才能具有'仁者之心'，心灵才平净。人自高远，心自广博。"女儿拾起一片菩提树叶，将那翡翠般的菩提树叶郑重地放在包中，说是带回去做书签。

我们离开了南华寺，但脑海中还常常浮现出菩提树那雄伟、高大的身影。我想：南华寺的菩提树，多少年来，岭南的熏风热雨、曹溪的清澈山水浸融了你，你阅尽了人间的沧桑，引来无数人抚摸和膜拜，我愿你生命之树常青。

三清山的杜鹃花

江南的 4 月，城中花市上的杜鹃花已灿然开放。各种媒体都在宣传经过铜陵、婺源、三清山的京福高铁 6 月底将要全线通车。这使我想起 2006 年 6 月初，我去江西南昌市工商局参加协作会议，应主人之邀，去三清山时的情景。那天我们到时，三清山工商所的王所长已在等候，他全程陪同。

三清山位于江西省玉山县德兴市的交界处，是道教名山之一。主峰玉京峰海拔 1819.9 米。因"玉京、玉华、玉虚三峰如道教玉清、上清、太清三位尊神列坐其巅，故名"三清山"。三清山南北狭长，占地约 56 平方公里。由于地质地貌、气候等原因，形成了别具一格的奇峰怪石、飞瀑激流、峡谷幽云等雄伟景观，山中植物繁多，奇花异草等令人惊异。

王所长是三清山的"活地图"，他带我们游览的是三清山南清园景区，也是三清山的核心景区之一。虽然这些年来因工作关系去过国内外不少名山大川，见过不少风景名胜，但三清山的司春女神、巨蟒出海、万笏朝天、人工栈道等景观给我留下了深刻的印象。而令我最震撼的是三清山的杜鹃花。

当我们走到上临观日地玉清台、下临三清山著名景点东方维纳斯司春女神及巨蟒出山之间时，我看见了一大片杜鹃花林海。这是我平生第一次。杜鹃花这种植物我见过不少，也很熟悉。它又称"映山红"，是灌木类的，植株低矮，枝条繁多，叶绿长形，花冠呈漏斗状。花开季节，花朵簇簇生于枝端,很是娇艳。它们大多是单株生长于山林之中,成片的少见。现在,有的城市将它作为景观绿化使用。我惊讶三清山杜鹃花的范围之广。它生长在海拔1500多米的高山上,有数百亩,铺满了山,铺满了谷,所以,这里又叫"杜鹃谷"。我惊讶它的高大。大的高约数米,直径约40厘米,树龄1700多年。千年的大杜鹃树比比皆是,是森林状态。我惊讶它的姿态之美。树形都是顺着山势斜着身子,树枝坚硬,倔强有力。我惊讶它的品种之多,有猴头、云锦、鹿角等10多个种类。

我们去时在6月初,还是杜鹃花的盛开期。人间四月芳菲尽,三清杜鹃始盛开。由于山高,天冷,三清山的杜鹃花期在5—6月份。我们一眼望去,满眼全是盛开的杜鹃花,绵延数里,一片片,一簇簇。那些千年的杜鹃树仍是花期茂盛,每枝顶部的杜鹃花有七八朵,聚集在一起,形似花塔。三清山的杜鹃因海拔不同,气候不同,是依次开放,各个层次的杜鹃花,高低远近,千姿百态,真是万山红遍,满山流芳。王所长还告诉我们,三清山的杜鹃花最有特色的是变色,初开是红色,以后是粉红,再变是紫色,最后是白色,纷纷扬扬洒落在翠绿的树丛和泥土中。三清山杜鹃花的孕育期非常长,是十月怀胎,头年秋天打苞,来年5—6月绽放,其间经历了多少风霜雨雪、艰难困苦。

王所长还给我讲了方志敏的故事。三清山所在的赣东北这一带,是方志敏创建的闽浙皖赣革命根据地。1935年1月24日,他率抗日先遣队北上遇阻,29日在玉山县被捕。方志敏被捕那天,两个国民党士兵搜遍了方志敏的全身,只有一只怀表、一支自来水笔,没有一文钱。这两个国民党士兵不能理解。面对敌人的严刑拷打和百般利诱,他大义凛然,坚贞不屈,于1935年8月6日在南昌英勇就义。在狱中,他写下了《清贫》《可爱的中国》等名篇。诚如他所说:"清贫,洁白朴素的生活,正是我们革命者能够战胜许多困难的地方!"这警示名言,对当下人们具有多么大的警示和教育。

我看着那年复一年默默开放,姹紫嫣红的杜鹃花。你给高山大谷披上了瑰丽的外衣,你与风雨共舞,与惊雷共鸣,与日月争辉,你恣意地怒放着生命。你为什么开得这么红?哦,我懂了,是烈士们的鲜血将你染红。你是红军战士用生命谱写的赞歌,你是红军战士的形象和化身。我永远为你点赞。

逝去的大枫树

70年代中期,我下放到长江北岸一个叫施家湾的地方,施家湾是公社所在地。它背靠三公山的小岭山脉,面朝枫沙湖,是个山清水秀的鱼米之乡。

施家湾有个茶林场,还有一所公社学校。我们的知青点就设在茶林场的总部。茶林场还设有四个分点。男知青都住在一个叫准立庵的分点。准立庵是两山之间的一块平地,有八九间平房,是知青和茶林场农民的宿舍。宿舍的前面有一条涧溪,涧溪的水终年不息地流着。溪上有一座小石桥,石桥的另一头是一条通往无为昆山的山道。桥头边的平地上有一棵大枫树。

大枫树高大,很有些年头了。树有八九层楼高,三四个大人都合抱不过来。树枝虬曲,树冠如伞,树皮龟裂,树根处的苔藓很多,显得古老苍劲。春夏季时,枫沙湖上成群的白鹭飞到树上做窝,繁育后代。特别是秋天,枫叶红了,就像一柄硕大无比的火炬。茂密的枝叶形成了比篮球场还大的树荫,无私地给路人遮风挡雨。我们经常在树下乘凉,路人也经常在树下歇脚,天南海北地聊天,大枫树下成了人们聚会的一个场所。我们知青每次驮树下山,挑米上山,一看见大枫树就知道快到家了。大枫树成了我们茶林场和知青点的地标。我们与大枫树朝夕相处,几乎把它看成我们的一员。

在茶林场劳动锻炼一年后,我被抽到公社学校担任民办教师。当时虽然是公社学校,但教学条件很差,办公条件也很简陋。课桌凳不但破旧,而且还很缺少。小学部高年级学生自带桌凳上课,因而教室里显得很杂乱。

后来改造了一下子,用土坯做桌脚,上面搭块木板做桌面,凳子也是土坯砌的,上面铺些稻草。我们常笑道:"泥桌子,草凳子,上面坐了个泥娃子。"学校的周校长很精干,多次私人请茶林场的施书记吃饭,要求都是请茶林场给几棵树,以解决课桌凳的问题。当时吃饭很简单,在学校厨房烧,买斤把猪肉烧豆腐,炒一碗肉丝,再弄点自己种的蔬菜。喝的酒也是散装的山芋干酒,有时喝点粮食酒就是高档的了。施书记也是被缠得没法,从支持教育的角度,答应将准立庵石桥旁的大枫树批给学校。当时的情景至今仍历历在目。周校长听后一惊,久久没有说话。施书记脸上露出诡异的笑。书记走后,校长骂了句:"妈的!"我不知其中的缘故。后来,我去茶林场拿东西,将此事告诉了炊事员老周,并问为什么。老周说,这棵大枫树是古树,是准立庵的风水树,不能砍,谁砍谁倒霉。

春节开学后的一天,校长找到我和卫老师,还叫来村中的周木匠。卫老师是本地人,老三届的高中毕业生,从县五七大学毕业后分配到学校当老师,正准备加入组织,生活阅历和工作经验都很丰富。周木匠是个中年人,是解放初桐城东乡瑶石中学毕业的,有些文化,又叫"周大胆",木工手艺很好,还带了个小徒弟。校长说:"茶林场已同意将准立庵的大枫树给学校,我已同周木匠谈好。你们星期天和茶林场的周主任去'放树'。"当地人将伐树叫"放树",意思是将树"放倒"。我和卫老师相互望了一眼,随后答应星期天去放树。后来,卫老师告诉我,校长特"鬼精",他自己不去,叫我们俩去。我说:"周木匠愿意吗?"卫老师说,先是不愿意,后来校长答应他,课桌凳的木工活全给他做。哦,我明白了。卫老师还补了句,反正不是我们去"放树"。星期天到了,我按照校长的吩咐,买了两斤猪肉和几块豆腐,用盐水瓶打了一斤酒,用菜篮子装着,和周主任、卫老师、周木匠等一行五人,一大早就上山了。从学校到大枫树要个把小时。到达现场时,大约是上午八时。我们围着大枫树看看。大枫树刚刚吐出嫩芽,树身上真的还留着斧子砍的痕迹。虽然岁月已过很久,大枫树的伤口早已愈合,但疤痕依然清晰。疤口周边的沿口树皮很光滑,明显地与粗糙的老树皮截然不同。大枫树旁边还有一堆纸灰和香烛的灰烬。周主任和卫老师到厨房去了。我和周木匠、小徒弟三人在现场。周木匠带着小徒弟绕着树身转了三圈后,对小徒弟说:"你就在老伤口上砍三斧头,然后再用大锯来锯。"小徒弟很胆怯,颤颤抖抖的,总砍不准。周木匠骂了句粗话:"没×用的东西,老子来!"他拿过斧子,朝手掌上吐些口水,双手搓了搓,摆好了架势,握着斧子的长柄,抡起臂,咳的一声一个半弧,稳、准、狠地砍在老疤上,木屑四处飞散。砍好楔口后,周木匠和小徒弟锯树了。他们俩一边一个,平坐在地上,左一锯拉过来,右一锯送过去。先是褐黑色的锯末,那是树皮层;接着是灰白色的锯末,那是树表层;再往下是红赤色的锯末,那是树的中间层。红赤色的锯末和着树汁,真如同血一样。周木匠边拉锯还边念念有词:"老树老树你别怪,我来砍你是无奈。你在深山无人识,如今终于成了材。"当地人说枫树不成材,是因为用枫树材做家具容易翘,变形,所以一般不用枫树材。听着他的念词,我觉得他也害怕,只不过是用阿Q精神胜利法来安慰自己。我打趣地说:"周师傅,这样的树你也敢放啦。"他说:"不就是想接木工活吗?为了生活,有什么不敢?我告诉你,你别告诉别人,我昨天晚上专门来此做了功课。"我心里明白了树旁香烛、纸灰是他所为。"另外,这棵树已被砍过,阳数已尽,不碍事。"我似懂非懂地点了点头。他们锯一段时间,就将木楔打进一些,以防夹锯。一直到中午,整整锯了四个多小时,大枫树已锯得差不多了。周木匠叫我去喊卫老师他们来。他们到时,快锯完了,剩下只有二十厘米左右。卫老师看后赶忙要周木匠不要锯了,以防大树倒下打着人。周木匠说,再锯几锯。直锯到快到头了,只有一点儿树皮连着。我们都撤到远处看看大枫树怎么倒下。大枫树岿然不动,仍在高高地屹立着。大家都很惊讶,谁也不敢上前。周木匠走近一看说,木楔忘记去掉了。他回来拿着斧头,敲掉木楔。大枫树似乎更稳了,丝毫没有倒的迹象。周木匠开又始骂了:"我×你××,出鬼了。"卫老师说,去掉木楔后,大枫树上下的锯缝合得更密了,树身的重量很重,它仍然是平衡的。要在树干的下方砍一个斜槽,这样使树身不平衡,才容易放倒。周木匠说,有道理。砍好斜口后,周木匠又找来一根长长的大毛竹竿。我们大家在树干斜口的另一方,合力去推。在"一、二、三"的号子声中,大枫树颤了几颤,终于发生倾斜。在一阵一阵吱嘎吱嘎的响声中,大枫树轰然倒下,巨大的树身弹了几下,树枝和尘土砸得四处飞散,遮住了半边天。最终尘埃散去,放树结束。

　　1978 年,我去外地上大学。我不知道"树神"是否报复过周木匠,也不知道那些用大枫树做成的课桌椅是否还在继续使用,但我知道长成这样的大枫树,不知要耗费多少天地日月之灵气啊。几十年过去了,但放树的情景在我脑海中砍下了深深的印痕。

俄罗斯的白桦林

50 年代出生的中国人,大多对俄罗斯的文艺作品印象较深,甚至有着难以忘怀的情结。我也一样。还在小学读书时,我经常听文化馆老师用手风琴演奏《白桦林》,觉得真是好听。

2012 年 9 月中旬,我从柏林飞往俄罗斯的圣彼得堡,一踏上俄罗斯的土地,我就注意到了白桦林。从圣彼得堡到莫斯科,无论是郊外还是城中,都可以看见白桦树。它们是那么挺拔高洁,给人以美感。

白桦树属桦木科,落叶乔木。树皮白色,叶三角状卵形,树冠无形,恣意生长,树高可达 20 多米。我国东北的大小兴安岭和长白山等地也有。概括地说,白桦树是北方树种。

白桦树是俄罗斯的国树,是俄罗斯人讴歌的对象。在俄罗斯,白桦树是在漫长的严冬后最先吐芽迎接春天的树木。春天的白桦树,树叶嫩绿,青翠欲滴,散发着少女般的芬芳;夏天的白桦树,树叶碧绿,郁郁葱葱,秀着男子汉健壮的肌肉;秋天的白桦树,树叶金黄,一片灿烂,展示着自己的辉煌;冬天的白桦树,树叶散尽,枝干挺直,显示出战士坚毅的形象。四时的白桦树有着不同的景致,但无论如何变化,白桦树那白垩色的躯干、亭亭玉立的腰身、柔韧的枝条、美的气质,永远不变。契诃夫在他的小说中写道,森林使土地变得更加美丽,没有白桦树,俄罗斯的大森林就不成其为森林。列夫·托尔斯泰长期居住、生活在白桦林中。晚年他喜欢到白桦林中去散步,总是慈爱地伸手抚摸白桦树湿润而光滑的树干,轻声咏诵委婉的诗句或默默私语,向白桦树倾诉自己的感情。诗人叶赛宁更是将白桦树看成是自己的爱妻,他写道:"我带着一身的疲倦,从遥远的陌生地回到我可爱的家园。白桦树啊,依然站在水塘边,她穿着白色的裙子,垂着碧绿的发辫。多么温暖,多么惬意,犹如在冬天围着火炉。"苏联电影《这里的黎明静悄悄》中,几个亭亭玉立的俄罗斯姑娘,为了抗击德国法西斯侵略者,保家卫国,牺牲在美丽寂静的白桦树林中。在俄罗斯人看来,白桦树具有自己民族特点和俄罗斯人的特性,他们将白桦树看成是自己灵魂的写照和栖息地。在俄罗斯人的心目中,白桦树是自己的爱人、故乡、土地和祖国。

在圣彼得堡的夏宫,我看见一棵孤株的老白桦树,树身粗壮,枝干虬曲,树冠蓬勃,白垩色的躯干上布满了树眼,像一位饱经沧桑的老人。正因为白桦树有着独特的树眼,俄罗斯人喜欢将白桦树作为历史的见证人。青年男女山盟海誓、迎来送往都喜欢在白桦树下。歌曲《白桦林》讲述了一个真实的故事。在斯大林格勒保卫战中,一对青梅竹马的恋人,在小伙子即将奔向战场的时候,他们在白桦树上刻下自己的名字。姑娘发誓在这棵白桦树下等着心爱的人儿凯旋。姑娘等了100多个难以煎熬的日日夜夜。斯大林格勒保卫战终于取得了胜利,姑娘的男友却牺牲在战场上。美好的思念如同伏尔加河的流水一样,不尽地流淌。虽然没有英雄妻子的名分,但姑娘仍同过去一样,每天清晨和黄昏,到刻有他们姓名的白桦树下,盼望着男友胜利归来,直到生命的终点。听了这个忠贞、凄婉、悲壮、令人流泪的故事,我想起70年代,我下放到江北一个林场当知青时的情景。林场有30多名男女知青,大家在山坡上栽下了一片白杨树,取名为"扎根林",但谁也没有扎根。知青有的被推荐上大学,有的招工上调走了,最后只剩下上海知青小江和我。每次送别,看着他们离开白杨树消失在远方的身影,那种期盼的心情,百味具陈,百感俱集。我又想起徽州女人盼望丈夫归来,倚门守望时的心情,难以用语言表达。我抚摸着老白桦树的树眼,觉得树眼湿湿的,老白桦树也在流泪。树眼是白桦树和其他树木的最大区别。白杨树也亭亭玉立，但它没有树眼。有人说，树眼是皮孔的衍生物。又有人说，树眼是白桦树一年一年长高，曾经长过树枝的地方，树皮上留下的疤痕。我倒相信后者的说法。我仔细地察看这棵老白桦树的树眼，它们横生在树干上，是鱼形状，还有眼珠，真像许许多多的眼睛。它虽然粗粝，却是那么炯炯有神，这"眼睛"是它们一次一次断裂和抗争的伤口，是一次一次的苦难的印记，是一次一次的再生和创新。它每一次愈合，就留下一只睁着看世界的眼睛。这棵老白桦树的眼睛是那么深邃、沉默、忧郁、宁静，仿佛能洞察一切。它把俄罗斯近百年那波澜壮阔、金戈铁马、惊心动魄的历史，把俄罗斯人的生离死别、痛苦欢乐、辉煌失意尽收眼底。

在回国去莫斯科机场的路上，因堵车，司机走另一条公路。公路在一片白桦林中向前延伸，公路两旁的白桦林中没有一棵杂树，这是因为白桦树对阳光的追求是其他树木无法比拟的，这也是白桦树之所以挺拔修长的原因。因莫斯科的秋天来得较早，白桦树赶紧将阳光融进叶片，往往在几天内，树叶由绿变黄，金灿灿地挂在枝上。一阵风吹来，银白色的树枝随风摆动，金色的树叶沙沙作响，摇曳多姿，光彩照人，多么壮观，令人震撼。我仿佛看见这一排排白桦树，像一排排亭亭玉立的少女，但更觉得像一排排接受检阅的年轻的战士，是那么膨胀着生命的朝气和青春的律动。我坐在车上，不由自主地轻哼着《白桦林》：

来吧，亲爱的，来吧，
来这片美丽的白桦林……

夏威夷的大榕树

　　榕树是南方常见的树种。在我国一些北方城市的花鸟市场、办公室里也都能看到作为盆景的榕树。2007年初秋在美国夏威夷威基基海滩看见的大榕树，至今令我难忘。

　　夏威夷檀香山威基基海滩，是世界著名的海滩之一。它有1英里多长。蓝天白云下，海面辽阔平静，海水碧蓝碧蓝，浪花一阵一阵，轻轻拍打着沙滩。海滩上细沙洁白如粉，海水中有游泳的、划船的、冲浪的、嬉戏的，热闹非凡。海滩上躺满了各种肤色的人，大家尽情地享受着灿烂的阳光。海滩林荫道上，树木葱茏，摇曳多姿。每当夕阳西下，海滩边的高楼大厦华灯初上，与落日的余晖交织在一起，海滩便像是金色的梦幻世界。

　　我和合肥市工商局的和键同志漫步在海滩边的林荫道上，我看见一片绿色的榕树林，在海滩和高楼大厦边显得那么突出耀眼。整个榕树林的面积有四五个篮球场那么大。榕树林中有好几家咖啡店和出售纪念品的小商店，还有许多供人休息的座椅，有游人在林中休闲玩乐。导游告诉我们，独木不成林，但榕树不是这样。这片榕树林，是由一棵榕树生成的。我们看见老树粗壮翁郁，主干粗得五六人环抱不下，树皮呈灰褐色。树的根部，多条板根突兀，盘根错节，好似老人腿上的经络，给人以沧桑古老感。主树的枝丫向四周自由地伸展着，枝丫下又生成新的榕树，这些榕树树干也有几人合抱之粗，树干呈青灰色，也有耄耋之相。还有一些树干只有碗口粗，树皮光滑,呈青绿色,展现出蓬勃向上的青春活力。这片榕树林就是一个几代同堂的大家庭。由于树龄不一,树干的粗细不一,树冠也不一,树叶的颜色更不一,有深绿的、墨绿的、淡绿的、嫩绿的……层次感很强。树叶给人的手感也不一样。我抚摸着老的叶片,有一种粗粝厚实的感觉,嫩的叶片软软的、滑滑的,像是抚摸着婴儿的皮肤。这片榕树林的树干,枝丫都积极向上争取阳光、雨露,是树干交插,枝丫交错,和谐共处,争相成长。

我仔细观察,看见这些榕树的枝条上悬挂着许多棕色的丝条,粗细不等,随风飘拂,好像京剧中老生的髯口。我们的翻译是个美籍华裔,祖籍广东。他告诉我,这些丝条是榕树的气生根。夏威夷是太平洋中的海岛,气候温和,空气湿润。榕树的气生根不断吸取空气中的水分,慢慢地往下垂长,一旦接触到地面的土壤,就一头扎进土层,获得土壤的养分后,就长出新根,叫作"支柱根"。支柱根顺着气生根慢慢地长粗长高,直至与支干连接,成为其家族中的一员。每个家族成员都是一样,越长越多,于是独木成林。事后我知道,在我国的广东、福建等地,榕树也是主要树种。有的榕树树冠有十几亩之大,可以庇荫近千人。

我敬佩榕树那对土地热爱和追求的执着,感叹榕树那生生不息独木成林的旺盛生命力,赞美榕树那多接地气、扎根土壤、坚韧不拔、蓬勃向上的精神。在榕树面前,我思索着:树能如此,人当如何。

墨西哥的仙人掌

今年 9 月份,我随着省工商局考察团去墨西哥。墨西哥首都墨西哥城虽然是世界上较大的城市之一,但墨西哥的仙人掌留给我的印象更为深刻。

墨西哥被称为"仙人掌之国"。仙人掌类植物在全世界有两千多种,其中有一半产在墨西哥。墨西哥高原上那千姿百态的仙人掌,无论在什么样的环境中,不管土壤多么贫瘠,气候多么恶劣,它都是那么生机勃勃、凌然高大,在那全身带刺却如翡翠般的掌茎上,开着鲜艳美丽的花朵,结着甜美的果实,展示着其坚韧的性格和顽强的生命力。这就是坚强、勇敢、不屈、无畏的墨西哥人民的象征。

仙人掌成为墨西哥人的崇拜物,被视为神灵赐予的圣物。相传在 11 世纪初,太阳神向墨西哥高原上的阿兹特克人的部落发出喻示,为了部族的繁荣昌盛,他们必须向南迁移,在有一只叼着一条长蛇的雄鹰站在仙人掌上的地方定居。信奉太阳神的阿兹特克人立即跋山涉水,由北向南迁移。在 1325 年 7 月 18 日,他们来到了现在的墨西哥城东部的特斯科科湖,在湖心岛上看见一只雄鹰正站在一棵仙人掌上叼食一条蛇。于是,阿兹特克人就在这个岛上定居下来,并建立起他们的都城——特诺奇提特兰。从此,鹰、蛇和仙人掌成了墨西哥人民族和文化的象征。今天墨西哥的国旗、国徽和墨西哥城市徽图案就是据此而设计的。

在参观特奥蒂瓦坎古城遗址的路上,我看见农田中种植着成片成片的仙人掌。翻译告诉我们,仙人掌经过墨西哥人祖祖辈辈的培育,已分别拥有菜用、药用,以及观赏等不同用途。我们所见到的是菜用仙人掌。仙人掌的叶片是墨西哥人喜食的蔬菜。在墨西哥的超市里,我就看见有大量的仙人掌叶片和嫩茎出售。墨西哥农民甚至将其当作主食。墨西哥人把仙人掌叶片上的刺摘干净,用水煮后切成丝,拌上油,放上辣椒,夹在玉米饼里吃,松脆清香,别有风味,还可以放上作料炒、煎、烤、炸,做出各种美味佳肴。

我们所住的宾馆,每天早餐都提供仙人掌果。仙人掌果又叫"杜纳",是墨西哥人一种特殊的水果,每逢客人到来,在餐桌上总要摆上它。这种淡绿色的果子剥去皮后,就会露出那水泱泱的带有黑色籽粒的果肉,非常清甜爽口。我们在超市里还看见一种名叫"诺乔特"的饮料,其主要原料就是仙人掌。近年来,墨西哥的医学工作者还从仙人掌中提炼出一种治疗癌症的药物。人们还用仙人掌生产出美容制品和治疗糖尿病、高血压、肾炎等的药物。仙人掌已成为墨西哥人巨大的物质财富。

我们参观完墨西哥太阳、月亮金字塔后,走进了特奥蒂瓦坎古城旁的植物园。园内植物众多,但令我震撼的还是仙人掌,令人眼花缭乱的各种观赏类仙人掌,有仙人柱,有仙人球,有仙人鞭,有的小如手掌,有的大如树……千奇百态。墨西哥人把仙人掌花视为国花。紫色、白色、黄色、红色、橙色……仙人掌花色彩纷呈。我看见一群高20多米的仙人柱和仙人掌。我走到一棵20多米高的巨型仙人掌树前,仰头看到它的掌尖上开着淡黄色的花朵,长着淡绿色、圆圆的仙人掌果。我用手摸着那如同树干一样苍老的、裂开了的茎皮,感到它是那么硬。它那根须暴露出地面,如同老人腿上的青筋,又如同老树上的虬枝一样,显得那么苍劲。翻译告诉我,这是巨型仙人掌,已有200多年的树龄,它的茎干已木质化了,很坚硬,可以用来做家具。我思索着仙人掌的由茎质变为木质,这是否也可作为从量变到质变的例证呢?翻译还说,这是一片原始的仙人掌群,植物园就是以此为基础建立的,也可以说,建立这个植物园,就是为了更好地保护它。

　　此时,我很感叹墨西哥人对仙人掌的保护研究和开发。我国也是一个植物的王国,这对我们不也是一种有益的启发吗?

第四辑　纪游篇

三过独秀墓

我曾三过独秀墓，每次拜谒，所见所闻也不一样，正如唐诗曰："年年岁岁花相似，岁岁年年人不同。"

陈独秀墓躺在他的家乡安庆市北郊十里铺乡。十里铺乡原属怀宁县，今属安庆市。记得我第一次过陈独秀墓时，是1989年的早春，春雨霏霏，春寒料峭，安庆市政协的同志们带着我们，将车停在小水泥厂附近的一条土公路上，我们踏着泥泞的黄土小道，走到陈独秀墓前。陈独秀墓在一个小山坡上，周边是一片不高但很茂密的松树和杉树，墓冢是用水泥和青石砌成的，墓顶是一抔黄土，枯黄的深深杂草中透出初春的一点新绿。墓前一块石碑，碑前有几米见方的一块空地，与普通人家相同的墓碑上只有"陈独秀之墓"五个大字。碑的背面，刻着陈独秀出生和逝世的时间"一八七九年十月九日"和"一九四二年五月廿七日"。墓园的四周异常寂静，只有我们一行。一阵阵夹着细雨的寒风吹来，我们感到一阵阵寒意。陪同我们的安庆市政协的同志说："原来陈独秀墓地荆棘丛生，杂草一片，墓碑被人砸去修路。直到党的十一届三中全会后，在文化部门的资助下，终将残破的荒冢修复，形成现在的样子。"我们一行几人，在这寂静的墓地，默默地转了几圈。

1995年仲春，我去安庆办事，同学告诉我，陈独秀墓修了一下，汽车可以开到墓地，90年代初，由邓小平同志亲自批示，省、市拨出专款，对陈独秀墓地进行了一次较大规模的重修，并将其列为重点文物保护单位。我们去时，车子一直开到墓地边的停车场。我们沿着一条较长的石块铺就的小道，走到墓地。墓地周边兴建了祭台，墓冢仍同原来一样，墓顶裸露的黄土上，蒿草疯长，其绿如碧。墓碑前簇拥着一些青松，墓碑的顶上不知何人放了几束野花。同学告诉我，墓顶未封，那裸露的黄土，也许是象征着盖棺未定论吧？我们一行几人迎着祥和的阳光，在墓前合影。

今年清明节，绿肥红瘦，清风艳阳，我第三次去拜谒陈独秀墓。墓园新建一座雄伟大门，紧靠交通繁忙的安合公路，上面有"陈独秀墓园"几个大字。汽车进门后沿着宽阔的水泥大道直至人行走道处。我们下台阶，沿着长长的墓道，看着两边新植的翠柏，向墓地走去。我们走上两层有着精美雕刻的汉白玉围栏的墓基，墓基足有1000多平方米大，全用汉白玉铺垫。陈独秀墓冢呈现圆弧形，用汉白玉垒成，直径为9米，高4米。墓碑高大，用黑色花岗岩制成，上面镌刻着"陈独秀先生之墓"七个金色大字。墓基四周树木翁郁，相当幽静，显得十分庄严肃穆。漆黑如墨的墓碑和晶莹剔透的汉白玉墓冢，形成强烈的反差，这也许是在昭示着陈独秀独特、强烈、鲜明的个性吧！我仔细地看着墓碑，墓碑除与以往大小、材质不同外，背面对陈独秀生卒年月一无所记，更无生平简介。我认真揣度，这不可能是墓园设计者的疏忽，而是有意为之，让后人可以详说吧？

我对陈独秀先生一生知之甚少。我在"文革"期间上学时，只知道他是怀宁人，我和他是老乡。他当过党的总书记，是右倾投降主义者，是个反派人物。1978年上大学时，我知道他是新文化运动的旗手，他创办的《新青年》影响了一个时代，他是一代青年学子的启蒙导师。在21世纪的今天，通过一些音像制品和资料，我对他有了一个完整的印象，知道先生出身书香门第，2岁丧父，6岁跟爷爷读"四书五经"，19岁考中秀才，五次东渡日本留学，曾任北京大学教授，主办《新青年》，高举民主、科学大旗，发动和组织了五四运动。他坚持不懈、九死不悔地唤起民众，成为中国共产党的创始人之一，任党的一至五大总书记。第一次国内革命战争后,由于思想和历史条件等原因,他犯了右倾投降主义的错误,他辞去党的总书记职务后不久,就被开除出党。他后半生一直背负着沉重的镣铐。1932 年他被国民党政府逮捕,囚禁于南京老虎桥监狱。1937 年"八一三"全面抗战爆发后出狱,出狱后他蛰居于四川江津小城。1938 年抗战高潮中,国民党企图拉他出山,他严词正告说客:"蒋介石杀了我那么多同志,还杀了我两个儿子,我与他不共戴天!"在生命最后的十年里,他拒绝国民党政府多次的威胁引诱,既未当叛徒,也未沦为汉奸。他宁可卖文为生,也不苟且偷生,保持着自己灵魂的纯洁和秉性。1942 年,他在穷困潦倒中病逝于江津。1947 年,先生的三儿子陈松年扶灵柩乘船顺江而下,回到先生出生地安葬。

一个大起大落的坎坷经历,一部充满悲剧意味的人生。滚滚长江东逝水可以做证,青青独秀山可以做证。正如伟人毛泽东所说的,先生是"五四运动"的总司令。我们是他那一代人的学生。他这个人,是有过功劳的,早期对传播马列主义和创建中国共产党,是有贡献的。

我在先生的墓前沉思,前两次过先生墓的情景历历在目。这时又有一批人前来祭奠,打断了我的思绪。由于是清明节,又是星期日,来墓地凭吊的人很多,有单位组织乘大客车来的,有坐小车来的,有骑自行车来的,也有打的来的……有学生、干部,也有工人……人们都肃静地凭吊着九泉之下的先生。先生的墓碑前摆满了鲜花和翠柏。墓地非常安静,没有流行音乐和商业广告的喧嚣,只有墓园树林中鸟儿那清脆、嘹亮的叫声。我看着那和煦的艳阳,沐浴着春风,感到全身暖洋洋的。我用手抚摸着先生的墓冢,也感到暖洋洋的。我寻思着,先生的身体也会感到温暖吧!我把一束翠柏放到先生墓碑前,深深地鞠了一躬。

墓地的际遇,是人生枯荣的缩影,也是时代前进的见证。我先后在 20 世纪 80 年代、90 年代,21 世纪初三过先生墓地,三种不同的印象,反映了社会、历史、人们对先生的进一步认识和了解,但我更觉得,随着时代的发展、社会的进步,党的实事求是的思想路线越来越好地得到落实和执行,民主、科学的进程越来越好地得到贯彻和实现。先生地下有知,当会含笑瞑目。

春雨上庄

　　初春时节，因公去宣州，友人一再邀我去绩溪胡适故居上庄看看。

　　车钻山入谷，或沿溪绕行，或翻山越岭。透过车窗望去，远山近岭层层叠叠，道道溪流流晶溢翠。

　　车到上庄时，天空悄然无声地飘着蒙蒙细雨，潇潇洒洒，飘飘逸逸，把上庄涂成一片迷蒙幽艳。村舍、树木、石桥、田野……都融入这丝丝细雨中，像少女披着雾霭般的纱巾，周身透着一种春的气息，朦胧妩媚。

　　上庄三面环山，虽然烟雨蒙蒙，但上庄仍显得处在一片开阔地，使人有一种豁然开朗之感。这也许是昭示人们走出大山吧。我们走进上庄，沿着常溪河而行。溪水清冽如蓝，曲曲弯弯的溪流缓缓地流淌。溪水碰在嶙峋的怪石上，水花和密密的雨点，洒在溪面上，好似小珠大珠落玉盘。溪旁几个姑娘在漂洗衣服，两只麻鸭在旁边游来游去。溪旁几株不知名的古树，伸展着枝丫。站在溪旁放眼望去，一片粉墙黛瓦，高高低低，经过春雨的润湿，好像拂去千年风尘，越发显示出黑白组合形成的强烈对比，也透出上庄厚重的历史。

　　我随着友人，沿着排排白墙黑瓦、檐牙高啄的徽派建筑，踏着一道道青石板铺成的古巷，平平仄仄地走着。小巷很静，雨打在伞上，打在瓦上，像一把古老的琴，奏出了那细细密密的声响。我想起戴望舒的《雨巷》。友人七拐八转，带着我们走到胡适故居前。

胡适故居始建于清光绪二十三年。故居是座两层小楼，三开间，前后进，十三间，前堂后室的格局，面积200多平方米，是一座结构严谨、精致典雅的徽派建筑。

故居石库门楼气势不凡，大块门墙均为粉墙留白，石库门楼檐下两角以墨色绘以花鸟、戏文人物，砖雕精美，栩栩如生。这就与故居一进门是一天井，前厅为中堂，中堂板墙上挂着胡适晚年的画像和钱君陶的对联，与普通皖南人家有了区别。导游是胡适的族人，他介绍说，前进左边的厢房，就是胡适结婚时的新房。胡适当时从美国留学回来与江冬秀结婚时，正巧为12月30日（阴历十一月十七日），月如玉盘，又恰巧是胡适生日。胡适作婚联，上联为"三十夜大月亮"，下联是"廿七岁老新郎"。江冬秀当时是廿八岁，更为老新娘了。婚联诙谐有趣，但我认为，这也透露出洋博士对与小脚女人的旧式婚姻的一种无奈吧。我好奇地走进其洞房。房间不大，有古色古香的柜子、梳妆台，还有一张描金绘红的雕花架子床。

故居内的装饰，无论是砖雕还是木刻，其图案不像一般徽派建筑，多是花鸟虫鱼、福禄吉祥，其隔扇、窗栏板、撑拱、雀替及壁饰，是清一色以兰蕙为主体的图案。其图不用浮雕，不用镂刻，采用平底阴刻，来展示兰草清水出芙蓉、天然去雕饰的风格。导游指着前厅四块窗额板说，全是兰蕙雕饰，平底阴刻，木雕刀法流畅，刀法细腻，是胡开文墨庄制墨高手胡国宾的杰作。随着天井中吹来的凉风细雨，我好似看见窗额上的兰花轻盈摇曳，似乎嗅到了淡淡的馨香。陪同的友人也说，每到春天，这周围山中盛开着兰花，不但空气，就连茶叶也带有兰花的香气。

胡适在这个幽静雅致的建筑内，生活了十一个春秋，从牙牙学语人之初发蒙到混沌初开的英俊少年，从头戴博士帽由美国归来到村姑江冬秀结婚，都在这里。故乡的青山绿水、住宅的兰花雕刻不会不给他留下刻骨铭心的记忆吧！故居前厅挂着一首小诗："我从山中来，带着兰花草，种在小园中，希望开花早……"我脱口唱道。台湾校园歌曲《兰花草》就是在这首诗的基础上创作的,它曾令多少人肝肠寸断,潸然泪下,歌词中没有一句直抒家乡之思,可人们总是把它当作思乡曲。导游说:"这是胡适暮年所作题为《希望》的小诗。知道怎么唱的人不少,但知道原词作者的就寥寥无几了。"作为一位文化名人,荣获 36 个博士学位的胡适先生,为何独钟兰花,其缘由就不言而喻了。他是在表达游子对大陆、对故乡的一种生死不渝的乡思和恋情。

走出胡适故居,春雨更浓了,缠缠绵绵,上庄被笼罩在一股清芬氤氲之中。我若有所思。乡愁不是那一湾浅浅的海湾,不是那节日的红灯笼,乡愁是那春雨飘逸的沁人心脾的兰花香。

虎门炮台怀古

　　1999 年新年伊始,我随铜陵市赴南方考察团去广东学习。离开繁华喧嚣的东莞虎门镇,驱车来到虎门炮台时,我顿时有一种沉沉的、深深的历史感。

　　虎门炮台,位于虎门海口东岸。其中威远岛与海口中的横档岛,以及海口西岸的芒湾山构成了虎门海口的第二重门户,成为广州海路的天然屏障。自明代起,朝廷就在虎门海口山地设置了简易的军事构筑物。至清代,相继在威远岛修建了威远、南山、镇远、清远、蛇头湾等炮台。这些炮台和设施构筑了威远岛炮台群体,组成了上、中、下立体交叉火力网,它们统称"虎门炮台",在鸦片战争以及其后反抗外国侵略的战争中均发挥过重要作用。

　　登临虎门炮台,是我们赴南方考察团的重要节目。我们来到威远岛的武山。武山是一淡而无奇的丘陵。山上虽草木茂繁,但无丘壑优美。山不在高,有史则名。作为鸦片战争主要火力点的威远炮台就坐落在武山脚下。其炮台全长 168 米,炮位 12 个,安放大小铸铁炮 12 门。整个炮台环山体而建,呈半月形环抱武山。炮台下海浪滔天,惊天拍岸,卷起千堆雪。12 门炮口,透着炮台炮洞,直指海天,它与海中横档岛上的炮台,形成"金锁铜关",如同"龙盘虎踞",确是一道形势险要的海上雄关。

　　近代史上,举世瞩目的鸦片战争,就在这个"舞台"上演出。1893 年,民族英雄林则徐在虎门销烟,写下泣血的中国近代史开篇。1840 年,英国军舰封锁珠江口进行挑衅,英军见林则徐戒备严密,沿海北上,攻陷定海,直逼天津。道光皇帝妥协退让,林则徐被撤职查办。1841 年,英军再次进攻虎门,广东水师提督关天培率军抵抗。前有英军坚船利炮,后无救兵支援,关天培坚持战斗,亲自点燃巨炮,轰击敌人。当英军拥上炮台时,关天培拔出腰刀,猛砍英军,他受伤十处,仍同敌军搏斗,最后与守军一起,壮烈牺牲,虎门炮台失陷。这个曾经喊杀阵阵的古战场,而今则是游人纷沓、裙裾翩跹、笑语飞扬,一派歌舞升平的盛世景象。

我们随着导游走进炮台,沿着长长的炮台通道,逐个查看炮位。炮台通道宽 20 米左右,炮台墙垣用花岗岩石块砌成,炮台后墙用黄土、砾石与米浆夯筑而成。墙面虽经百年风雨冲刷,我用手抚摸,仍感其紧固、厚实。我走到一个炮位,一门锈迹斑斑的火炮安放在炮洞里。我看了看炮口,炮口无现代火炮的来复线,炮筒短而粗壮,实际上只是一支大的火铳。

导游在介绍时说:"这是一门鸦片战争时的大炮,当时的先进武器。原来炮台上有 12 门,可惜在'大跃进'中被拆下大炼钢铁。这门被埋在土中,后被发现,才得以幸存,幸免于难。"引起大家一阵惋惜、悲怆的笑语。

"威远岛上的火炮与上横岛上的火炮对射,仍不能封锁海上航道,尚有 2000 米航道不在射程之中,当时,我们火炮的射程远不及英军的。"

听着导游的介绍,看着因岁月风霜、战争硝烟、人为侵损而锈蚀斑斑的大炮,斑驳陆离的炮台墙垣,我眼前出现了遮天蔽日的硝烟、水柱滔天的海浪、折戟沉沙的战场,心中透出一种历史的厚重。我想:一个不尊重历史的举动是可悲的错误,一个不掌握现代科学技术的国家是落后的国家。

我们来到露天炮位。炮位紧靠山岩,呈环状,一门巨大的火炮静卧,虎口生威,一个巨大的黑字——"威"镌刻在岩壁上,"威"字上面是一棵巨大的榕树,那伤痕累累的主干苍老峥嵘,枝干虬曲繁茂,粗根青筋裸露,榕须柔韧飘逸,树冠状若华盖,绿叶如同碧玉,嫩条伸展向上,既苍老,又年轻,是那么雍容、丰茂、蓬勃、平静,像武山和巨炮一样岿然而立。此时,我心中不禁一阵一阵地震撼。我不知道这榕树历经了多少风霜刀剑,目睹了多少豪杰抛头洒血,鄙视了多少懦夫的屈膝丑行。

忽然一阵海风吹来,榕树的枝干和绿叶都在作响。刹那间,我觉得,榕树在伸展着历史的年轮,诉说着一个悲壮的故事。在虎门,有这样一个传说:就在抗击英军的激战中,战将关天培使用的一门大炮就在一棵榕树下,当大炮轰响时,榕树雄壮屹立,为战将自豪添威;当弹片横飞,榕树伸开树冠,用躯体为战将挡"雨";当大炮沉寂,勇士战死,榕树伤口流着乳白色的泪,树干默默低垂。但榕树继续高高耸立在古炮台上,它的叶片总是沙沙作响,仿佛在告诉人们:只有不忘屈辱的历史,才能振兴强大的中华。我不知道榕树是否真的这样,但我总认为是的,因为历史就是这样写的。

我站在炮台的墙堞旁,眺望着炮台前方的虎门大桥。虎门大桥横架在珠江口上,雄伟壮丽,气势磅礴。大桥两侧的巨型桥塔直刺青天,峻峭挺拔。上面伸出两根下垂呈弧形的粗大钢缆,钢缆与桥身中间紧紧连着一根根钢绳,钢缆与钢绳组成弧形吊带产生的巨大拉力,把长达 15.6 千米的桥身吊起。高耸的桥塔与悬索如同优美的竖琴,连接番禺和虎门的桥体像长虹卧波。这体现了现代科技、工业文明和经济实力。我不由得赞叹这人类的建筑与大自然景致和谐统一。这时,正好一艘我国自行设计建造的导弹护卫舰劈波斩浪,冲进桥洞,驶向南海,一艘万吨级外国海轮,在中国港监船的导航下,缓缓驶进珠江口,奔向广州。刹那间,我想起一位中国元帅在抗美援朝胜利后曾讲过的一席话:"中国再也不是用几艘军舰、几门大炮就能使其屈辱的国家了。"中国已经站起来,正在富起来,已走向世界了。

虎门有山,有海,有鳞次栉比的现代建筑,风景优美,可最撩人肺腑的还是那历史遗迹——虎门炮台。离开炮台时,我还不时地回头瞻望,看着武山脚下的炮台,望着滔滔而去的珠江。我想起孔子的话:"逝者如斯夫,不舍昼夜。"我突然了悟:历史像一条长河绵延不已,虎门炮台是历史的积淀物,沉淀着一个时期的特征。我想:我们在回忆昨天,是为了更好地建设今天;我们思考着今天,是为了更好地奔向明天吧!

丁公府前的沉思

　　我经常去合肥,汽车到肥西三河大桥时,总看到电线杆上一块指示路牌,上面写着"丁汝昌故居由此向前",才知道丁公是安徽庐江县人。

　　2003 年 11 月中旬,我到山东威海市,一到就想上岛看看丁汝昌府第。虽然天晴,但风大浪涌,上岛轮渡停开,我们只好等第二天上岛。

　　第二天,在威海市工商局同志的陪同下,我们乘船上了刘公岛。刘公岛面积只有 3.15 平方千米,东西长,南北窄,主峰突起于北岸,将威海湾一分为二,形成南北两口,成为天然良港。1888 年,北洋海军正式成立,威海港成为北洋海军的锚泊地,刘公岛成为北洋海军的司令部。

　　上岛后,我们参观了甲午海战纪念馆、提督署(中国甲午海战博物馆),紧接着去拜谒丁汝昌寓所。我们沿着刘公路向丁公府走去,远远看见丁公府前的丁汝昌塑像。丁公正襟危坐,他身材魁梧,头戴花翎,一手拿书,一手抚膝,深邃的目光看着威海港停泊的战舰。

　　丁汝昌,字禹廷,1836 年 11 月生于安徽庐江北乡丁家村,少时家贫,10岁便在豆腐坊当伙计,14 岁父母双亡。咸丰三年(1853 年),年仅 17 岁的丁汝昌便参加了太平军。1861 年在安庆保卫战中,丁所属部队投降,被编入湘军。1853 年,丁汝昌被编入李鸿章淮军,后又转到刘铭传帐下。1879 年,刘铭传借故解除丁汝昌职务。光绪三年(1877 年),丁汝昌被李鸿章派去督操北洋舰队,开始海军生涯。1888 年 10 月,北洋海军正式成立,丁汝昌任海军提督,统率大小舰艇40艘,驻军威海。当时北洋海军规模亚洲第一,世界第四,日本在世界上仅排第八。

我们踏着白条石台阶,跨过高高的门槛,走进丁汝昌寓所。丁公庭院由左、中、右三跨组成。中跨是四合院格局,有正庭、东西厢房与客厅,房内的陈设非常简陋,府内虽几经修葺,还是显出陈旧与败落的痕迹。院内很静,静得叫人透不过气来。院内较为空旷,只有西北角有一株紫藤树,相传为丁汝昌初居此地时亲手所栽,树干斑驳,老态龙钟,虽年逾百岁,但花季来临,仍花繁叶茂,给丁公府增添一种不屈的生气。

我在丁公府里仔细端详,此景此情,使我思绪万千。

丁汝昌由一穷苦的小伙计升至海军提督,不可谓能力不强。1894年9月17日中日甲午海战中,丁汝昌率北洋海军军舰10艘在黄海大东沟一带与日本联合舰队12艘军舰展开激战。丁汝昌虽身负重伤,但仍在甲板上鼓舞将士英勇杀敌。异常激烈的海战进行了5个多小时,北洋海军重创敌舰5艘,日本舰队率先仓皇逃离了战场。

在日军攻打旅顺时,丁汝昌曾多次请战,但因李鸿章等人采取"避战保船"的消极方针,他多次遭到朝廷斥责。旅顺陷落后,他被革职,但仍以国事为重,不顾谗言和诽谤,坦诚表示:"余决不弃报国大义,今唯一死以尽臣职。"将日本海军联合舰队司令伊东祐亨的诱降信交给李鸿章,以表自己宁死不降的坚定决心。

在1895年保卫刘公岛之战时,刘公岛的北洋海军已陷入日军夹击之中,丁汝昌仍率舰队打退日本8次进攻,击沉敌舰7艘,击毙日本少将旅团长大寺安纯。他多次怒斥投降派:"等欲夺汝昌,即速杀之。吾岂吝惜一身!"当最后弹尽粮绝,他召开会议,要求突围,保存实力。因为怕投降派牛昶昞等人盗用帅印,他要求将提督印截角作废,但遭到投降派等人的反对和欺骗。丁汝昌见回天无力,于1895年2月12日凌晨吞食鸦片,以身殉国。丁汝昌死后,清廷视其为罪臣,毋庸议恤,籍没家产,罪及子孙,并将其棺材加三道铜箍捆锁，以示有罪，在其原籍以砖砌丘，不得安葬。直到 1901 年其冤才得以昭雪，葬于巢县青龙山东侧小鸡山，今属无为县严桥乡梅山村。

我走出丁公府，回想丁公一生。我想，丁公无论是能力还是气节，都可谓非凡。丁公的属下，除极少数外，大都毕业于马尾船政学堂，有些留学英法，接受近代海军教育，有着丰富的航海和战斗经验，如刘步蟾、邓世昌、萨镇冰、王成国等人，他们在抗击日本侵略者的战斗中，表现了不畏斧钺、赴汤蹈火的英雄气概。人不可谓不强，舰不可谓不利。为何北洋海军全军覆没，造成中华民族的百年遗恨？我问大海，我问苍天，大海苍天不语。

我走到丁公雕像前，丁公持书凝视，我想他也在沉思吧。

第一，虽然当年清政府开展洋务运动，购买了一些洋枪洋炮和军舰，但国家仍是闭关锁国，无视外部世界，时时以泱泱天朝大国自居，墨守成规，国家的综合国力十分薄弱，为落后挨打埋下了失败的先兆。第二，到了清政府后期，以慈禧太后为首的统治者更是腐败堕落，用海军经费修造颐和园，供自己享受。北洋舰队成军后，无钱添置新舰、大炮和弹药。李鸿章第三次检阅后，也发出"窃虑后难以为继"的感慨。而日本明治政府大力学习西方先进技术，大肆扩充海军，短短几年，综合国力大为增强，其海军实力也在北洋海军之上。清政府的腐败，也影响到北洋海军。第三，落后的战略、战术和"保船避战"的军事思想，使海军诸军不能协同作战，诸此等等。虽然丁汝昌等北洋水师将士浴血奋战，最终难以逃脱失败的命运。

我看着那碧海蓝天，海水波光粼粼。对面威海市那雄伟高大的建筑群，越发雄壮。威海湾里舰船犁起一道道雪白的浪花，海鸥翔集，好一派耕海牧渔的祥和景象。陪同我们的威海市工商局的同志开玩笑地说："你们安徽的老乡在此打了败仗。"听后，我却笑不起来。突然间我想起一句话：人强不如国强。

苏堤漫步

以前,我没有去过杭州,只听人说:"上有天堂,下有苏杭。"意思是说,杭州美得像天堂。去年 10 月份,我因公去杭州,顺便去看看西湖。我认为,杭州之美,美在西湖;西湖之美,美在苏堤;苏堤之美,美在苏轼。

放眼望去,西湖很大。据介绍,绕西湖一周大约有 15 公里,面积 6.39 平方公里。孤山耸立湖中,三潭印月、湖心亭、阮公墩三个小岛鼎立湖心。湖面分为外湖、里湖等五个部分。环湖有南高峰、北高峰、玉皇山等,一面好像纽约曼哈顿,全是高楼大厦,真是"三面云山一面城"。我们从断桥到曲院,由曲院上苏堤。一行四人,漫步在苏堤上。苏堤是柏油路面,花坛、花廊、亭阁多多,堤岸叠石,两边尽植桃、柳、玉兰、桂花、芙蓉等四季花木,绿草遍地。堤上建有"映波、锁澜、望山、压堤、东浦、跨虹"六座石桥,沟通两岸。我们踏上锁澜桥,登高远望,雷峰塔高耸雄伟,湖水碧波荡漾,游船轻划,城市鲜亮,堤上游人如织。我们走到堤边,湖水轻拍堤岸,发出呢语。我惊叹,走在苏堤上,感觉像踏在湖上。如此规划多好,既可方便西湖两岸交通,又可更好地观赏西湖。同游的小胡告诉我,这是苏轼老先生所为,所以叫"苏堤"。

苏轼曾于宋代熙宁四年(1071 年)、元祐四年(1089 年)先后在杭州做过通判和知州。当时,西湖长久不治,草兴水涸,积成葑田。1089 年时,葑田已占湖面的一半,面积很大,如云在天,茫茫一片。"葑合平湖久芜蔓,人经丰岁尚凋疏。"苏轼任知州第一年,碰巧大旱,收成无几,米价上涨几近平时一倍。离湖较远的城区,湖水每担卖七八钱,相当于平时一升米的价格。盐桥河中水干河浅,舟运十分困难。第二年,苏轼决心大治西湖。他从民饮、灌溉、航运、酿酒等人民生产、生活着眼,连打几次报告给朝廷,要求拨款。朝廷终于同意,但所拨款项极少,只给了100道僧人的度牒。他用这些度牒换了一万七千贯钱,又到处化缘募捐,自己写字画画义卖,以工代赈,等等。从夏到秋,花费20万,把葑草打捞干净。他还用葑草和淤泥筑成一条长达2.8千米的大堤,从南到北,横贯湖面,上建六桥,旁植树木,并在湖中设立小石塔为界,规定石塔以内湖面不得种植水上作物,这些小石塔日后形成了三潭印月。从此,西湖烟水渺渺,风光绮丽。由此,西湖上多了一道摇红扶翠的新景。苏轼当时颇有成就感,他快慰地赋诗曰:"六桥横绝天汉上,北山始与南屏通。忽惊二十五万丈,老葑席卷苍云空。"

我到过的很多地方都留有苏轼的踪迹。他在山东的密州、安徽的颍州(即今天的阜阳)、江苏的徐州、陕西的凤翔、湖北的黄冈、广东的惠州以及海南的琼州都做过地方官。他因政治上的原因,经常遭朝廷的贬谪,但他从不消极颓废,不撂挑子,每到一地,都达观快乐,关心人民疾苦,为民干实事,与民同乐。他在密州、徐州任上曾发动农民抗洪灭蝗,赈贫救孤,深得百姓敬仰。在杭州,百姓因西湖疏浚后,旱涝保收,五谷丰登,杀猪扛肉去慰问他。苏老先生收后吩咐厨师将肉切得大大的、烧得红红的、焖得烂烂的、烹得香香的,犒劳民工。后来人们叫此肉为"东坡肉"。

苏轼是大文学家、书画家、一介儒官,他踏遍祖国大好河山,长期的基层生活,民间的疾苦,熏陶、影响了他,他留下了大量的诗词、书画,如"大江东去,浪淘尽、千古风流人物""但愿人长久,千里共婵娟"。他歌咏西湖的"欲把西湖比西子,淡妆浓抹总相宜"等等千古绝唱,至今脍炙人口。

苏轼留下的书画、诗词,后人叫墨宝;他烹饪的猪肉,叫"东坡肉";他组织建造的大堤,叫"苏堤"。林语堂先生甚至说:"倘若西湖只是空空的一片水,没有苏堤那秀美的修眉和虹彩般的仙岛,以画龙点睛增其神韵,那西湖该望之如何?"人们无法想象,没有苏堤的西湖该当如何?没有苏轼的杭州又将怎样?杭州的西湖,西湖的苏堤,形成了独特的自然人文景观,被人们千古吟唱。这些大概都是苏轼老先生所不曾想到的吧?但是,他那"不以物喜,不以己悲"的心境,人们不会忘记。这也就是人们常说的:"有心栽花花不发,无心插柳柳成荫。"这就是历史的辩证法。这对每一个人来说,难道不值得深思吗?

天尽头听涛

我听过大西洋的涛声，也听过南太平洋的涛声。但我最难忘的是天尽头的涛声。

去年年底，我随市工商局考察团去山东威海，当地工商局的同志告诉我，到刘公岛的轮渡因台风停航，我们应去天尽头。

天尽头距威海市70公里左右，位于山东半岛最东端的荣成市龙绍岛镇。它三面临海，一面接陆，北与大连湾相对，东与韩国隔海相望，是我国陆海交接处的最东端，最早见海上日出的地方，自古被誉为"天尽头"，又曰"成山头"。成山头探身入海，巨大的岬角延伸海中，素以风大、浪激著名，故又有"中国的好望角"之称。

我们去的那天，风雨初霁，天空多云，风仍较大。我们观看了秦始皇庙，游览了日主祠，走到观海长廊，放眼望去，海天一色，海面宽阔，海风凛冽，一片汪洋大海。远望，海水一片碧蓝；近看，海水一片褐黄。在阳光的照耀下，蓝褐分明。随着凛冽刚劲的海风，在蓝褐海水交接处，波浪形成浪线，一浪赶一浪，一波压一波，不断地向前涌动。

我走在成山头延伸到海中的巨大的岬角上。岬角似一条长龙伸入海中，"龙脊"上只有一条小路，两边全是断壁残崖，蜿蜒数里，犬牙交错，直陡耸立，往下一看，深不可测，使人昏眩。海借风势，风助浪威。那由远及近的海浪，呼喊着、咆哮着、奔涌着，朝着岸崖发起一轮又一轮冲击，一个个浪头扑上崖壁,激起千万朵水花;一排排波浪冲上岬角,卷起万千堆"雪"。上去,下来;再上去,再下来。带着阵阵的轰鸣,形成汹涌澎湃的涛声,如沉闷的惊雷,像厮杀中的鼙鼓,似冲锋的号角。其气势,如万马奔腾,锐不可当;其勇气,若前仆后继的战士,一往无前。海浪、涛声,显得那么壮烈、悲愤、坚韧、激昂。

我用手抹去眼镜上的海水,看着这片不平静的海,听着这震耳欲聋的涛声,心潮起伏。震惊中外的甲午战争中的黄海之战,就发生在天尽头东10海里外的海面上,北洋水师爱国将领邓世昌就殉国于此。这是一片悲壮的海、战斗的海,只有这样的海才能产生那奔腾不息的海浪,孕育出那激昂奔放的涛声。我知道,显示这片海的生命和活力的是中华民族生生不息、锲而不舍、永远向前的拼搏精神。我衷心地赞美她。

凤凰印象

　　我对湘西小城凤凰的印象，来自沈从文先生的《边城》。我想凤凰城就像先生的散文那样清新、隽永、宁静、和谐。否则，先生不会对家乡那么眷爱，他说："一个士兵不是战死沙场，便是回到故乡。"

　　去年 11 月底，我有幸去了趟凤凰城。湘西凤凰城是一座别具风情的古城，传说有一对凤凰从这里拍翅而起，小城便有了这样一个美丽的名字。凤凰山城，位于湘、黔、川三省交界的沱江畔，群山环抱，关隘雄奇，碧绿的江水从古城墙下蜿蜒而过，叠翠的南华山麓倒映在水中，江中渔舟游艇数点，山间暮鼓晨钟相鸣，江岸吊脚楼层层叠叠。山水相依，钟灵毓秀，犹如一幅浓墨重彩的山水画。

　　沈从文先生所描写的小城就是我心中的凤凰，到达凤凰小城后第一件事就是瞻仰大师的故居。我穿行在凤凰古城那窄窄青石板铺就的小巷里。沈从文先生的故居就坐落于南中营街，是一座砖木结构的四合院，前后两进，中间有方块红石铺成的天井，天井中有一口雕花的大水缸。故居建筑与皖南的徽派建筑有些相似，马头墙上装饰着鳌头，镂花的门窗，房内铺着木地板，较为简陋。沈从文先生就诞生在这里，并在这里度过了他少年的时光。我们穿行其中，看着先生和蔼、宁静、淡泊的画像，看着先生的遗物，我沉溺在《边城》笔墨的香气中。我看见了翠翠、天保和那条忠实的黄狗……导游告诉我们，他就是在这里完成《边城》的。汪曾祺先生曾这样评价沈从文先生:沈从文在一条长达千里的沅水上活了一辈子,20岁以前生活在沅水边的土地上,20岁以后生活在对这片土地的印象里。沈从文先生对湘西这块养育他的母土爱得太深,他以一颗仁厚的心,来看待和描绘这块土地上的一切。庄严的生命、厚朴的人性、纯美的爱情,是先生笔下永恒的主题,那淡淡的忧愁、牧歌的诗意和弥散其间的美感,是先生的独特风格。他所写的都是些平凡的人物、平凡的事、平凡的坎坷和平凡的哀乐,却如同凤凰小城一样,有着非凡的魅力和非凡的美。

我们徜徉在临江老街,满眼是陈年的砖墙和古朴的木板门槛,狭窄的青石板街道被磨得光滑透亮。两边全是店铺,制作姜糖的在店铺门口的铁环上将黄黄的姜糖稀拉得长而又长,小吃店的门楣上挂满了熏肉和熏猪脸,纪念品商店的凤凰的蜡染具有浓郁的民族风格……老街上游人如织,我们不时见到一些苗族人。他们身着民族服装,双肩挎上具有苗家特色的背篓。苗家服饰的基调是黑色、白色和蓝青色。黑色是苗族人的头帕,折叠有臻,高高耸起。白色是苗家姑娘佩戴的银饰和服装上的刺绣花边,举手投足地银光闪闪,银饰发出风铃般的叮当声。蓝青色是苗家人的衣裳,显示出苗家人沉稳的性格。他们在老街上是一道亮丽的风景。老街上没有人跟随你劝买,更没有人吵吵嚷嚷地强卖,显示出凤凰人独有的一种淳朴。

我们走到沱江边,穿城而过的沱江是凤凰城的灵魂,也是系在凤凰古城腰上一条飘柔的腰带。绿绿的江水微微流动,清澈透底,依稀可见摇曳的水草,随波漂荡。游船桨叶卷起绿水,荡出一个个旋涡。河埠头,有阿妹在淘米、洗菜,浣衣大嫂的棒槌"唧唧"地捶打衣服的声音,和着大声戏谑的笑语,与河水荡起的阵阵涟漪,如同人们的思绪,一圈圈地荡开去。沱江两岸的吊脚楼,是凤凰最令人称道的特色。吊脚楼悬于沿河两岸,根根木棒与水泥柱撑起一栋栋小巧玲珑的房子,半悬半依,放眼望去,黛瓦白墙、斑驳木板、高耸的马头墙,高高低低,错落有致,仿佛在倾诉着沉沉的岁月。凤凰的吊脚楼尽管现有翻修成混凝土或砖木结构的,但风韵犹存。我们走在吊脚楼内那曲曲折折、颜色像涂了柏油一样的龟裂的楼梯，踩着嘎嘎作响的楼板，吃着苗家的土菜，看着静静流淌的江水，听着阿妹唱着那幽幽的民歌，望着华灯初上的虹桥……不觉意乱神迷。

夜色渐深，我和几位同事漫步在凤凰城老街上。暗黄的灯光照着石板街，我们几人狭长的身影显得格外静谧悠长，只听得见自己的鞋敲打石板之声。除了我们，街上几乎没有行人。走到沱江边上时，看见仍有不少的游客。我们走到沱江的石墩桥上，看无边的夜色给山峦和山城楼房画上了一条浅浅的朦胧的轮廓线。月亮已初上中天，水面上泛起金色的光晕，星星在天上散着柔和的光，江水潺潺地在脚下流过，凉风轻拂着人们的脸，流浪者酒吧不时传来时隐时现的歌声，吊脚楼上的大红灯笼配着这独特的环境，真是俗中透雅，雅透了。我看见一对年轻的帅男靓女在放河灯，纸折的小船中载着一朵蜡做的莲花灯，一只、两只、三只……总共放了九船九朵。小船驮着莲花灯在江水中随波漂流，江上微风把河灯吹得颤颤巍巍的，忽明忽暗的、犹如天上的星星在水中，也如水中的河灯在天上。我看他们俩双手合十，凝视河灯，眼中放出幸福的光芒，目送河灯远逝。我想他们是在祈祷自己的爱情天长地久，九九归一吧。我看着这一切，感到是那么和谐、生动和真诚。

离开凤凰小城很久了，但眼前仍不时地出现凤凰的山山水水，心中仍眷恋着凤凰的吊脚楼、沱江……我不是凤凰人，但我像沈从文先生一样，永远沉浸在对凤凰小城美好的印象里。

泰山天街

"我想那缥缈的空中,／定然有美丽的街市。／街市上陈列的一些物品,／定然是世上没有的珍奇。"我非常喜欢郭沫若先生这具有美妙幻想的诗句。我在泰山天街,的确看到了诗中的情景。

去年初冬,雪后初霁,雪后的泰山,万里无云,澄空如碧,远山近岭被初雪覆盖,灌木上都结满了冰挂,山与天好似连为一体。远望山下齐鲁大地,历历在目,大有登泰山而小鲁之感,更觉得泰山突兀在空中。

我们由泰山南天门向北东折,拾级而上,有如登梯上天。不一会儿,我们看到一石坊,石坊的风格简洁、明快,与皖南石牌坊风格不尽相同。石坊中间题额"天街"。天街宽40米左右,为半边街,道路平整,麻石铺就。天街北侧,楼阁毗连,全是商店。南侧为悬崖,沿崖设立花岗岩栏杆,人们常凭栏眺望。据说春夏之际,每逢新雨停后,白云如絮般从南侧峡谷涌出,虚无缥缈,如同天上人间。北侧店铺依山势而建,有"天街""白云居"旅社,有天街饭店、蓬元商店、文物商店、旅游纪念品商店等。新建的升中阁共有三层之高,檐牙交错,雕梁画栋。大多数商家的门前都悬挂着精美的楹联,展示着商家的经营理念、为人的准则以及希望与理想,体现了孔孟之乡深厚的文化底蕴。商品大多是风铃、大挂的吉祥物红辣椒、碧霞元君像、泰山石刻等,琳琅满目。出于职业习惯,我看见每户都悬照经营,都是个体户,门前都有着诚信责任制的告示栏,上面写着诚信商店的责任、处罚的标准、投诉的电话号码。我随着游客,走进一家旅游纪念品商店。商店的营业员是一位年轻的姑娘。"您好,您需要什么?"多么亲切的招呼,一下子拉近了我和她的距离。我说:"我想买一张泰山旅游图。""行。"她马上拿出了一张。我付完钱后问她:"天街原来就是这样的吗?"她说不是,天街北侧自清代到民国间只有10家小店,山民在一排小茅屋中经营茶水和客店,后来也较为简陋。改革开放后,个体经济发展很快,游人也增多,天街上的经营户开始增多,硬件也几经改造,形成了古色古香的建筑群,形成了真正的街市。原来石坊题额为"升中",石坊后来毁了。现在的石坊是1986年重建的,题额为"天街"。当我走出商店时,她说:"先生,路上冰冻,请小心慢走。"我看了看她,看见她的眸子是那么清澈,透出真诚。

　　我和我的同事们边走边聊。我说:"在这泰山天街,工商部门管理是很到位的,不但能亮照经营,而且还能开展诚信街建设,这真不容易。"店家不但会经营,而且对泰山的人文历史也熟悉,素质不一般。现在,旅游地商家宰客已是人所共知的,难得天街上有这一块净土。

　　"先生,请您等一等……"我回头一看,那位年轻的姑娘正朝我奔来。

　　"干什么?钱我已付过啦!"我回答说。

　　"不是,刚才那张泰山旅游图不是最新版的,我给您换一张。"姑娘说。

　　我惊愕了,在换图时连谢谢都忘了说,却连连说道:"泰山的天街,诚信的天街。"

武当山印象

安徽人看山不感到惊奇,但多年前去武当山的感受仍留在我的心中。

1998年5月,我随安徽省工商局考察团去湖北襄樊市学习,应主人之邀,去了趟武当山。

武当山位于湖北襄樊市南百十公里处。八百里巍巍武当山,群峰逶迤,层峦叠翠,云雾缭绕,变幻莫测,如诗如画。徐霞客赞它"山峦清秀,风景幽奇"。米芾为之题"第一山"。名震海内外的武当拳发源于此,这里也是道教圣地。

陪同我们的湖北省工商局蒋处长笑着对我们说,武当山与安徽很有关系。相传从唐代起,道教就开始在此苦心经营。到明朝,永乐皇帝朱棣宣称他父亲朱元璋和他取得天下,都得到武当山玄武神的阴祐默助,他决定在武当山建造宫观,表彰神功,报答恩情。于是,从公元1424年开始动工,每日役使军民近三万,历时十二年,建起了九宫、九观等共三十三处大建筑群,以后历代不断增加至两万多间。这些宫、观、庵、庙、亭串起来,巧妙地利用了峰、峦、岩、涧的雄伟高隆和奇峭幽深,筑在其间,大小、疏密、形状与山势走向融为一体,以烘托出庄严威武、神秘玄妙的建筑风格。同时,山添景,景融山,做到了人文景观和自然景观和谐统一。

我们乘车到达武当山北面索道站,仰望武当山天柱峰。天柱峰耸然直立在蓝天白云深处,高出群峰,一柱擎天。我们乘索道登上峰顶,山风呼啸,松涛阵阵。俯瞰山下，武当山下的峰，一峰高于一峰，峰峰云彩飘飘，渺雾绕绕，都躬身朝拜天柱峰。

我们走到天柱峰金殿前，我惊叹在这峰巅，竟有这样一座举世无双的青铜建筑。我们绕着玉石雕花栏杆仔细查看金殿。金殿坐西朝东，近两丈高，一丈多宽，雕梁画栋，飞檐走角，通体都是青铜构造，镀着赤金。金殿上四周的青铜栏杆被摸得锃亮。蒋处长说，摸摸这栏杆，腰不痛。不论真假，我去摸了摸。

走进殿门，只见正面供奉着真武大帝的镏金铜像，左右分别侍立着捧册的金童、捧宝的玉女。神像前的神案上点着神灯和香火。虽然殿外山风阵阵，但殿内仍灯火熊熊、香烟直直。我惊问蒋处长这是为何。

蒋处长笑而答曰："问得好！这里有一个传说。相传金殿建好后，皇帝前来视察，并点燃案前神灯。皇帝对神像默默祷告：'请保佑我朱家江山和金殿一样牢固，和神灯一样长明。'谁知山顶风大，山风吹着火苗，忽闪忽闪，眨眼就灭，点了又熄，怎么也点不着。皇帝非常恼怒，下令领头工匠点灯，三天内点不着神灯，唯他是问。直到第二天将晚时，领头工匠仍然无法点燃，急得要命，无心吃晚饭。这时一位老师傅说，吸袋烟再说吧。他拿出火镰，嚓嚓点着纸煤，火苗在他手掌中发亮。他笑道：'这不就点燃了吗？'领头工匠恍然大悟，他说：'办法有了。老师傅吹燃纸煤时，双手合掌，掌中灌满了风，外面的风就吹不进了。如果我们把金殿所有的缝隙全部焊实，只留一个大门，不也就像合掌一样，神灯就能点燃，长明不灭吗？'据此办理，果然这样。这是什么道理？谁能回答？"蒋处长问。一时无语。突然我想起空气对流原理，回答说："金殿除门外全焊实后，空气不再对流，外面的风吹不进，所以灯光才能不灭。"

"回答正确，加10分。"蒋处长笑着说，也引起了大家的欢笑。

笑声随着山风、松涛，飘得好远好远，也引起了我久久的思索：金殿的建造和美好的传说，附丽于自然山水，是借景议事，因事说理，它不但热情地讴歌了人民的劳动、生活和创造，又使武当山增添了灵性和秀色。

在飞机上看西沙

2002 年 12 月 30 日,我随安徽省工商局代表团去澳洲考察,乘坐新加坡航空公司波音 777 飞机在万米高空飞行。飞机下面除了阳光,只有棉絮接着棉絮般的云层,什么都看不见。

我的眼睛紧盯着座椅靠背上的电视屏幕,屏幕里正显示着由上海飞往新加坡的航线。飞机沿着祖国海岸线向海南岛的东边飞行。大约上午 9 时,我看见飞机到达位置图上出现了"South Sea"(南海)字样。我立即反应出,我们正处在西沙的上空。我朝舷窗望去,白絮般的云层忽地不见了,海天一色,澄碧空明,天蓝蓝,海蓝蓝。只有疏疏的几朵白云,不时地掠过机翼,飞机下面碧波万顷的大海像块硕大无比的蓝玻璃,仿佛纹丝不动。在夏日的阳光下,偶尔有几个亮点反射着刺眼的白光,我想那可能是航船的反光吧!

我问漂亮的新航空姐:"飞机所处的位置是西沙海域吧?"她含笑用汉语回答:"先生,是南中国海,是西沙。""哇!真的是西沙!"我惊叫着,心中立即涌出我在中学时代就熟悉的旋律:

"在那云飞浪卷的南海上,有一串明珠闪耀着光芒,绿树银滩,风光如画,辽阔的海域,无尽的宝藏,西沙,西沙,西沙,西沙,祖国的宝岛,我可爱的家乡……"

南海海域地理位置优越,是中国同东南亚各国交通的纽带,也是太平洋和印度洋、亚洲和大洋洲之间的海上航道要冲。自宋代开始,中国已在南海诸岛行使主权。南海诸岛的岛屿和海域，自然资源和旅游资源十分丰富、奇特，已被列为海南旅游中心项目。三亚至西沙的旅游线也正在筹划。这是我此次考察时在资料上所见的介绍。

"快看，底下有岛屿。"随行的合肥市局陈同志告诉我。我赶紧朝下望去。只见蓝色的大海上，出现了一个较大的岛屿，如同一枚绿叶，镶嵌在浩瀚无垠的南中国海上，岛上没有山峰，全部是平展展的。全岛都被绿色的树木覆盖着，看不见一丝的土地。据说那绿色植被是抗风力极强的海岸桐和草海桐等热带灌木，所以全岛绿得叫人吃惊，我平生从未见过那样的绿。我曾在飞机上见过沙漠中的绿洲，它虽然也绿，但有杂色；我曾鸟瞰过南方丛林，它虽然也绿，但绿得不够厚重。西沙岛屿那绿，是集浓绿、淡绿、墨绿、深绿等于一体的绿，那是一望无际的绿，那是不掺一丝他色的绿，那是绿得滴油的绿，那是多么醉人的绿……只有西沙，才能孕育出这样的绿，全岛绿得真如一块温润、碧绿的翡翠啊！

在飞机上望下去，岛屿像镶着银边的绿玉。在海的蓝色和岛的绿色边缘，层层的波浪前呼后拥地涌向岸边，留下白色的浪花和细沙，远远望去是白色的岸线，晶莹剔透，银光耀眼。全岛都被这白色的岸线环绕着，真如天真无邪的少女的裙裾，又似姑娘颈上那银色的项链。真奇怪，蓝色的海水冲击岛屿的岸线而形成白色的浪花，这真是大自然的杰作。白色的岸线衬托得海水更蓝，衬托得岛屿更绿，这也是和谐共生的道理吧！

随着飞机的飞行，岛屿慢慢离去，又一个岛屿进入了我的视线。不一会儿，飞机进入了云层，但我的思绪还定格在那美丽的西沙。

在大连看广场

　　3月中旬,因考察创建文明城市工作,在大连小住几天。大连依山傍海,风光绮丽。人们都说大连山美、海美、建筑美,我有同感,但我看大连还有别有味道的广场美。

　　大连最早的广场带有殖民色彩。1898年,沙俄强迫清政府租借旅大地区,并将该地区改为"关东洲",大连成了沙俄的殖民地。沙俄在入侵大连后就不打算离去,他们一方面掠夺,一方面也建造了一些建筑,修了一些铁路,同时,出于休闲的需要,或出于对自己文化传统的思念,在大连规划、设计了广场,这就是现在的中山广场。可惜好景不长,在广场尚未完工时,日俄战争爆发,日本人占领旅大地区。在沙俄建设的基础上,日本人将广场完工。日本人在占领旅大地区的40年间,也进行了广场的建设,并且带有它自己的味道。殖民者在世界上许多国家都留有这种痕迹,也是留下了不可抹去的侵略的历史见证。

　　我们曾两次徜徉在中山广场。我惊异她美得异彩纷呈。中山广场具有浓郁的欧式风格。她总面积2.2万平方米,是个圆形广场,直径有168米,周围建筑物与10条放射式道路相兼排列。这里有与巴洛克建筑特点相似的大连宾馆,它采用柱式形式;有表现哥特式建筑风格的外贸局大楼,它采用尖塔造型;还有在屋顶建三个圆形穹隆的中国银行大楼,以及在主楼顶上用"法国顶"构造的大厦,体现了欧洲文艺复兴时期的艺术特点。

中山广场的四周装有高级音响,每天定时播放音乐。广场中心是圆形露天小舞台,这里经常举行音乐晚会,是大连市的音乐中心。

我们听大连市政府接待处王同志介绍,改革开放后,中山广场又进行了改造,面貌焕然一新。玉石铺装的石像高贵醒目,道路建筑相间有序,空间通透,环境优美,整个广场充满了城市之光。它虽有百年历史,并几度变化,但它的艺术构思、规划布局、建筑风格仍不失其和谐秀丽、典雅隽永。

我们游览了大连人民广场,我惊讶她美得简洁。广场呈长方形,周围的楼房大多是日俄时期建造的,房屋不高,大连市政府、市法院、市检察院等单位分列在广场四周,这里是大连的司法、行政中心。广场主要由草坪组成,只有一组弧形的水帘幕墙成为广场的主要建筑,更衬出大连市政府大楼的朴素、庄重、严肃。整个广场一览无余,也许体现了司法、行政工作的透明、公正吧!在人民广场,我看见全国独一无二的女子骑警,她们一身白色戎装,骑着高头纯种英国大马,英姿飒爽,成为人民广场一道亮丽的风景线,使广场更加充满活力。

我们在参观大连星海广场时,我惊呼她美得旷大。星海广场位于大连美丽的星海湾,总面积为4.5万平方米,为大连1899年建市以来修建的最大广场,有两个天安门广场那么大。广场中央设有全国最大的汉白玉华表,高19.97米,直径为1.997米,以此纪念香港回归祖国。华表底座和周身都雕饰着龙。广场中心按照北京天坛环丘设计,红色四川大理石铺就,外围是黄色大五角星,红黄两色象征着炎黄子孙。大理石上雕刻着天干地支、二十四节气和十二生肖。广场周边还有5盏大型宫灯,由汉白玉石托起,光华灿烂,与华表交相辉映。广场上四周雕刻了造型各异的9只大鼎,每只鼎上刻一大字,共同组成了"中华民族大团结万岁"。广场上巨大的五星红旗象征着我们的共和国源于中华民族悠久灿烂的文化,并使其发扬光大。9只大鼎象征着中华民族团结昌盛,以及香港必须回归的"一言九鼎",表现了海内外华人重于泰山的共同心声,也显示了大连人民对中华民族古老文化的景仰和对祖国真挚热爱的情感。我觉得在这么宏大的空间中,精心的设计表现了中华民族传统文化的精华,的确是匠心独具,不可多见。

我们从广场北端的大连国际会展中心向南走去,沿着红砖铺地的中央大道,看着两旁的草坪,望着每隔20米一支的航标造型的石柱灯,南行1000米左右,看见中央地坪上有一组铜塑脚印。从1899年大连建市起的小脚女人的脚印,一直到1999年大连市劳动模范和各界代表人士的脚印。浮雕的尽头是一望无垠的大海。

我望着那水天相连、波涛拍岸的大海,顿时,一种超然于世、心胸开阔之感油然而升,那种迫切想拥抱大海之感突然而出,星海灿烂,情出其里。巨大的广场与大海相呼相应,表达了中国人雪洗百年国耻之后,走向大海,奔向世界的旷达、豪迈气派,它体现了多么深厚的时代内涵。

大连的广场真多、真美。我们还考察了奥林匹克体育广场以及友好、海之韵、老虎滩、希望等广场,这些广场无论各具什么特色和功能,无一不显示着不同时期的历史,展现了历史的延续,沉淀着深厚的文化底蕴。它们是城市规划和建设的巨大的全景画中一幅幅色彩怡人的风景画,使钢铁与水泥组合的城市楚楚动人,具有灵性和生命,使城市变得宁静与俏丽。真是:"一个美丽的广场,可以显露出整个城市的风采。"

我与三峡大坝零接触

今年 9 月份,我们去宜昌市工商局学习考察,应主人之邀去三峡大坝参观。我们乘车一路无阻地到达三峡大坝坝区分局。年轻的分局长告诉我们:"你们来得正是时候,大坝坝顶对游人开放,这是一个难得的好机会。"

我们首先登上坛子岭观景区。相传大禹治水三过家门而不入,在神牛的帮助下打开夔门,推开 400 里水道。川江百姓感恩不尽,用船载肥猪和一大坛美酒前来犒劳。船至三斗坪时,神牛腾空而去,留下那坛美酒放在江岸,幻化成坛子岭。坛子岭海拔 262.48 米,是俯瞰三峡大坝工程全貌的最佳点。坛子岭上有一大型雕塑《润生源》,意即滋润生命的源头。巨大的倒扣坛子形雕塑正面是一凸起的大型铜板浮雕,形同水轮机涡壳,三个健壮的男性携手在水汽中旋转,金刚般的力士与水汽交融在一起,表现了万物以水为生的强大精神力量。浮雕上还出现大禹和一个现代男人的形象。大禹手持铁铲,显示了中华民族治水的悠久历史。现代男人手持三峡基石岩芯,象征现代水能利用和建设三峡大坝的科学观念。他们的背景是大坝建设的场面。整个雕塑群在说诉着华夏民族与三峡水患斗争的历史,倾诉着从孙中山先生到毛泽东、邓小平等历代仁人志士和党的历代领导对三峡工程的关怀和全民族的热切期盼。千年的民族梦想今朝圆。我们登上坛子岭观景台,三峡大坝尽在眼底,犹如一座横跨长江的水上长城,双线五级连续梯级船闸是壁立千仞,被人们称为"长江第四峡"。此时,一股"更立西江石壁,截断巫山云雨,高峡出平湖。神女应无恙,当惊世界殊"的豪情在心中油然而生。

我们乘车到坝下近坝观景区。仰望大坝,大坝仿佛像一座泰山,是那么巍峨雄壮。泄洪水流的撞击声,如雷霆万钧,轰轰作响。泄洪扬起的水雾让江上的空气变得潮湿,打在人们的脸上凉丝丝的。水轮发电机冲出的水流在江面上汹涌,与泄洪水流激烈碰撞,坝下的江上,波涌浪啸,像开了锅似的沸腾。我真是领略了这一震惊世界的大坝的神韵。

我们经过安检,乘电瓶车到了坝顶中间的观景区,站在坝轴线长达2309米、坝顶高程185米、水电装机1768万千瓦、年发电量840亿度的钢筋混凝土大坝坝顶上,徜徉在坝顶观景区内,在巨人般林立的塔吊下,远望看见右岸电站工地繁忙的施工现场。我向大坝上游看去,那里是一望无垠的大平湖。三峡水库面积达1084平方公里,总库容量为393亿立方米,防洪库容量为221.5亿立方米,泄洪闸最大泄洪能力每秒达10万立方米,可以有效地发挥拦洪、滞洪的调节作用,还可以使万吨级船队直达重庆,是世界最大的水利工程。江水平静,在江水映衬下,远山如黛,近山青翠,山水相融,恰似一幅浓墨重彩的画。我在坝顶向下望去,二十二个泄洪表孔中的八个泄洪闸正在泄洪。江水从八个泄洪孔中喷射而出,如同八条巨龙横空出世,就是古诗"横飞白练三千丈,骏马下注千丈波,千丈悬流万堆雪,惊天如看广陵波"也难以形容。在八孔泄洪巨浪氤氲的水汽里,我们还看见了一弯美丽的七色彩虹,真是"长虹卧波"。大家都惊叫起来:"好漂亮啊!"我把胸脯紧贴在大坝的墙上,巨大的洪流冲击得大坝微微震动,我觉得这是大坝的心脏和我的心脏在一起跳动。

我站在三峡大坝上,看江水奔流,听惊涛拍岸,观平湖风光,思绪万千。我想起,我曾经登上50年代建成的新中国第一坝佛子岭水库大坝,也曾走上80年代所建的万里长江第一坝——葛洲坝,但心情都没有与三峡大坝零距离接触时那样丰富,那种惊叹、振奋、骄傲、自豪、赞美、激动等等情感特别强烈。我透过这三座大坝,具体、真切、实在地感受到祖国前进的步伐,体会到祖国不断强大的历程。

在三毛茶楼

　　三毛是我喜爱的作家。一到周庄，我就寻觅三毛茶楼，那是为纪念台湾女作家三毛与周庄的情缘而新辟的一处景观。

　　清晨，东方刚白，周庄 5 月的上空飘荡着一层淡淡的薄雾，像纱如烟，像雪如汽，飘飘忽忽，挂在天空。整个周庄浸润在一片氤氲之中。我沿着周庄井字形的小河，踏着光滑的石板小路，走过一座座小桥，融进窄窄的小巷，望着那粉墙黛瓦。周庄真静，河上偶有一只小船划过，只有船桨划水的声响。河边也有起得较早的村妇，在埠头洗刷拖把。小巷中行人更少，只有几家店铺在拆卸门板开门。

　　我走到澄虚道院时，天已大亮，各家店铺都已开门。周庄又开始了一天的喧闹。经澄虚道院向西行不远，我听见那如诉如泣、如怨如慕的《橄榄树》："不要问我从哪里来，我的故乡在远方。为什么流浪，流浪远方……"我知道三毛茶楼到了。《橄榄树》是由三毛作词的一首歌。我抬头望去，四个红灯笼样底盘上写下了"三毛茶楼"的招牌。三毛茶楼为典型的江南二层木质小楼，临水而建。底层摆着八仙桌和四方凳，楼上布局与底层基本相同。木质的楼梯与楼板一样，踏在上面咯吱作响，透出一种历史的厚重。茶楼门口写着三毛茶楼的简介，茶楼楼梯口挂着三毛和王洛宾的素描像，茶楼里丁字形的柜台里摆满了三毛的作品，茶楼音箱里一遍遍地响着《橄榄树》……这一切，都烘托出三毛茶楼里三毛文化氛围。我迈进三毛茶楼的门槛时，茶楼里还没有客人,一位50开外的老伯和一位姑娘正在抹桌子拖地。我问老伯:"可以坐坐吗?""可以。"老伯和蔼地说。我坐在板凳上,环顾四周,都是三毛的照片和与三毛有关的物品。看着三毛的照片,我发现她无论是站还是坐,无论是颦还是笑,都在静静地看着我。我越发觉得她是那么自然清纯,越发觉得她崇尚自然,越发觉得她是一个把生命高举在尘俗之上的纯而又纯的人。我看着她,想起她的《撒哈拉的故事》,想起她与荷西的爱情……正如一位文学评论家所言:"如果生命是一朵云,它的绚丽,它的光灿,它的变幻和漂流,都是很自然的,只因为它是一朵云。三毛就是这样,用她云一般的生命,舒展成随心所欲的形象,充满生命的感受。是甜蜜或悲凄,她都无意矫饰,行间字里,处处是无声的歌吟,我们用心灵可以听见那种歌声,美如天籁。"真是文如其人,人如其文。

我问老伯:"我坐在这儿会不会影响你的生意?""不影响。我开三毛茶楼就是为纪念三毛来周庄,为热爱三毛作品的人们有个追忆、思念之地。"老伯也是个三毛作品的热心读者,他介绍说,三毛来周庄时哭了三次。当三毛看见周庄公路两旁田野里金子一样的油菜花时,她轻轻摘下一朵沾着雨水的油菜花,眼眶里禁不住溢出了泪花,轻轻地说:"在台湾,已经几乎看不到油菜花了。"当三毛悄悄漫步在周庄的大街小巷,走过一座座石拱桥,踏过一条条石板路,抚摸着斑驳的粉墙,看着那河渠、骑楼、檐牙高啄的马头墙时,她感到既陌生又亲切,半生的乡愁有了慰藉,因此难以自抑地落泪。当她围着八仙桌吃饭,一盆盆香气扑鼻的鱼被端上来时,三毛激动得像个孩子般落泪,大声叫好。她说:"只有回到家了,才能享受到这样诱人的河鲜啊!"三毛的哭,是周庄触发了她对魂牵梦萦的故乡的怀念,她把她的乡愁融入了她的作品,她的作品的根在大陆。

我倾听着《橄榄树》,步出三毛茶楼。这时,我想起曾经与女儿的一番对话,因我女儿也是三毛的忠实读者。她问我:"爸爸,三毛的作品应该怎样读?"我说:"应好好学习三毛的文笔。"现在回想起来,觉得太肤浅了。应该回答:"三毛的作品,要用心灵去读。"因为,用心灵写出的作品,只有用心灵去读,才能体会到它的真谛!

走近龙门

去年 9 月,我们一行穿过色彩斑斓、秋意浓酽的中原大地,过洛阳,直奔城南 13 公里处的龙门石窟。

车到龙门石窟管理处时,已近下午 5 时,西斜的太阳将天空照得透亮。我放眼望去,对面的香山和我所处的龙门山两山对峙,一条河流从中潺潺流来,两山接口处异常整齐,远望犹如一座天然门阙。洛阳市政府接待处导游说:"这就是伊阙,后人又称之为'龙门'。那条河流就是著名的伊水。"伊水引起我思绪的颤动。这就是《诗经·蒹葭》中的伊水吧?

"是的。'蒹葭苍苍,白露为霜。所谓伊人,在水一方……'导游那金属般的嗓音在我耳边回响。

此时,已看不见那摇曳多情的苍苍芦苇,但仍见很宽的河床。伊水宽有 20 多米,静静地闪着粼粼波光,无声无息地流着。在水一方的人儿已无相见之难,可伊水带来的那天各一方的悠思之情,千百年来依旧使人难忘。

我们随着导游向龙门石窟走去。导游边走边说,龙门石窟始凿于北魏,历经东魏、西魏、北齐直至唐宋诸朝,四百余年间雕琢不绝。在伊水两岸的香山、龙门山的长约 1 公里的石壁上,凿下了 2340 多个窟龛,远望犹如密密的蜂巢,留下了 10 多万尊佛像。龙门石窟还存有大量的佛塔和碑刻,与敦煌的莫高窟、大同的云冈石窟并称为中国三大石刻艺术宝库。

我们缘石阶而上,依次游览了宾阳三洞、万佛洞、莲花洞……面对着千千万万的精美雕刻，我惊讶这些龛像造型之秀之美、刀法之细之粗、工程之艰之大。我们的祖先完成这"冠绝一世"的工程，需要多么大的精神动力和高超的智慧与勇气。

我们走到了奉先寺。这是龙门石窟的精华之处。沿着高高的石阶，一步一级地向上走去，我走完最后一级台阶时，抬头看见几尊巨大的石像，其中一尊好似顶天立地，我的心被深深地震住了。

"这就是著名的卢舍那大佛。大佛通高17米，头部高4米，位居龛中央。大佛两侧是弟子迦叶、阿难……"我听见导游是这样介绍的。我抬眼看去，只见大佛端坐着，面部丰满秀丽、鼻端口正、两耳垂肩、眉作新月、目静含蓄、姿态端庄。我仰视大佛，大佛那微微俯视的双眼恰同我的目光交汇，仿佛是一次电击，大佛嘴角略翘，目光含笑，是多么温厚慈祥，就连大佛身上的袈裟，也自然得表现出飘动的衣纹。我觉得大佛活了。

我转过身去，回眸我所走过的石阶。只见那陡峭的石阶上，匍匐着一位母亲，一步一叩地磕着等身长头，当她磕完台阶来至大佛前时，我看见她额头和膝盖上已印满了血痕，但她仍然磕着，神情是那么庄重虔诚，全然不顾周围看客的注视。在她起身双手合十祈祷时，我看见她的眼神是那么专注、那么深情，那微微的笑意显得十分满足，出多么慈祥、和蔼、可亲。我不知道她在祈求着什么，大概她能忍受着肉体的痛苦，以求从大佛的微笑中求得心灵的安慰和精神的平静吧！

导游开玩笑地说："龙门的山水是有灵性的，龙门石窟的佛像也是有灵性的。"我思索着佛像的灵性源自何处，我在心中默默地叩问着龙门和伊水，龙门、伊水无语。刹那间，我眼前出现了卢舍那大佛和那位朝拜母亲的眼睛，那眼神是多么相似，都是那么专注、深情。我明白了，佛教是外国传来的，但中国的艺术家们在按照民族传统的审美观念来塑造、雕凿卢舍那大佛的过程中，集中了无数个中国母亲那优美的品貌，倾注了无数个中国母亲的无限感情，所以大佛才能透出母亲那无边的慈爱。

　　离开奉先寺时,斜阳的一抹金光正斜射在大佛的身上。我再次凝视着大佛端庄的面容、微笑的双眼,大佛仍默默无语,但大佛双眸中射出大彻大悟的灵光,从容地俯视着不废千古的伊水,注视着大唐盛世以来的历朝历代,护佑着祖国繁荣昌盛。大佛不是石像,是母亲的化身。我虽不是佛的信徒,但我仍回过身向上跑去,虔诚地朝着大佛——母亲,深深地鞠了一躬。

车过万泉河

  汽车奔驰在海南岛由海口到三亚的东线高速公路上,银灰色的公路像一条无尽的绸带,随着大地的起伏,飘飘逸逸。

  我坐在车内,贪婪地看着窗外。车窗外的世界是绿色的,虽然是元月份,却看不出一丝冬意。高高挺拔的椰树,透出一种浓厚的墨绿;亭亭玉立的槟榔树,显出一种爽眼的青绿;繁茂的藤蔓和芊芊小草,展示出春雨后的淡绿……远远近近,浓浓淡淡,全都晕染着绿色,好一派南国风光。

  车过琼海市不久,很快驶到万泉河大桥。万泉河是海南岛的第三大河。它源于五指山,全长 162 公里。万泉河风光旖旎,上游两岸峰峦起伏,河谷狭窄,流水穿林绕麓,十分湍急;下游河面开阔,椰林蕉园夹岸,河心有沙洲,岸畔有温泉,出海口集江河、绿岛、海港、沙堤等风景于一地,是海南岛一条夺目的绸带。

  此时,车速明显放慢,万泉河出现在我面前。初升的阳光轻缓地洒在河面上,河水清亮坦荡,纯碧一色,舒缓如镜。娉婷的槟榔树、婀娜多姿的椰树、葱茏的蕉林、胶树及其他热带植物,映得河水是那么亮绿、深沉,简直如同一块浑厚的翡翠。

  我见过美国密西西比河的奔流,看过黄河的汹涌,望过长江的一泻千里。相比之下,万泉河是那么水波不兴,那么悠悠然、舒舒然,好像看不见河水的流动。我问铜陵驻琼办事处的小王。小王说:"琼海市这一段万泉河是下游,河面阔,河水深,河水流动难以看见。河水的碧绿也与两岸葳蕤的森林分不开。但河水在此以更大的流量奔向大海。"言之有理。我想起《红色娘子军》主题歌所唱的"向前进,向前进,战士的责任重……",万泉河也是这样,它那深沉的流动,就是一种肩负责任前进的体现。

万泉河从五指山的深处,带着大山里花草、林木的芬香一路流翠而来,像世界上其他所有的河流一样,滋润了两岸的土地,养育了两岸的儿女,培育了两岸的文化,孕育了两岸的文明。车到桥中,这时,我看见河对面的绿荫中漂出一叶弯月般的小舟。一位黎族姑娘,戴着斗笠,划动着轻桨,小船像轻盈的燕子,款款驶来,河中荡漾起一圈圈波纹,在旭日的照耀下,仿佛是金色的年轮,在我心中激起了一阵阵涟漪,把我的思绪带回了历史的深处。这一河碧水,孕育了红区明媚的春光;晶莹的清流,洗涤了红军战士的军装;万重波浪,淘尽了多少南霸天类的残渣……在琼海市南门街心公园,红军女战士脚穿草鞋,肩背竹笠,风尘仆仆的雕像,展现了红色娘子军一代巾帼英雄的豪迈气概。万泉河,年年代代,代代年年,迸流了多少故事多少歌。

车行很慢,轻风吹来,我似乎听到婉转的歌声。歌声宛如山泉叮咚,河水细流,百鸟啼鸣。我说:"这是万泉河在歌唱。"小王说:"这是黎家姑娘的山歌。"是的。小船停在河中,黎家姑娘一边捞取撒在河中的渔网,一边在歌唱。虽然我听不懂山歌的意思,但从山歌欢乐的曲调中,我能听出她在抒发着收获的欢乐和对幸福生活的热爱。如今,这些娘子军的后代,那些美丽的黎家姑娘,身着鲜艳的民族服装,为远方的客人表演着竹竿舞、舂米舞、草笠舞……她们歌之舞之,歌声优美,舞步轻盈,就像彩蝶。从她们青春的身躯中,我看到娘子军女战士飒爽矫健的身影;从她们明亮的眸子里,我看到娘子军女战士八角帽上闪熠的红星。今天的黎族姑娘在唱着新生活,歌唱新时代。这些不就是娘子军女战士为之奋斗的目标吗?

万泉河,你流淌着歌,流淌着蜜,流淌向大海。

兵马俑前的遐思

上大学时读李白"秦王扫六合,虎视何雄哉!挥剑决浮云,诸侯尽西来"诗句,我思忖着,想象着秦始皇出阵时的威武,对秦王的雄才大略和军队气势有了抽象的认识。看了秦陵兵马俑后,对此有了直接而具体的感观,了确了多年来的夙愿。

秦始皇兵马俑博物馆位于西安东边 30 千米的秦始皇陵处,奔腾逶迤的骊山为其屏障,一望无边的渭河平原为其开阔视野,更显得其庄严、肃穆。秦皇兵马俑坑现开发出三个,共有 8000 个真人一样大小的陶俑,最大的一个坑中埋有 6000 多个陶俑,可谓壮观,无怪乎法国前总理希拉克称之为"世界第八大奇迹"。

我随着熙熙攘攘的中外游客进入兵马俑坑大厅,内心一下子被震慑住了。我看见拱形钢架下的大厅足有两个足球场大。在地下 5 米深的坑内,整整齐齐陈列着几百个着装整齐的武士俑,它们全身呈冷峻的青灰色,个个栩栩如生、威武雄壮,形成了一种气象森严、令人生畏的场面,好似一支出战前正在受检阅的军队。

我俯视着这支列阵的"军队",伫立沉思。我想:秦王在多年的征战中,带出了一支威风凛凛、所向披靡,攻无不克、战无不胜的军队,为他建立强大的秦政权,完成统一中国的大业立下了汗马功劳。有了这支军队,六国诸侯岂能不臣服于秦?我觉得眼前的这些兵马俑都活了起来,重现当年铁马冰河、短兵相接、旌旗遮日、天昏地暗、鬼神震泣的战斗场面,好像再现了秦王当年的武功和军威。这也说明了秦王对这支队伍的信任和挚爱,否则,他不会在其寝陵旁"驻"上一师之兵。

我看着这些身穿铠甲、战袍,蓄势待发的兵马俑,发现武士俑的手中都没有武器,还有一些尚未修复好的兵马俑都东倒西歪地被埋在黄土中,有些成了碎片。在那一片黄而又黄的黄土中,还有一层清晰地印着篾席花纹的黑土层。我不解地问陪同我们参观的西安市工商局的高同志。

高同志说:"兵马俑的甬道好似坑道,兵马俑按当时军队阵列排在甬道中,甬道上面用坑木做桁梁,桁梁上铺篾席,篾席上用黄土做被覆。当时的武士们都有武器,有刀、矛、剑等。在兵马俑的发掘过程中,也曾发现仍锋利得可以刮胡子的青铜剑,还发现了箭头、铜镞等武器。据说项羽的军队攻下咸阳后,火烧阿房宫和秦皇陵上所有的建筑物,同时也发现了兵马俑坑,项羽的士兵们拿走了武士俑手中的武器,并将其推倒、打碎,火烧了兵马俑坑,所以出现了一层带有篾席花纹的黑色土层。"听后,我反复思索着,在生产力不发达的 2000 多年前的秦王朝,这是一项多么巨大和困难的工程。据史料记载,秦始皇在位 37 年,修陵墓修了 36 年。李白诗曰:"刑徒七十万,起土骊山隈。"当时,全国每 10 个人中,就有 1 人被征发去修墓,老百姓背负了多么沉重的负担。这也印证了秦始皇的穷奢极欲,不恤民力,苛逼民反,最终落得个"君不见骊山茂陵尽灰灭"。

我走到俑厅旁的展厅。展厅内陈列着各种形态的兵马俑,可以看出它们出自不同的工匠之手,体现了工匠的思想和性格。

将军俑,身材高大,巍然直立,坚毅自信,腹部微凸。我笑着打趣道:"不愧为将军,'将军肚'颇有风度。"

武士俑,体型瘦挑,双眼平视,两腿肃立,显得稚嫩。我笑着说:"这是列兵,可能是'新兵蛋子'。"

跪射俑,身体下蹲,左腿微屈,全神贯注,拉战弓如满月。我对大家说:

"这是狙击手,正待发射。"

战马俑,马身2米,双耳直立,四腿绷直,英俊骠壮。我说:"这是标准的千里马,相当于现在的装甲车,既可拉车,又可战斗。"

细观这些兵马俑,从它们的脸型、手势、身着、束发就可以判断出它们是官还是兵,是步兵还是骑兵,是老兵还是新兵。它们的面部、眼神、嘴角处理得都不尽相同,刻画了它们的性格,有粗犷,有文静;有紧张,有活泼;有自信,有卑微……这充分证明,2000多年前,我们的祖先就有着高超的制陶、雕塑、冶炼技术。

我静立在兵马俑坑前,脑海中全无纷纷游客带来的嘈杂声音,思绪复杂。我记得一篇文章中曾说过,愚昧、暴力在毁灭文化的时候,也创造了文明。当时不解,看了兵马俑坑后,得到了诠释。但我更认为,兵马俑的制造说明了秦汉文明的创造者是人民。

车停达坂城

达坂城的道路宽又长哎,

西瓜大又甜。

达坂城的姑娘辫子长哎,

两个眼睛真漂亮……

我还是孩童时就无数次听过和唱过这支歌,这支充满异族情调的、流淌着爱情和丰收喜悦的蜜汁的新疆民歌,使我产生了对新疆达坂城的一种朦胧的向往。

1997年9月,人到中年的我随着安徽省工商局市场考察团去新疆吐鲁番,乘坐面包车在吐乌公路上奔驰时,所见所闻都给我一种实实在在、纯而又真的感觉。远处是在蓝天白云的衬托下白雪皑皑的天山;近处是苍苍茫茫黄褐色的戈壁和沙原;迎面而来的是伟岸挺拔的白杨和有着一簇簇火红花穗的红柳……新疆这片神奇的土地,无处不向我们展示着西北所具有的雄浑、壮观、苍凉之美。

汽车离开乌鲁木齐100公里左右,远远地看见柏油路的尽头隐隐约约地出现了一片葱茏的树木和房屋。自治区工商局驾驶员白师傅说:"前面就是达坂城,达坂城有一个市场,还有一个工商所。"白师傅的话使全车人为之一振,好像整个戈壁都充满了生机。因几百公里的旅行难见一个村庄,对我们这些来自长江中下游流域的人来说颇为寂寞。车进达坂城时，我们开始看见农作物，一块块农田被高大的白杨树林带紧密地围绕着，农田旁的沟渠里汩汩地流淌着清流，农田中种植着玉米和棉花。白师傅说："达坂城是个风口，若没有防风林，庄稼难以成活。达坂城得益于天山雪水，所以在这戈壁形成了一块绿洲。"达坂城中，我们所见到的只是公路两旁有一些两层楼的建筑物，有银行、邮电局、商店、公路站等。达坂城市场不大，市场建筑具有民族风格。市场周边的网点大都经营饮食业。清真风味、烤羊肉串、烤馕和大盘鸡的广告写满了墙壁。肥嘟嘟的羊腿、通红的牛肉吊挂在墙上，是最生动的食品广告。店主看见我们的车驶来，大都走出门外，"哎——羊肉串——羊肉串，咳——手抓肉——又肥又香"的维吾尔族普通话不绝于耳。上车时，只见两位武警向我们走过来。在一位武警中尉的引导下，我们的车停在市场旁边的公路上。紧接着，一位身着迷彩服、握着冲锋枪、脸色褐红、身材瘦小的十八九岁的小战士走上前来，他敏捷地打开车门，机警的眼光扫视车内。"我们是路查的，请出示你们的身份证。"小战士的口气不容置疑。我们没有想到，在这遥远的地方也遇上了路查，而我们的身份证又都留在乌鲁木齐用来购机票了。白师傅帮我们解释着。我只好递上自己的工作证和工商检查证。小战士看了看，啪的一个立正，敬了一个军礼，他褐红的脸上露出了笑容，雪白的牙齿非常醒目："我们还是老乡呢！"

忽然，一辆披红挂绿的彩车缓缓驶来。手鼓、冬不拉等民族乐器演奏着欢快的乐曲，人们拥簇着一位维吾尔族娇艳的新娘。新娘头发像天山上的瀑布披在肩上，弯弯的眉毛像天上的新月，清澈明眸好似闪烁的星星，羞红的脸蛋红于初升的太阳。我们都忘情地喊了起来，达坂城的姑娘，好漂亮的维吾尔族新娘！

新娘撩开半透明的面纱，朝我们妩媚地笑着。我们大声祝福新娘幸福美满、白头偕老。我突然看见，小战士也在笑着，他用维吾尔族礼节，弯着腰，将右手贴在心口，深深地祝福着，笑脸如同绽开的红柳花穗。这是多美的图景啊!

我们的车开动了,我赶快摇下车窗,朝小战士喊道:"小老乡,你家在安徽哪里?"

"我家在安徽繁昌,代我向家乡父老乡亲问好。"小战士边走边说,去执行新的任务了。

车行很远很远,我的眼前还不时叠印出小战士和新娘的笑脸。不就是由这些可爱的小战士守卫着祖国的安宁,带给人们一派民族团结其乐融融的景象吗?

走进葡萄沟

1997 年秋天，我有幸考察了驰名中外的葡萄沟。

葡萄沟位于新疆吐鲁番市东北面 13 公里的火焰山峡谷中，两山夹峙，中有湍急溪涧，长约 10 公里，宽约半公里。我们走进沟口，映入眼帘的是，沟中渠道中奔腾着清凌凌的雪水，沟旁道路被繁茂的绿树掩映。沟内空气湿润，凉爽宜人。沟边山坡上下，房前屋后，全是铺天盖地的葡萄架，一架连一架，一片连一片，那葡萄藤被木头或水泥柱支撑着，蛟龙般的葡萄藤织成了一片无边无际的绿网，随着地形起伏盖满了山岗和沟谷，真是绿得纯洁耀眼，绿得滴翠迷人。它和远处天山上的皑皑白雪、近处火焰山的橘红山峰、天上淡淡的白云，地上身着鲜艳服装的维吾尔族姑娘相互辉映，构成了一道亮丽的风景线。

我们随着吐鲁番市工商局的小常，走进了葡萄游乐园。这里藤蔓交织，曲径通幽，是个葡萄大观园。成熟了的葡萄一串串地吊在葡萄架上，琳琅满目，五光十色。长圆浑实、丰腴娇艳的马奶子葡萄，腰细婀娜、脆嫩爽口的比夹干葡萄，像少女明媚眸子的黑葡萄，晶莹剔透、密密构成珍珠塔状的无核白葡萄……姹紫嫣红，争香斗艳。我们刚在葡萄架的长廊内坐下，葡萄游乐园的经理就走过来和小常用维吾尔语交谈，看样子他们很熟悉。不一会，两位维吾尔族姑娘给我们端来两大盘水灵灵的葡萄。小常见大家有些不好意思，忙说："这不是对你们的特殊优待，这是葡萄游乐园的项目之一。党的十一届三中全会后,维吾尔族老乡们发挥此地种植葡萄的优势,种葡萄,卖葡萄,进行葡萄深加工,几乎家家都有摩托车、彩电。现在我们工商部门积极帮助他们培育发展葡萄旅游市场,进一步发家致富。"大家这才释然。我拿起一颗无核白放进嘴里,细细品尝,果然名不虚传,汁多味甜,鲜美可口。

葡萄沟不仅盛产葡萄,葡萄架下的维吾尔族歌舞,更是葡萄沟风景点中的精彩之处。剧场就在葡萄架下,演奏开始后,随着鼓乐声,我们看见葡萄园里飘出一群仙子般的维吾尔族姑娘,伴随着琴声,踏着鼓点,旋开荷叶般的舞裙。头戴小花帽、身着白衬衫、脚蹬皮靴的维吾尔族小伙子,打着手鼓,随着姑娘的发辫和手势回旋。节目高潮处,观众也加入其内。这时,我看见小常也进入场中,他那抖肩、扭颈、踢腿无不传递着维吾尔族歌舞的神韵,如同维吾尔族人一般。葡萄架下歌舞声一浪高过一浪,欢声笑语一阵高过一阵。我们也参与其中,大声地吆喝着:"亚克西,亚克西!"

"吐鲁番的葡萄熟了,阿拉尔汗的心儿醉了……"面对斯景、斯人、斯情,哪一个走进葡萄沟的人心儿不醉呢!

"阿太赤"真"火"

　　阿太赤是 1997 年我在新疆吐鲁番市考察时,应市工商局彭主任之邀赴宴的一家酒店。

　　阿太赤酒店极富民族风味。这是一座五层楼的现代建筑,墙面贴着洁白的瓷砖,建筑的门、窗是由圆形和方形组成的拱拜式的图形,富有伊斯兰建筑的特点。阿太赤酒店在霓虹灯的照耀下非常鲜艳、醒目。

　　我们随着主人走进酒店正门。只见一个不大的吧台全都用维吾尔族风格的几何图案装饰,吧台两侧的黄铜圆柱上挂着两只鹿头标本。一位头戴维吾尔族小花帽、扎着多条发辫、长着长长的睫毛、眼睛黑亮、身着维吾尔族裙装的苗条姑娘,脸上洋溢着幸福的微笑,招呼着各位客人。酒店大厅很大,正中是舞池,周边是客人就餐的桌子。舞池对面朝街的橱窗里有巨幅灯箱照片,有毛主席接见吐鲁班大叔的,有邓小平同志头戴小花帽和瓜农交谈的……当我们落座时,全大厅已是满座。维吾尔族姑娘和小伙子不停地给客人们送茶添水。彭主任对我们说:"这是吐鲁番市最具民族特色的酒店,酒店的服务员、厨师、经理全是维吾尔族人,菜肴也是维吾尔族风味的。"

　　正菜前,先喝茶吃水果。新疆的水果特丰富,有哈密瓜、葡萄、梨子等干鲜果。彭主任说:"这是先开胃,垫垫底。"接着上正菜,有冷盘、热炒等,炒羊肝、烤羊肉串、烧羊腿、熘羊肉丸子、红焖羊肉、手抓羊肉……放满了一桌子。当服务员端上一盘面点时,彭主任特意说:"这是阿太赤烤包,是酒店的特产。它是将死面擀薄后包上馅,折成长方形贴在馕坑中烤制而成的。它用的馅是羊屁股后两块最肥嫩的油,切成小丁,用孜然、胡椒粉、盐等拌制。其独特风味来自烤制过程。由于在馕坑中两面受热,仅需 10 多分钟就烤熟了。它营养丰富,是大补品。"我仔细察看,包子油光闪闪、金黄悦目。一口咬下去,满嘴流油,肉嫩味美,香气扑鼻。人们大杯喝着伊力特曲,大口吃肉,觥筹交错,热气腾腾。

我们边吃边喝,好不尽兴。酒至半酣之时,舞池灯光大亮,歌舞表演开始了。酒店最拿手的节目是维吾尔族姑娘莎来买堤的独唱和舞蹈。人们最喜爱她唱一首歌名叫《圆圆》的歌曲。这是维吾尔族一首古老的爱情歌曲。彭主任正和我说着,只见莎来买堤身着民族服装,风姿绰约地走到舞池中间。她的歌声的确甜美,曲调悠扬深远,语言纯朴精练,情谊既深又浓。歌词的大意是:你是天上圆圆的月亮,美丽的光辉照耀在我身旁,在深夜里你为我洒下柔和光亮,圆圆的、美丽的、我心爱的姑娘……我还陶醉在歌曲中时,蓦然发现舞蹈已开始,男女老少都拥下舞池,齐欢共舞。我问彭主任何时来到新疆,他说:"我父亲是随王震将军第一批进疆的军人,祖籍湖南。我是生于新疆、长于新疆、工作于新疆的汉族人。"我们正在交谈时,一位维吾尔族姑娘跳至我桌前,诚请共舞。我们面面相觑,无人敢应。这时只见彭主任落落大方而起,鞠躬,伸臂抚胸做谦恭状。姑娘鞠躬,伸臂做邀请,如此再三。彭主任随着音乐节拍缓步走下舞池。伴随着优美旋律,姑娘舞姿轻盈,旋转如飞,旋开荷叶般的舞裙,展开柳枝似的双臂,婀娜多姿。彭主任随着姑娘的舞姿,时而激烈奔放,如浪涛澎湃;时而舒展轻缓,似行云流水;时而高昂着头,两臂展翅做鹰击长空状;时而四目对视、单腿跷起,做双燕捷飞形;时而单腿跪在姑娘裙前,两手打出响指,表现心中激情;时而蹲地围着姑娘旋转,两脚交替踢踏有声……此时,舞会达到高潮,掌声、笑声不绝于耳。

宴会快结束时,彭主任请来了酒店经理。经理是个中年维吾尔族人,胖胖的,脸上刮得铁青,穿着维吾尔族服装,戴着小花帽。彭主任介绍我们是安徽的客人时,他异常高兴,斟酒两杯,一杯递给我,另一杯自己一饮而尽,我也一口干掉。他用维吾尔语对彭主任说了一大通,我不知道,只听见说了几遍"尔子弯弯"。彭主任对我们说:"经理讲,这座大楼是安徽肥东人用8个月时间盖起来的,速度非常快,质量非常好。安徽人干活是男子汉,喝酒也是男子汉。"原来"尔子弯弯"就是维吾尔语中"男子汉"的意思。听完我们全大笑起来,笑声中充满了欢乐与友谊。

宴毕,我们走出大厅。夜色已浓,一轮银色的圆月挂在阿太赤酒店上空,车来车往,灯火辉煌。看着阿太赤酒店的金字招牌,我问彭主任这是何意。彭主任笑而答曰:"'阿太赤'是维吾尔语'火'的意思。"看着这火一样的场面,感受着这火一样的生活,体会着这火一样的热情,我明白了酒店名称的寓意,我禁不住喊道:"'阿太赤'真'火'!"

梦幻交河故城

　　我看过无数的城,有规模宏大的,也有精美小巧的,有现代化的,也有田园般的,有东方的,也有西方的,但没有任何一座城,像新疆交河故城,给我那梦幻般的震撼。

　　交河故城是全国重点文物保护地,是现存最完整的古城遗址之一。它位于吐鲁番市西10公里的雅尔湖乡,位于雅尔乃孜沟中,30余米高的巨大黄土高台上,形成了四周有深壕水沟的天然城堡。故城建筑主要在崖的南端,以崖为屏障,不筑城墙,因河水在台地首尾相交,故有交河的城名。公元前60年,在西汉西域都护府建立的同时,交河成为新建立的师前国的王都。

　　随着岁月的流逝,我仍然记得,我们安徽省工商局市场考察团的同志们,在吐鲁番市局小常的陪同下,爬过160多级台阶,走到故城南城门高台上,只见长1700余米、宽300多米的一片黄土废墟上没有一棵树一根草,黄的墙体,黄的土地,除了黄土还是黄土,我仿佛落入黄色的远古世界。霎时,我觉得风是黄的,阳光是黄的,连我自己也是黄的。天、地、人融为一体。我只是愣愣地站着,处在一种黄苍苍的氛围之中。

　　周围极静、极静,连鸟鸣声也听不到,只有我们几个游人。我们沿着一条陕长的中心大道进入城区。城中建筑遗址保存较好,仍是街巷和院落的轮廓。小常介绍说:“你们正走在故城的‘长安街’上,这是一条贯穿全城宽约3米的大道。大道北部为寺院区,东部为官署和住宅区,东北部为作坊区,城市规划较为合理。"我们为小常诙谐的话语打破无形的沉寂而高兴。

我发现故城的全部废墟,无论是雄伟高大的官署、寺院、塔林,还是民宅作坊、道路,都是用黄土夯筑而成。城内所有建筑一半在地下挖掘,一半在地面版筑垛泥构筑而成,看不见半丝秦砖汉瓦的踪迹,找不到半点竹木残片。尽管它经历了千年的风霜洗刷,成为一片废墟,但仍坚守着黄土框架。它孤傲地活着,显得那么坚硬,像个核儿。我想,它的存在有着它的合理性。这种建筑风格是出于防御外来侵袭的需要? 还是古人为了抵挡这里的高温酷暑而别出心裁独创出来的? 小常说:"这有待于考古学家去考察。"

我走到大道终端,看见一片高大建筑的废墟。它就是交河故城著名的佛教寺院。这一片建筑面积有 5000 多平方米,由山门、大殿、僧房、古井等组成,据说一次可容纳上千人焚香祈祷。我穿行于这片废墟中,回想当年,也许就同现在的佛教圣地一样,鼓乐声声,香烟缭绕,高僧法师,善男信女,云集一堂,诵经讲法,蔚为壮观。而今别说残破的佛像,就连半点残片也无从寻获。

我边走边看这人类历史文明的遗迹,看着那干涸的古井、寸草不生的土地。阵阵漠风吹过那废墟产生的啸音,像是那无声的叹息。我循着这无声的叹息,走进时光的隧道,想象着它当年的辉煌。那一呼百应的将军、英勇傲气的武士、勤劳俭朴的子民、卖浆贩药的商贩、风姿绰约的少女,叫卖声不绝于耳,佛寺传来钟鼓磬乐,一派繁荣兴盛的景象,如同梦幻在我眼前飘来飘去,可现实只是满眼可供想象驰骋的黄土废墟。

故城四周则是一年四季流水潺潺的东西交河和宽约百米的河谷绿洲,它们把位于 30 米高台的故城切割开来,使它显得更为孤独,而只有唯一出口的南门,更显得封闭。我问小常:"故城为何被毁? 是战争还是自然灾害? 是瘟疫还是人为放弃?"小常说:"可能是此地不宜建城吧!"我有同感:我们不能苛求古人在生产力尚不发达的时代,在此高台上造城。它最终被废弃,给我们这样的启示:封闭就意味着落后,落后就意味着挨打,也意味着自杀。

这大概是故城废弃的最终原因吧！

　　故城一行像梦一样忽来忽去，在那大漠旷野之间，它仍孤独地坚守着。我心中不时浮出对它那梦幻般的思念。写这篇小文时，我回想着那佛寺的黄土高台，心中默默祈祷着。突然，我想起一首歌：

　　　　是谁带来远古的呼唤，

　　　　是谁留下千年的祈盼，

　　　　难道说还有无言的歌，

　　　　还是那久久不能忘怀的眷恋……

火焰山下吃西瓜

儿时就知道《西游记》上有个火焰山,那是孙悟空与铁扇公主斗法的地方,心中对火焰山充满了神往和遐想。

汽车沿着笔直的公路向火焰山奔驰,沿途除了蓝色的天穹和黑褐色的戈壁,看不见一丝绿色和一缕炊烟。只有火辣辣的八月炎阳,直烤得戈壁滩和柏油公路上蒸腾起袅袅向上的阵阵热浪。尽管车中有空调,但仍感到热气灼人、口干舌燥。

汽车离开吐鲁番市30分钟左右,我们看见公路的左前方有一条赤褐色的山脉,沟壑纵横,岩基裸露,寸草不生,飞鸟不见。在盛夏烈日的照耀下,山体灼灼发光,炽热的气流滚滚而上,宛若万道烈焰熊熊燃烧。吐鲁番市工商局的小常说:"前方就是火焰山。"

火焰山自东而西横亘在吐鲁番盆地中央,长98千米,宽约9千米,海拔500米左右。因整个山体为赤褐色的砂岩,加之吐鲁番盆地终年少雨,天气炎热,更显得山体红。维吾尔语名字为"克孜勒塔格",意为"红山",汉语叫作"火焰山"。明代有位旅行家陈诚作诗曰:"一片青烟一片红,炎炎气焰欲烧空。春光未半浑如夏,谁道西方有祝融。"千百年来,沧海桑田,但火焰山依然如故。

汽车在火焰山木头沟山脚下停下,一座唐僧师徒四人西天取经的雕像屹立在蓝天白云下,栩栩如生,很具动感。此时,我眼前出现了玄奘师徒乘马、挑担,迎日出、送晚霞,斗艰险、踏坎坷,敢问路在何方的壮举。我激动得不由自主地匍匐在地,用身体感受着火焰山的力量,心中刹那间有一股壮美之气直冲霄汉。

火焰山的砂面温度在40摄氏度以上,大家都热得透不过气来,赶紧跑到路旁的商店中。商店的女主人是个维吾尔族个体户,主要出售一些有关吐鲁番和火焰山的纪念品。小常向她介绍我们是安徽来的客人,她显得更为热情,并用不太熟练的普通话说:"黄山,黄山,安徽的黄山。"说着说着,她一阵风似的跑出去。我们都很惊诧。不一会儿,她抱回两个大西瓜,举刀就切。只听见哗的一声脆响,西瓜断然中开,分为两半,绿皮红瓤,鲜艳欲滴。她麻利地切好。我们毫不客气,拿起就啃,咬一口,觉得甘如饴,甜如蜜,清凉得如同冰镇似的,直透心底,不由得连声称赞。见我们这样夸赞,女主人高兴地说:"吃吧,吃吧,自己种的,多的是。我们利用火焰山木头沟的一股雪水,将荒地开垦为瓜地。现在正是瓜熟蒂落,以瓜代茶,当茶喝吧。"我们都戏谑地说:"这真是抱着火炉吃西瓜。"小常说:"火焰山的西瓜特甜,因为火焰山阳光充足,温差大,特适宜瓜果生长。我们新疆就是棉花都含有糖分。"大家都笑起来。吃完西瓜后,我将瓜皮抛向沟中,以发泄吃后的快意。这时女主人制止了我。她将剩下的瓜皮都捡起来,一块一块地将瓜皮朝上,扣在沙中。我们不解。小常说:"这是新疆的规矩。瓜皮反扣在沙地里,是为了减少水分的蒸发,为过往断粮断水焦渴的旅人提供一份意外的食物,提供一丝生的希望。"

这时,我想起火焰山还有一些神奇的传说。相传天山上出现了一条恶龙,专吃童男童女,后来一个叫哈喇和卓的人将它打败。恶龙受伤后沿山旋转,此山被染成红色,不久恶龙就死了。《西游记》中唐僧西天取经在火焰山受阻,孙大圣智斗铁扇公主……,这些传说都是正义战胜邪恶,反映了人们对美好的追求。在此,人间的传说、自然的美景和维吾尔族女个体户的善举融为一体,这才是火焰山的动人之处。

在喀什逛巴扎

在一个流金溢香的金秋时节，我作为安徽省工商局市场考察团成员，来到了向往已久的新疆喀什。

喀什，这颗镶嵌在祖国最西部的明珠，她那发人幽思的古道、古城、古堡，雄奇壮丽的冰山、冰峰、冰川，清秀俊丽的绿洲、绿水、绿树，令人流连忘返，她那民族风情特浓的巴扎（集贸市场）更是令人回味悠长。

喀什的巴扎古老而奇特，早在西汉时期就已引人注目，《汉书·西域传》就有记载，今天的巴扎正是古老贸易方式的一种延续。一般来说，喀什的巴扎大都在礼拜天进行。早上天不亮，通往市内的道路上人流滚滚，熙熙攘攘，热闹非凡，如同我们北方的大集和铜陵顺安的"三月三"。随着城市建设的发展，改革开放搞活后，又形成了经常性的巴扎，有固定的摊位和营业房，出售各种商品。这与铜陵人民市场颇为相似。

在喀什地区工商局周主任陪同下，我们来到了位于喀什市东门外的中西亚巴扎。据说这是中西亚地区最大的巴扎，占地130多亩，有近千个摊位，市场布局是一排白杨树、一排摊位和一排网点房。秋日的阳光透过树枝的缝隙洒下了一个个金色的光环，置身于巴扎如同走进了园林。巴扎划行归市，秩序井然。巴扎中经营者和消费者也有汉人，但大都是维吾尔族和其他少数民族人。身穿民族服装、头戴花帽、腰佩小刀的维吾尔族男人，体现了西北汉子的剽悍和勇猛。身着维吾尔族花裙的姑娘，浓妆淡抹，总是相宜。

我看见两位维吾尔族少女,相互亲吻面颊,以示问候和亲热。在这里,人们在秋日艳阳的普照下,用汉语、维吾尔语等各种不同的语言悠然自得地谈着买卖,显示出边城巴扎所特有的韵味。

我们一行逍逍遥遥地从一个摊位逛向另一个摊位,不时地看见一些前店后坊的经营格局和一些手工艺人的精心制作,从皮帽皮靴到工艺品乐器,从骨头把柄的英吉沙小刀到冷扎刻花的阿拉伯铜花瓶。摊位上,维吾尔族花裙和上海、浙江等沿海地区的时装相互辉映,俄罗斯望远镜和巴基斯坦金丝头巾陈列一处,库尔勒香梨和山东红富士芳香共吐,赤橙黄绿青蓝紫,应有尽有。布匹服装摊位最是热闹,各族妇女争相选购。在此,我看见深褐色面纱,顺手拿起一块,好奇地蒙在头上,透过面纱上的细孔能够看见外面的世界。宣城工商局的老沈看中了一种维吾尔族头巾,头巾闪金耀银,花纹和图案具有浓郁的维吾尔族风情。摊主是位丰满异常的维吾尔族大婶,她一出口开价为 150 元一条,老沈用“洋泾浜”维吾尔语讨价还价为 50 元。大婶先是惊讶,后伸出手指表示 70 元。老沈佯装离开。大婶以与身材不相称的敏捷,冲出摊位,一把拉住老沈,同意 50 元成交。在摊主和大家欢快的笑声中,我们每人选购一条,作为送给妻子的礼物。

中西亚巴扎饮食区似乎集中了喀什古城的风味小吃。那油晃晃的烤羊肉、五彩的抓饭、香喷喷的烤馕、风味独特的烤包子、金灿灿的面肺子、酸辣可口的凉粉,构成了一幅色彩斑斓的风俗画。不时传来的“烤羊肉,又甜又香,烤羊肉——”的滑稽而亲切的吆喝声,使我们不得不驻足观看。在一个烤羊肉摊后,满面红光的维吾尔族摊主麻利地将羊肉切成红枣大小的肉块,这比铜陵烤羊肉的肉块大得多,撒上盐、孜然、辣椒粉,用双手使劲拌和,并尝其咸淡。然后他用双手不停地翻动着肉块,将肉块在铁杆上穿好,放在铁槽上,通红的炭火将铁杆上的肉烤得吱吱冒油,渐渐地变成金黄。翻过来,再不停地撒上作料炙烤。我的确忍不住了,垂涎欲滴,买了几串,用嘴咬住肉串,将铁杆顺势一捋,真是美味可口,满嘴流油。饮食区内各位摊主都忙得不亦乐乎，还不停地放声大叫，招揽客人，好似整个巴扎上空都弥漫着淡淡的青烟和一阵阵烤肉的香味，置身其中，有一种说不出的舒畅和惬意。

逛毕巴扎，我想起铜陵的一句俗语："出门三五里，各处一乡风。"喀什的巴扎，铜陵的集市，它们虽有不同，但都有一个共同点：它们都是一个地区历史、地理、经济、民族、风俗、传统的综合产物，都不同程度地呈现出一个地区灿烂的文化。我想：只有这种文化，才能产生一种永恒、悠久的美。

我看见海市蜃楼

在八月炎夏中午的烈日下,火车喘了一口粗气,停在甘肃柳园站。当我们一行看到敦煌市工商局的接站牌时,我们也喘了一口粗气,原本不踏实的心终于落到了实处。

柳园是兰新线上的一个小镇,小镇的规模和铜陵市顺安镇差不多。我们无暇欣赏柳园的景色,匆匆上汽车赶往敦煌市。

柳园到敦煌市有100多公里。车出小镇不久,就进入戈壁公路。坐在面包车内,极目远望,公路笔直,一直射向远方的地平线。除了蓝色的天空,就是深褐色的戈壁,看不见一星半点生命的迹象。别说骆驼刺,就连地衣也找不到,好像比新疆的戈壁还荒凉。火辣辣的骄阳下,映入眼帘的全是沙砾和卵石。这些卵石大如磨盘,中如鸡蛋,小如弹丸豆粒。我问敦煌市工商局的王主任:“在这无水的地方怎么有卵石存在?”王主任淡淡地说:“谁也不知道它们为何存在,谁也不问它们存在了多少年。据说这儿原是海,地壳运动,海水退了,这海底的石头就出来了。也有的说这儿是沙漠,一次一次的风暴,吹走了沙,留下了卵石。”眼看这烈日暴晒下的戈壁,无法产生什么浪漫的联想,感受到的只有无形的热风和热浪,像是铜陵有色冶炼厂烟囱上的轻烟,袅袅升腾,使地面上的一切凝滞物都仿佛微微颤动起来。穿越戈壁,我才深深体会到流水潺潺、清泉叮咚、郁郁葱葱、莺歌燕舞的江南之美。我完全能想象出,长途跋涉在戈壁、沙漠中的商旅,在无边的荒凉中看见绿洲时的喜悦、激动。因为那里有清泉可以爽身，有绿荫可以遮阳，有歌声话语可以交流……

远远地，有一片绿云飘来。

在热气缥缈中，我看见远方出现一片白花花的湖泊，湖水荡漾，湖边林木耸立，林中好像有亭翼然，影影绰绰出现了一座村庄、平畴绿野，林木和村庄在湖中映出倒影，动动晃晃……

顿时，我困意全无，问驾驶员："前面就是敦煌市吧？"驾驶员笑了："还早着呢！""那是假的，是海市蜃楼。"王主任说。

我还是在小学时从杨朔散文中得知海市蜃楼的。因为我没有见过海，更没有见过沙漠，对海市蜃楼只有从书本上得来的认识。今天却见其真，心中十分兴奋。我再仔细看时，那奇景仿佛是一幅高悬天际的水墨画，湖泊、树木在变化之中。大约有半个小时，那景致慢慢变得混沌，终于消失得无影无踪。天地之间，仍只有笔直的公路和热浪滚滚的戈壁。

我问："在那远古时代，大自然一定会用这幻景无数次捉弄那些赶着骆驼在沙漠、戈壁中行走的商旅吧？"

"不会的！'沙漠之舟'骆驼是商旅的忠实伙伴。海市蜃楼再美，骆驼也会无动于衷。只有接近了真正的水源，骆驼才会兴奋异常，把主人带到水边。"王主任回答说。

"这样的海市蜃楼常见吗？"

王主任说："夏天的沙漠、戈壁上能见到，但时间这么长的，不多见。今天上午，敦煌市下了一场大雨，温差大、湿度大，而气温高，加之光线反射的角度，和我们观测的位置等等，形成了特定的条件和环境，才产生了这样美、这样长时间的海市蜃楼。这些眼福是你们安徽客人带来的……"

听后，全车人都笑了起来，为王主任的祝福深表谢意。

车行不久，我看见前方出现一片绿洲、高大的建筑、高耸的铁塔、钻天的白杨、奔驰的汽车……我又笑着问："前面又是海市蜃楼吧？"

"这是戈壁滩上的明珠,闻名世界的敦煌市。"驾驶员自豪地说。

我笑了,全车人都在笑。在笑声中,我想:海市蜃楼是美丽的,但它不过是镜中花、水中月,是稍纵即逝的幻景。只有人民创造的美景才是真正的"海市"。

第五辑　域外篇

在马克思、恩格斯雕像前思索

马克思、恩格斯是德国人,是《资本论》《共产党宣言》的作者,是全世界无产阶级的伟大导师、科学社会主义的创始人。2012 年 9 月我到德国柏林考察时,曾多次询问我们考察团的翻译,柏林是否有马克思和恩格斯的雕像。他说有,并带我们去拜谒。

一大早我们就驱车前往。在车上,翻译告诉我们,1986 年,民主德国(东德)政府在议会大厦外竖立了马克思和恩格斯的雕像。1989 年柏林墙倒塌,东德、西德统一。当时曾为这座雕像的前途和命运进行过讨论,最后决定仍保留下来。2010 年,由于柏林地铁工程扩建的需要,马克思和恩格斯的雕像被移动约 80 米,安放在一个街边公园里。

我们到时是上午八时左右,公园里很安静,只有我们考察团一行六人。和煦的阳光照在马克思和恩格斯的雕像上,雕像的背后是一片高大、翠绿的菩提树。马克思雕像为坐姿,恩格斯雕像是站姿,两具雕像连在一起。雕像有 4 米多高,是真人的两倍。这是著名的雕塑家恩格尔·哈特的作品。马克思和恩格斯都塑造得栩栩如生。他们头发蓬松,那雄狮般的头颅显得很威严。他们那满脸的大胡子,像藏着说不完的故事。他们目光炯炯,闪烁着睿智的光芒。他们身材魁梧、高大、伟岸。他们很平静,安详地平视着远方,像是在思考,又好似在展望。由于前来瞻仰的人众多,马克思雕像的双膝和恩格斯雕像的左手都被摸得锃亮,露出青铜的材质。

我站在马克思和恩格斯的雕像前,看着他们那宁静如水的面孔,思绪万千。1818年5月5日,马克思出生于德国西部的特里尔小城,1883年3月14日逝于英国伦敦。他毕生将社会的经济形态、生产关系、科学技术等社会构成作为自己的研究对象,他要为世界研究出个道理。为寻求这个道理,他经历了40多年的流亡生活。他在法国、比利时、英国等欧洲国家都遭到了驱逐,生活极端困苦,甚至眼睁睁地看着自己的孩子死去。但这些都没有阻止他科学探索的脚步。我还记得小学时学的一篇课文,描绘马克思在伦敦大英博物馆不分昼夜地读书,研究思索,以致地毯上都走出一条小路。后来,终于诞生了举世闻名的《资本论》。

《资本论》是一部教人认识社会的巨著,全书160万字。马克思为它耗费了40年的心血。为了《资本论》,他前后研究的书籍有1500多种。在这之前,谁都没能像他那样讲清资本与劳动的关系。恩格斯《在马克思墓前的讲话》中说,马克思一生有两大发现:一是发现了物质生产是精神活动的基础,二是发现了资本主义的生产规律(即发现了剩余价值),由此创立了科学社会主义。正如恩格斯所说的,马克思是世界上寻找解放道路的思想家中的领路者。回想过去,我们曾经规定,农民家养鸭超过三只,就要割资本主义的尾巴。从《资本论》里找依据,说雇工八人,就是私营企业。恩格斯曾经在回答人们的提问时说过:"关于未来社会组织方面的详细情况和预定看法吗?您在我这里连它们的影子也找不到。"而我们往往忽视了马克思、恩格斯他们是伟大的思想家,却把他们看成是行动家,对号入座,去寻找现实生活中的答案,这无疑是不科学的、片面的、僵化的。重要的是要掌握马克思主义的精髓,运用马克思主义的立场、观点、方法,解决中国革命和建设中的实际问题。毛主席根据中国半殖民地半封建社会的实际,分析了中国社会的阶级状况、主要矛盾等问题,提出了农村包围城市,武装夺取政权,一下子解决了中国革命走什么道路的问题。他带领中国人民经过不懈的奋斗,付出了巨大牺牲,终于建立了新中国,中国人民从此站了起来。邓小平同志针对中国社会主义革命和建设的实际,分析了当时社会的主要矛盾——人民日益增长的物质文化需要同落后的社会生产之间的矛盾——提出了以经济建设为中心,改革开放,走中国特色社会主义道路等一系列重要论述,甚至用最通俗、最直白的语言说,不管白猫黑猫,逮住老鼠就是好猫,使今日中国走向了世界前列,成为世界第二大经济体,中国人民富了起来。马克思百年之后,《资本论》这部鸿篇巨制仍被资本主义和社会主义的实践者们、东西方的学者们认真研究。如今,一些资本家也不得不承认劳资对立的矛盾,从《资本论》中寻找缓和乃至解决矛盾的办法。德国的一位出版商声称,马克思《资本论》目前的销售额相比 2005 年已增加了两倍。

　　我站在马克思和恩格斯的雕像前,看着他们那亲密无间的样子,深深感动。他们的友情超越了亲情。恩格斯把马克思的生活困难看成自己的困难,省吃俭用,用自己的钱不断接济马克思。1863 年初,马克思一家到了一贫如洗的地步,正当马克思准备让大女儿停学时,恩格斯立即给马克思寄去了钱。马克思在给恩格斯的信中写道:"亲爱的恩格斯,你寄来的 100 英镑我收到了,我简直无法表达我们全家对你的感情。"孔子曰:"道不同,不相为谋。"马克思和恩格斯不仅是生活上、工作上的好朋友,更重要的是他们是共产主义事业上的亲密合作者,是战友。他们共同研究问题,共同办报、编辑杂志,等等。《共产党宣言》就是他们共同起草的。20 世纪 70 年代中期我下放时,曾经认真读过《共产党宣言》,并做过读书笔记。我慢慢地懂得了马克思和恩格斯为什么在《共产党宣言》中第一句话就写道:"一个幽灵,共产主义的幽灵,在欧洲大陆徘徊。"从《宣言》中,我知道了,无产者在这个革命中失去的只是枷锁,他们获得的将是整个世界。在恩格斯的眼中,马克思是他的导师,是他人生道路上的指路者和领路人。1883 年马克思逝世后,恩格斯放下自己研究的工作,着手整理和出版《资本论》最后两卷。他夜以继日地抄写、搜集、整理、编排,几次累得生了病。花了 11 年的时间,他完成了《资本论》这部伟大的著作。马克思和恩格斯合作了 40 年,共同创造了马克思主义。在 40 年里，他们在向着共同目标前进的奋斗中所建立起来的情谊，远远超越了朋友之间的情谊，是一种建立在共同理想上的情谊，是一种无法替代的情谊，正如列宁所说，超过了古人关于友谊的一切最动人的传说。

　　早晨八九点钟的太阳透过菩提树照射在雕像上。我抚摸着马克思的双膝和恩格斯的手，觉得暖暖的。我仰望着两位思想巨擘那平静的面孔，心如潮涌。建设中国特色社会主义的学习者、实践者们，一定会在实现"国家富强，民族复兴，人民幸福"中国梦的道路上，不断丰富、发展马克思主义。离开雕像时，我朝两位伟人，深深地鞠了一躬。

在《波茨坦公告》诞生地

　　2012 年 9 月,我随安徽省工商局考察团去德国时,正是日本将钓鱼岛"国有化"的闹剧甚嚣尘上之时。应主人邀请去柏林时,我们提出去《波茨坦公告》诞生地看看。

　　秋天的柏林,天高云淡,阳光和煦,森林苍郁,气候宜人。波茨坦市是德国勃兰登堡州的首府,离柏林只有 40 千米左右。我们到达时,大约在上午九时,阳光灿烂。我们看见绿树丛中有一座别致的两层建筑。翻译沙主任对我们说,这就是波茨坦公告的诞生地——西席林霍夫宫。为了方便起见,有的就叫西席林宫。

　　西席林霍夫宫位于波茨坦市"新花园"的北部,碧波荡漾,森林茂密,芦苇成片,景色优美的永劳湖就在旁边。它是 1914 年德国皇帝威廉二世为其王妃建造的一座行宫,并以王妃西席林的名字命名。现在它是普鲁士文化遗产基金会名下的一座历史博物馆,也是德国历史文化遗产之一。

　　我们走近西席林博物馆。这是一座二层楼周边带有耳房的赭色建筑,当中有一个院子。美、苏、英三国国旗在宫殿正门前飘扬。我们在德国所看到的皇家宫殿,大多是用花岗岩砌成的古堡式的建筑,楼高墙厚,风格雄宏凝重。而这座宫殿用红砖和橡木建造,它由 6 个古色古香的庭院组成,有 175 个房间,是典型的英国风格的乡村别墅。西席林王妃一直在此居住到 1945 年 2 月,柏林即将被攻克的前夕才离开。当时遭盟军轰炸后的柏林已是一片废墟，只有西席林宫未遭到破坏。所以，美、苏、英三国在 1945 年 7 月 17 日至 8 月 2 日，在此召开了决定二战后秩序的波茨坦会议，此地因此而闻名于世。

我们走进博物馆。博物馆内游人如织，但很安静有序，有英、德、俄、中等五国语言的自动翻译机。我选择了一个中文翻译机，按图索骥，自行按馆厅顺序听取讲解。博物馆的走廊上、房间中都是展厅。每个展厅、每一张照片、每一件实物，都布置得很得体，空间利用得很完美。这里的一切，都记录着当时参加会议的那些历史伟人的痕迹，有美国总统杜鲁门用过的办公桌、斯大林签署文件的钢笔和丘吉尔抽过的雪茄烟斗。波茨坦会议的中心会场在进入大门的正面大厅。大厅不大，大约 40 平方米。厅中央是一张栎木大圆桌，桌子中间插着美、苏、英三国国旗。绕桌放着三把大扶手椅，靠窗户的一把曾是斯大林的桌位，其余的两把曾分别是杜鲁门和丘吉尔的座椅。每把座椅中间放着四把靠背椅，是与会三国外交部部长和其他高级官员的位置。桌布、椅套、地毯一律是庄重的红色。墙上布置了三国首脑的大幅照片。厅外的走廊上陈列着有关第二次世界大战和波茨坦会议的资料和照片。其中最醒目的还是墙上挂着的《波茨坦协定》文本，上面赫然签署着斯大林、杜鲁门和艾礼德（代替在大选中下野的丘吉尔）的名字。我想，这对丘吉尔来说，怕是一个终生的遗憾。

召开波茨坦会议时，二战欧洲战场德国已宣布无条件投降，各国捷报频传。亚洲中国战场，日本侵略者已是穷途末路。美、苏、英三国首脑在此召开代号为"终点"的秘密会议，主要商讨决定战后对德处置和欧洲战后的秩序问题，研究出兵中国战场抗击日本侵略的事项。因涉及各国利益和各方面的关系，矛盾错综复杂。据说 16 天的会议，经历 40 多次会议和磋商。我们想象得出，其间合作共处和明争暗斗，真是叱咤风云，云谲波诡。

会议期间，美国总统杜鲁门接了个电话，得知原子弹"小男孩"已制造完成，于是他不动声色地下达了投掷原子弹的命令。几天后，两颗原子弹先后在日本广岛、长崎爆炸,震惊了世界。这虽不是波茨坦会议研究的议题,却是波茨坦会议期间最重要的一件大事,这无疑为美国总统杜鲁门在谈判时增添了筹码。会后发表了《波茨坦协定》和《波茨坦公告》。《波茨坦协定》《波茨坦公告》的内容是要求日本无条件投降,重申《开罗宣言》确立的原则必须实施,即日本无条件归还所窃取的中国领土;日本主权只限于本州、北海道、九州、四国及盟国指定的岛屿;日本完全解除武装,战犯交付审判等……显然,波茨坦会议是三国首脑的终点会晤,也是奠定二战后国际格局起点之一的重要会议,它将载入历史的永恒史册。

走出博物馆,我看见博物馆正门前有一个圆形花坛,中间是一个由红色天竺葵组成的五角星。此设计风格和博物馆的建筑风格似乎有些不同。沙主任告诉我,二战时西席林宫是苏联红军的占领区,在此开会,一切都是苏军根据斯大林的指示布置而进行的。所以设计安放了象征胜利的红星花朵。德国统一后,当时有人提出予以改变,但博物馆认为,要尊重历史事实。因此,这里的一草一木都按当时历史原貌保存和延续着。我曾记得,联邦德国总理勃兰特在20世纪70年代访问波兰时,在华沙犹太人遇难纪念碑前下跪忏悔。华沙之跪向全世界人民阐明了德国对待历史的态度。勃兰特以后的历届德国领导人,均以正确的态度对待这段不光彩的历史。我想起我们一入境沙主任就告诉我们,千万不要做纳粹挥手礼的动作,德国人非常反感和痛恨这个行为。从中我们也可以看出德国人民对待历史的态度。二战也使德国人民遭受了莫大的痛苦,德国几乎所有的城市都被炸成了废墟。我们看到战后的汉诺威、柏林的城市模型,几乎没有一座完整的楼房。保持历史原貌,尊重历史事实,反思历史行为,是德国人正视历史的客观和正确态度。如今,日本不承认二战时期在中国犯下侵略罪行,否定东京审判。日本首相、议员公然参拜供有二战甲级战犯亡灵的靖国神社。他们不承认钓鱼岛是中国的固有领土,借钓鱼岛问题针对中国加强军备等,进行一系列军国主义行为,公然背弃《开罗宣言》和《波茨坦公告》,为其侵略历史翻案。这是国际社会和中国人民所不能容忍的。历史是一面镜子,德国和日本对待二战侵略历史的不同态度和立场,在这面镜子前都赫然显现。

翻译沙主任建议我们在红五星花坛前合影留念时,我又问沙主任,为什么中国没有参加波茨坦会议,会议却有研究决定中国抗战的具体内容。沙主任告诉我们,有两种说法:一是,当时中国政府正在抗战,无暇顾及,没有派人参加;另一种说法是,中国对欧洲反法西斯的二战贡献不大,所以没有参加。听后我认为这不值得一驳。据不完全统计,中国十四年抗战,击毙击伤日本侵略者200多万,中国军民死伤3500多万。中国的抗战,有力地支援了欧洲的反法西斯战场,为世界反法西斯大战的胜利做出了巨大的牺牲和贡献。中国作为二战中与美、苏、英同样的胜利的大国,却没有受到胜利者应有的尊重,由开罗会议延续到波茨坦会议,这使我深深懂得了"弱国无外交"的至理名言。

"青山遮不住,毕竟东流去。"经过几十年改革开放的中国,GDP的总量已跃居世界第二位,有了真正的话语权,获得了应有的尊重。《波茨坦公告》白纸黑字,铁证如山。

历史就是历史,事实就是事实,它不会如烟般散去,它将永存于世,以告示和警戒后人:前事不忘,后事之师。

在德国乘汽车

2012 年 9 月,因考察德国的食品安全,我在德国逗留了八天,从法兰克福入境到从柏林出境,几乎横贯了德国,乘坐的交通工具就是汽车,因此,对德国的汽车感受颇深。

我们一走出法兰克福机场,首先映入眼帘的是奔驰、宝马、奥迪、大众、现代等各国各种汽车的巨幅广告,好像进入了一个汽车王国。

我们乘坐的是一辆新款奔驰商务车,车身高大、宽敞、舒适、性能优越。一出法兰克福就奔向科隆。由于法兰克福是德国乃至欧洲的交通枢纽,科隆是德国的旅游城市,从法兰克福到科隆的高速公路上,车辆来来往往,车速如飞,就好像南京到上海的沪宁高速,是一条繁忙的高速路。德国的公路网非常发达,它承担了德国 90% 以上的客运和 70% 以上的货运,因此,德国非常注重公路的规划、设计和建设、维护,保证其运行良好。1931 年,世界上第一条高速公路在德国建成,从科隆到波恩,全长 30 公里,1932 年正式通车。如今德国仍不断加强和完善高速公路的建设。从法兰克福到科隆的高速公路是来去八车道,包括匝道在内。道路随着丘陵的地势起伏蜿蜒,路面平整,标识清楚,通信设施完好,监控设置科学。在德国期间,我所见的高速公路多为六车道,因为德国的国土面积不大,土地珍贵。德国的交通法规规定,右边第一车道是慢车道,只能行驶货车、客车等慢速车辆;右边第二车道是快车道,行驶的是高速轿车及其他小车,我们的车也行驶在快车道上;右边第三车道是超车道，超车道严禁长时间占用，只能作为超车使用。这与中国的高速公路法规基本相同。德国是世界上高速公路汽车不限速的国家，也是世界上唯一一个高速公路不收费的国家，所以在第二车道上行驶时车子速度非常快。我们的车子每小时都在120公里以上。就这样，仍不时有车辆风驰电掣般超过。虽然车速很快，却很安全。你不用防备前车突然刹车减速，也不用担心前面突然插进一辆大货车或大巴车，造成险象环生的状况，甚至发生危及生命安全的车祸。几天下来，我从未看见一起行车事故，也未看见长时间占用快车道行驶的现象，甚至连乱按喇叭等轻度违章行为也没见到。我曾针对此事问过我们的翻译兼司机沙主任。沙主任在德国已工作、生活了二十多年，是个德国通，他告诉我，在德国开车也不是行者无疆，野马一般。德国的公路按等级分为高速公路、城市道路和城乡公路。一些城市道路限速10公里、30公里，城乡公路限速50至100公里。差别和区别对待在我国也是这样，但关键是驾驶人和监管人的执行力如何。德国的交通法规很严格。如，从右侧超车被发现，要吊销行车驾照。就连副驾驶和坐车的未系安全带等轻度违章行为，警察也不放过，他们常常在人多车多的地段，忠于职守地守株待兔。德国的汽车安全监督网络非常发达，城乡之间的公路上随处可见监控的摄像头，如果被发现有违规行为，就会收到交通管理部门寄来的带有车牌号甚至驾驶人照片的违规通知和处罚单，甚至有被吊销驾照和禁止驾驶的危险，并且所有处罚记录都毫不留情地在交管部门备案。所以人们都不敢以身试法。

德国的车好。有一种说法，美国人买车讲豪华气派，日本人买车讲经济适用，德国人买车讲质量安全。德国人常说："有钱可以买第二辆车，但有钱买不了第二条腿。"在下萨克森州的汉诺威市，主人安排我们参观了德国大众汽车集团公司的一个生产商务汽车的工厂。大众汽车集团公司成立于1937年，现有雇员40多万人。中国人耳熟能详的大众、奥迪、保时捷等都是它的知名品牌。工厂占地面积不多，只有一幢厂房。厂房很大，有四层，几公里长,全封闭的,全自动流水线生产。每天有400辆公务车下线。从材料进去到整车出来,全在这个厂房里。陪同参观的是一位已退休的大众集团老员工。他说他在大众集团工作了三十多年,对大众集团很有感情,现在义务担任讲解员。首先观看大众集团的录像片,同声翻译,介绍大众集团的历史和该厂的发展情况,随后逐层参观。这位老讲解员每到关键节点之处,都详细地给我们介绍。如关于车身的合拢焊接,他自豪地说:"它是计算机控制的,机器人操作。每道焊缝和车身都要经过自动检测。如果发现问题,就要淘汰下来,不能经过下一道流水线。对安装车窗和车门的工人要进行轮换,上午安装车窗的,下午就要安装车门,以防止重复劳动产生疲惫而影响工作质量。就连每颗螺丝的紧松的圈数都有明确的规定和控制。"这位老讲解员一直陪同我们走了几公里,讲了几公里。我听到的最多的一个词就是"质量安全"。我不得不佩服德国人敬业、严谨的精神和品质,那要求每一颗螺丝钉都完美的认真态度,那对质量和安全永无止境执着追求的性格。正因为如此,他们才制造出了高质量、安全的德国汽车。

德国人车德好。在德国乘车几千公里,从没有看见为抢道而吵架、赌气,甚至大打出手的。我们的车在汉诺威市郊区的一条道路上行驶时,正值周末下班的高峰期,车辆很多,交通繁忙,恰巧遇到修路,两车道变成一车道。没有警察指挥,只有锥筒标识。人们自觉地按照锥筒的指向,左车道过一辆,右车道过一辆,交替行车,没有人抢道行驶,秩序井然。至于行车礼让行人,在德国早已蔚然成风。翻译沙主任告诉我,良好的车德,来自良好的汽车文化的教育和熏陶。人们常说,最能凸显一个民族传统与智慧的莫过于文化。汽车文化则是凸显德国传统与智慧的一个重要内容。从世界上第一辆现代汽车在德国诞生开始,汽车工业就成为德国的支柱产业。据统计,德国每六个工作岗位中,就有一个是与汽车工业有关的。德国的汽车工业不仅为其经济和社会的发展做出了巨大的贡献,也对德国人的思想、生活等方面起着潜移默化的作用。德国人关于汽车的教育是从孩子启蒙时期就开始的。在幼儿园中,经常做的游戏是认识汽车,让孩子们指出哪是方向盘、安全带、汽车牌照还有"红灯停,绿灯行"等知识,培养儿童的汽车驾驶和安全意识。汽车文化浸透了德国人的工作和生活,并通过汽车这一载体向世界输出自己的文化理念,展现自己国家的魅力。1983 年,德国大众与中国上海合资生产桑塔纳轿车,不可否认,这给中国带来了新的汽车理念和制造技术,促进了中国汽车工业的发展。

看着满大街奔驰的汽车,我想起在德国乘车的日子。德国的汽车、公路、交通监管、车德和汽车文化,对中国人来说无疑是值得学习和借鉴的。

红场印象

　　唐代刘禹锡在《陋室铭》中写道："山不在高,有仙则名。水不在深,有龙则灵。"用这两句话来形容我对莫斯科红场的印象,还是较为贴切的。

　　莫斯科红场对于我们"50 后"来说,印象是深刻的。红场边上的克里姆林宫,红场上的列宁墓,特别是红场上的大阅兵……我们从影视和图片上得到的视觉感受是:红场是多么宏大美丽,多么壮观辉煌!

　　2012 年 9 月的一天上午,艳阳高照,天空高旷,白云朵朵,空气清新。我们一行数人去参观向往已久的莫斯科红场。我们按照阅兵的线路,在二战英雄朱可夫身着戎装,骑着高头大马,气宇轩昂,目光炯炯,威武雄壮的青铜雕像前,经过克里姆林宫广场,走进了红场。

　　第一眼看去,一览无余,红场并不大。翻译好像看透了我的心思,笑着对我说:"红场是不大,但它很有名。"红场是莫斯科最古老的城市广场,也是世界著名的广场之一。红场历史悠久,始建于 15 世纪末。因红场是用褐色的长方形石块铺就的,人们习惯叫它"红场"。1685 年该名称被沙皇所确认,并一直沿用至今。从 17 世纪开始,红场便是这个国家各个历史阶段在重要节日、重大活动举行集会和阅兵的场所。红场平面呈长方形,长 695 米,宽 130 米,面积约 9 万平方米。与长 880 米、宽 500 米、面积为 44 万平方米的我国天安门广场相比,它只有天安门广场的约五分之一。红场地面上的矩形石块,被岁月的风霜和人们的双脚磨得光滑,泛着光亮,越发显示出其古老、神圣而沧桑。

红场周边的建筑精美、壮观、灿烂。红场西侧是俄罗斯的标志性建筑克里姆林宫,东侧是世界十大百货商场之一的古姆商场,北面是俄罗斯国立历史博物馆,南部是有着金色洋葱形穹顶的仙境城堡般的圣瓦西里大教堂。列宁墓靠近克里姆林宫城墙的中部。墓由阶梯状的三个立方体组成,整体用红、黑色的大理石和花岗岩建成。陵墓体积为 5800 立方米。墓的顶部是检阅台,两旁是观礼台,远望与克里姆林宫城墙构成一体,简洁、明快、庄重。我们去时,正值休息日,不能进去拜谒列宁墓。我只好怀着崇敬的心情,朝着这位伟人的陵墓,深深地三鞠躬。

红场上,前来参观的游人很多,人来人往。有身着苏联军装、胸前挂满各种勋章的老军人,有英俊高大的青年,有亭亭玉立的美少女,也有肥胖的俄罗斯大妈……无论是本国的还是外国的游人,都很安静。没有喧闹,没有嬉戏,更无摊贩的吆喝,气氛显得很肃穆。我想:这也许是因为红场阅历了俄罗斯太多的艰辛与苦难,承载了无数的光荣与辉煌,担负着厚重的历史和未来的使命感吧。红场是俄罗斯人的骄傲,是俄罗斯人寄托自己希望的圣地。

今年是第二次世界大战胜利 70 周年,是伟大的莫斯科保卫战胜利 70 周年,也是我国抗日战争胜利 70 周年。俄罗斯宣布,将在 2015 年 5 月 9 日俄罗斯胜利日,在红场举行盛大的庆祝集会和阅兵仪式,我国也将第一次派军队参加俄罗斯的红场阅兵。我回想起 1941 年 9 月,德国纳粹法西斯集重兵与炮火,对莫斯科发起攻击。希特勒宣称,要在十月革命那天到莫斯科红场检阅胜利的德意志军队。在莫斯科三面陷入包围的紧急情况下,就在德国军队离莫斯科只有几十公里即将兵临城下时,斯大林又一次采取了果敢而又坚定的行动,按照惯例,依然在红场阅兵。1941 年 11 月 7 日阅兵那天,莫斯科下起了大雪,大片大片的雪花纷纷扬扬落在红场上,落在红场周围的建筑和受检的装备上,落在受阅官兵和参加集会群众的身上……受阅的官兵,精神饱满,英姿勃发。他们静如泰山,纹丝不动;动如海浪,排山倒海。他们聆听着统帅抗击德国法西斯的动员讲话。他们迈着特有的正步,呼喊着"乌拉,乌拉"的口号,通过检阅台,接受检阅。受检的部队的将士,他们怀着风萧萧兮,冰雪寒,将士一去不复返的英雄气概,由红场直接奔向战场。他们卧冰浴雪,英勇奋战,前仆后继,不怕牺牲,取得了莫斯科保卫战的胜利,直打得进攻莫斯科的德军元帅惊呼:是上帝加入了俄罗斯国籍,是上帝帮助了俄罗斯! 他不知道这些将士的精神来自何处。为了祖国,为了家园,为了正义,这是他们力量和勇气的源泉。1941 年的红场阅兵,因此被载入了史册。

我们走到红场西北侧克里姆林宫红墙外的无名烈士墓。在深红色大理石的陵墓上,陈放着转盘冲锋枪、钢盔、战旗的青铜雕塑。墓碑上镌刻着一段文字:"你的名字无人知道,你的功勋永垂不朽。"墓前有一凸起的五星状的火炬。火炬中间喷出火焰,火焰日夜长明,既表现了世人对烈士的缅怀和祭奠,也表现烈士的灵魂生生不息。陵墓两旁站着两名全副武装的俄罗斯礼兵,神情庄重,昼夜为烈士守灵。我们看见一对新人,男青年西装革履,女青年身着洁白的婚纱,很严肃地走向无名烈士墓,在墓前的台阶上献上一束鲜花。我们的翻译是个山东小伙子,在俄罗斯留学后,娶了个俄罗斯姑娘,定居在莫斯科。我问他这种情况在俄罗斯是否具有普遍性。他告诉我:"大都是这样。俄罗斯是个崇尚英雄的民族。年轻人举行婚礼的内容之一,就是到当地的英雄纪念碑前献花。"他又说,"俄罗斯是世界优秀的民族之一。"在历史的长河中,俄罗斯涌现出无数的政治家、军事家、科学家、文学家和艺术家等等,他们为人类的进步和发展做出了贡献。俄罗斯又是个苦难的、英勇顽强、坚忍不拔的民族,在 1812 年的卫国战争中,击败了拿破仑 60 万大军的入侵。特别是在 1941 至 1945 年伟大的卫国战争中,苏联在列宁格勒、斯大林格勒、莫斯科保卫战等战役中,都取得胜利,让全世界折服。尽管现在俄罗斯的经济等情况不尽如人意,但俄罗斯人对生活和未来仍充满了希望和信心。所看,所听,所想,使我知道,每个民族都有着自己的图腾,每个国家都有着自己的精神圣地。红场,你就是俄罗斯人思想和灵魂的圣地。

我徜徉在阿尔巴特大街

　　阿尔巴特大街是莫斯科市中心一条集商业、艺术于一体的著名老街,它相当于北京的王府井,与黄山市的屯溪老街相似。2012 年 9 月,我们一到莫斯科,就将去阿尔巴特大街作为考察的内容之一。这是多年来从事工商行政管理工作的职业习惯使然,也是多年来受阿纳托利·纳乌莫维奇·雷巴科夫的小说《阿尔巴特街的儿女》的影响所致。

　　阿尔巴特大街位于莫斯科的中心地带,紧邻莫斯科河,是莫斯科古老的商业街之一。它最早的记录是 1493 年。初建时这里是阿拉伯商人聚集的市场,他们经常用板车装载货物,而板车在俄语中是"阿尔巴特"。另一种说法是,"阿尔巴特"是阿拉伯语,意思是近邻。就商业性而言,它与中国的市场和街区的形成颇为相似。如铜陵市的步行街,也是在市场的基础上而形成的。而阿尔巴特大街的特色,在于它浓厚的艺术气息和俄罗斯文化的特点。一大批俄罗斯的历史文化名人,如文学家普希金、列夫·托尔斯泰、果戈理、契诃夫、雷巴科夫等等,以及一些美术家、音乐家曾在这里留下足迹。如今,这里仍保留着许多 19 世纪和 20 世纪的建筑。街上的特色商店、摊点、酒店、小吃店应有尽有。

　　我们一行六人,都来自工商行政管理岗位。我们一走进阿尔巴特大街,就感受到浓浓的俄罗斯风味。街上既有金发碧眼的男女,也有黄皮肤黑眼珠的华人,既有奥斯特洛夫斯基笔下亭亭玉立的少女冬妮娅,也有高尔基笔下腰如水桶粗的瓦萨大婶。街道两旁的建筑不高,大都三四层楼,建筑精美,古色古香,具有欧洲建筑的风格。街道不宽,路面用花岗岩方砖铺成,经久耐用。它与哈尔滨的中央大街差不多,但没有中央大街那么长、那么宽。黑色铸铁杆的圆形街灯,透出典雅、古老、沧桑的历史感。店铺的标志是时尚和古老共处,有霓虹灯式的,也有条匾式的。巨大的俄罗斯套娃实物制作店标,笑迎宾客。我们走进一家名叫阿尔巴特的商店。这是一家规模较大的、历史较悠久的商店,商品琳琅满目,有时尚的服装及皮草制品,也有具有俄罗斯特色的纪念品。俄罗斯套娃品种繁多,有身着民族服装的俄罗斯姑娘,有著名演员,有体育明星,也政治家普京等人形象的套娃。商店里的售货员热情地用汉语给我们介绍手工绘制的套娃与印刷的套娃的不同点和不同的价格,并向我们推荐标有"苏联时期"的红星望远镜和酒壶。我们笑笑。她们也不强卖。我购买了一套八件套的俄罗斯女童套娃。套娃圆圆的脸蛋,金黄色的刘海儿,大红底色的花衣裳,披着花头巾,很可爱。

阿尔巴特大街的街道中间可以设置摊位,这与我国步行街中间不允许摆摊设点不同。一些艺人每天早晨 9 时左右来到大街,迅速搭好货架,开始了一天的绘画、售画生意。这些摊贩大都受过高等教育,有的是艺术学校的学生,有的是教师,有的是民间艺人。我看见一位女游客和摊主在小矮凳上对面而坐,摊主手拿炭笔,运用自如,寥寥数笔,这位游客的肖像速写便跃然纸上。一手交钱,一手取画,双方笑意盈盈,其乐融融。一位老歌手,弹着吉他,边弹边唱,摊前的琴盒里只有少数的几张卢布,但丝毫不影响他表演的情绪。我还看见一位母亲,带着她的一双儿女,在街头演出。母亲坐在活动靠背椅子上,拉着手风琴。也许是看见我们是华人,他们唱着《莫斯科郊外的晚上》《三套车》《小路》等中国人熟悉的歌曲。手风琴和两位少年的歌声配合得十分完美,时而欢乐,时而忧伤,如行云流水,浑然天成。我想,这或许是一场家庭演出,阿尔巴特大街就是一个大舞台。

阿尔巴特大街上上演了多少人间悲喜剧,它见证了俄罗斯数百年的沧桑。俄罗斯诗歌的太阳、著名的诗人普希金的故居,是阿尔巴特大街五十三号。这是一座蓝色的两层俄罗斯建筑,端庄、典雅,门牌上镌刻着"亚历山大·谢尔盖耶维奇·普希金于 1831 年 2 月初至 5 月中旬在此居住"的字样。虽然诗人夫妇在这里只住了短短的三个月,但俄罗斯人仍无比珍视这里。人们常常怀着仰慕的心情前来拜谒,也在这里接受诗人崇高精神的感染。我记得 20 世纪 70 年代中期下放到在农村当知青时,从上海知青那里借来《普希金诗集》,晚上躲在煤油灯下读着、抄着。看到普希金长篇叙事诗《渔夫与金鱼的故事》,我惊诧竟能用诗歌体裁来叙述故事他的《假如生活欺骗了你》。我至今还记得:"假如生活欺骗了你,不要悲伤,不要心急!忧郁的日子里须要镇静:相信吧,快乐的日子将会来临……"普希金那种积极、乐观、坚强的人生态度,至今仍在抚慰、激励、鼓舞我的心灵。我来到他的故居前,可惜是星期天,不开放,我只能在故居前留影。故居的对面矗立着几乎与真人大小一样的普希金和娜塔丽娃携手的青铜雕塑。这是为了纪念诗人100 周年诞辰而塑造的,是根据诗人新婚时走向教堂的一个瞬间而创作的。新郎普希金身着燕尾服,英俊潇洒。新娘娜塔丽娃一袭婚纱,美貌动人。两人脸上洋溢着快乐的表情。现实生活却不是这样。1837 年 2 月 8 日,普希金因法国军官丹特斯和他妻子有婚外情而与之决斗,结果不幸中弹身亡,逝时仅 38 岁。我看见雕像背后的树木依然青翠,雕像也被擦拭得很干净,雕像的底座上还放着几束鲜花。对此,我感觉到,尽管一百多年过去了,但俄罗斯人没有忘记自己的诗人,仍守护着自己的精神家园。看后,我的心情很沉重,但是,我的心是永远向着未来。

我徜徉在阿尔巴特大街。阿尔巴特大街是俄罗斯的"精灵",是了解俄罗斯文化的一扇窗户。难怪人们说,到了莫斯科,如果没有去阿尔巴特大街,你会遗憾的。的确如此。

喝彩，涅瓦河的游艇

对于俄罗斯的圣彼得堡（原列宁格勒），我是既熟悉又陌生。说熟悉，是因为从托尔斯泰的《安娜·卡列尼娜》、普希金的诗歌和电影《列宁在1918》中对它有所了解；不熟悉，是因为我从未到过这个城市。2012年9月中旬，我有幸从德国柏林飞往圣彼得堡。

圣彼得堡原先是一片沼泽地。俄罗斯占领这里后，彼得大帝按照通往欧洲的窗口的理念建城，将原先的沼泽地建成了42个岛屿。岛屿被93条河流所环绕，岛屿之间由桥相连。城市就建在这些人工岛上。因此，圣彼得堡有"三多"——岛多、河多、桥多，有"北方威尼斯"之称。

我们在圣彼得堡游览了涅瓦河大街、冬宫、夏宫、彼得保罗要塞等许多名胜古迹。我总的印象是：她是一座具有欧洲特点的城市。城市建筑有廊柱挺立的巴洛克式的，有尖塔高耸的哥特式的……雄宏凝重，庄严精美。斯大林和赫鲁晓夫式的建筑不多见。城市雕塑也和莫斯科、海参崴的不一样。莫斯科、海参崴，红军的雕塑较多，圣彼得堡更多的是彼得大帝、普希金和一些沙俄时代的政治文化名人的雕塑。她是一座集建筑、艺术、风景和情调于一体的城市，她是一座美丽、典雅、庄重、深邃的城市。

城市的建筑和风貌只是城市文化的一个部分。人的特性是城市文化的体现。翻译是位在俄罗斯上大学、娶了位俄罗斯姑娘的山东人，他告诉我们，要了解俄罗斯和圣彼得堡，最好去乘涅瓦河上的游艇看一看。

涅瓦河是圣彼得堡的母亲河。它全长 74 公里,在市区内有 28 公里,平均宽 400 至 600 米,最大水深为 24 米。由于俄罗斯的森林覆盖率高,河水呈褐色,清澈透亮。它日夜不停地流向芬兰湾。我们坐在游艇上。游艇分为上下两层,上层是甲板,供观景和拍照;下层是舱室,提供伏特加、香槟、面包、鱼子酱和水果,供休息用的。蓝天白云下,游艇平静地行驶着。我们看着那静静的河水,沐着轻轻的河风,环顾两岸。河岸上闪过闲聊的俄罗斯姑娘、码头上垂钓的老人、绿白相间的美丽冬宫、蓝色的海军部大楼、圆形金顶的伊萨基辅大教堂、庄严的彼得保罗要塞、形态各异的桥梁、古老的灯塔、一望无际的芬兰湾,也有一些破旧的工厂……如同电影一样在眼前一幕一幕地闪过。波光粼粼的河水与沿岸的景物构成了一幅宏大的、精美的、流动的油画,令人赏心悦目。

当游艇行至阿芙乐尔号巡洋舰旁时,我望着阿芙乐尔号那巍峨的深灰色舰体,耳边响起一句十分经典的话语:阿芙乐尔号一声炮响,给我们送来了马克思列宁主义。在列宁的领导下,布尔什维克通过武装斗争,建立了人类历史上第一个社会主义国家。中国也由此孕育着前所未有的社会革命。1921 年在嘉兴南湖的一只游船上,伟大的中国共产党诞生了。它带领中国人民走农村包围城市,武装夺取政权的道路,经过艰苦卓绝的奋斗,流血牺牲,终于建立了社会主义的新中国。我看见巡洋舰对面圣彼得堡的海军少年学校,一群身穿深蓝色海军服的俄罗斯少年,头戴海军的船形帽,他们满身稚气,正在叽叽喳喳说些什么,老师正在哇里哇啦地喊着,正准备列队上舰参观,很是可爱。我回想起我们少年时,系着红领巾排队外出参观时的情景。如今,物是人非。阿芙乐尔号巡洋舰静静地停泊在涅瓦河中,默默地为人们诉说着往事。

游艇至涅瓦河入海处折返。往返的过程中,船舱里表演俄罗斯歌舞。男女演员只有五六人,乐器也只有六七样:一架手风琴,一把三角琴,还有响铃、手鼓之类。但演员都是多面手,吹拉弹唱跳都行。他们身着俄罗斯民族服装。男演员是绣花竖领套头白衬衫、瘦腿裤,系着黄皮带,足蹬皮靴。女演员身着大花图案的连衣裙,搭着绣着民族特色花卉的披肩。我想起母亲说过的,20世纪50年代穿一件苏联大花布的"布拉吉"是很时髦的。也许是看船舱里大多是中国人,他们演唱的歌曲大多是苏联的老歌,如《莫斯科郊外的晚上》《小路》《喀秋莎》等,耳熟能详,引起共鸣。一位身材魁梧的男演员,他那深沉的《三套车》,使整个船舱里安静了下来,也许人们回想起了俄罗斯那苦难的岁月。接着,一位年轻的女演员伴着《红莓花开》的旋律载歌载舞,她突然跳到一位中国小伙子跟前,抱着他,一个亲吻,小伙子脸颊上留下了红唇吻痕,吓得大家纷纷后退,引得哄堂大笑。在表演俄罗斯哥萨克舞蹈时,女演员单腿快速旋转,鲜艳的绿色裙裾飘飞,像散开的荷叶,男演员围着姑娘边舞边吹着口哨,双手打着响指,殷勤地向姑娘献着爱意。小伙子独舞时,身体蹲下,双腿交替向前踢去,随着旋律,频率越来越快,节奏越来越强,大皮靴把甲板踏得咚咚作响。所有的演员都围着他翩翩起舞,连拉手风琴的也加入其中。突然,只见他一个大跳,好似凌空飞翔的雄鹰,展示着自己的英姿。此时,我想起电影《巴顿将军》中,在攻克柏林的庆祝晚会上,红军战士舞蹈时突然起跳,蹦到巴顿将军的桌子上,巴顿将军大吃一惊。这些都充分体现了俄罗斯人热情奔放、豪迈爽朗、自尊自强的性格。圣彼得堡经历过沙皇时代许多残酷的战争,更经历了第二次世界大战卫国战争血的洗礼。在这座城市,随处可见俄罗斯的骄傲与荣光,随处可见俄罗斯人对这座城市的崇敬与热爱。最后,演出结束时,演员用中文高唱《大海航行靠舵手》,我们也和着唱啊,跳啊,笑啊,整个船舱都盛满了快乐和幸福。欢乐的气氛感染了所有的人,我举起照相机边拍照边吆喝:"哈拉少,哈拉少。"

风雪海参崴

我记得我们省工商局考察团是 2005 年 12 月 3 日中午,由吉林珲春长岭子口岸出关的。乘坐的大巴一出中国口岸,我就看见蓝天白云下俄罗斯三色旗和我国五星红旗在两国口岸中间区飘扬。车行俄方一侧时,景致与中方一侧大不相同。俄方是连绵的荒原和丘陵,广袤的大地上只有森林和草地,长达几百公里。车行之处,偶尔见到稀疏的三五间小木屋,透出俄罗斯风情。树木上的叶片大都尚未脱落,在冬日阳光和寒风中簌簌着响。我问导游:"为什么这些树叶没有落尽?"她告诉我:"海参崴离西伯利亚很近,秋天很短,树叶还未落,冬天就已到,树叶便被冻死挂在树上,所以显得与中国不同。"

到达海参崴时已是晚上 10 时,此时的海参崴笼罩在万家灯火之中,明亮的灯光勾勒出楼房、山岭、海湾和城市的大致轮廓。我们住的旅馆非常简陋,两张如同行军床的床铺几乎将室内的空间占尽,盥洗室小得只放得下一个抽水马桶和一个小洗漱池。一台 14 英寸的小彩电,频道也很少。饮食也简单,且少而又少,几片面包,一碗有着几片西红柿、马铃薯的汤,就是一顿晚餐。这些都使我感觉海参崴不发达,俄罗斯落后。

第二天清晨我一起床,走到旅馆门边,一推开大门,便被夹杂着雪花的凛冽狂风顶了回来。海参崴的天气真怪,说下雪就下雪。上午 9 时整,我们的导游准时到来。她是一位俄罗斯姑娘,二十岁左右,1 米 7 以上的高挑个头,雪白的皮肤,椭圆形的脸庞,高挺的鼻梁,深深的眼窝,长长的睫毛,一双深蓝色眼睛,穿着一件浅灰色英格兰呢大衣,如同亭亭白桦,显得那么优雅得体、质朴真诚。我们都惊讶地看着她,她脸上泛起淡淡的红晕,显得像东方姑娘那样羞涩。她用较为熟练的汉语告诉我们,她叫安娜,是今天为我们服务的导游,并交代了游览中应注意的事项。她还风趣地说:"你们赶上一个好运,能在风雪中游览海参崴,这是难得的,因为冬季的海参崴天气特冷,游客很少。"由于能够用语言进行交流,大家与她的距离一下子被拉近了。我们说她的汉语还可以,她说:"我是海参崴国立远东理工大学汉语言文学专业三年级的学生,导游是我的副业。"她首先带我们登上海参崴的制高点鹰巢山,狂风夹着雪花,刮得我们步履艰难。山顶只有我们一行游人。站在山顶,鸟瞰海参崴,只见鳞次栉比的楼房依山傍海而建,层层叠叠,逐级而上,壮观恢宏。整个城市被白雪覆盖,银装素裹,天地一片苍茫。远处的海湾、岛屿,近处的房屋、车辆、树木,整个海参崴在萧萧的北风、飘飘的雪花中显得那么朦朦胧胧,恰似一幅莫奈的印象画。

从鹰巢山下来后,我们到了西伯利亚大铁路的终点站——海参崴火车站。火车站建于1912年,是一栋米黄色的三层楼房,楼房外观精美典雅。火车站站台内露天陈列着一辆著名的老式蒸汽机火车头,旁边一块石碑上刻着从起点海参崴至莫斯科的铁路公里数——9288,标志着这里是西伯利亚铁路的最东端。看着雪花狂击着标志碑和这老式机车头,我想象出当时俄罗斯人修铁路时的困难和艰辛。随后,我们参观了海参崴军港。这是远东著名的不冻港,尽管陆上白雪覆盖,但海上依然微波荡漾,形成雪映大海、湾拥冰城的奇观。军港内静静地停泊着几艘灰色军舰和一艘白色的医疗船。俄罗斯太平洋舰队司令部大楼高高地耸立在港口旁,从它的每一个窗口都可以看见舰艇的进出。庄严肃穆的海军广场就在俄罗斯太平洋舰队大楼旁边,这是为悼念二战期间牺牲的海军战士而建的。入口处中间是金黄色的五角星和海军帽的浮雕,两边是火炮的雕塑,后边的黑色墙上镌刻着一万多名为国捐躯的海军战士的姓名。广场正中摆放着一艘修长的潜艇。潜艇被改装成二战海战博物馆，里面陈列着该艇第一任到最后一任艇长的简历、照片、军服、望远镜等。这艘潜艇为功勋潜艇，共击沉敌舰 10 艘，重创 4 艘。我们在潜艇鱼雷舱出口处，每人花 10 卢布租借一套海军军服摄影留念。我们还游览了列宁广场和中心广场。在中心广场时，雪花正密，广场上耸立着苏维埃政权战士纪念碑，碑上刻着时间"1917－1922"，碑体为一名红军战士，身穿军棉大衣，头戴军帽，左手握着军号，右手执着飘扬的红旗，目视远方。在这漫天飘雪，零下 20 多摄氏度，连我们羽绒服口袋里的水汽都冻成冰渣，搅得周天寒彻的天气，我看见一对俄罗斯新郎、新娘，新娘穿着洁白的婚纱，新郎穿着合体的西装。这一对新人全然不顾风雪和寒冷，沉浸在幸福中。此时此刻，我们也被新郎、新娘的幸福所感染，我觉得，那飘飘的雪花好像是一群飞翔的白色和平鸽。

在回去的旅游车上，我们对导游安娜说："海参崴在清朝是中国的领土，你们是怎样看待这个问题的？"她笑着说："我们不论这个城市的过去，但毕竟是俄罗斯人把它建设成一个城市的。"我们一时无以对答。她反问我们："你们是如何看待俄罗斯的？"我们团的一位同志说："俄罗斯现在落后了，但它基础好，发展起来是很快的。"她笑了，又问："你们是如何看待美国的？"我们的同志说："美国是一个经济发达的国家，但它的霸权主义很严重。"安娜笑着说："我曾经接待过一个中国团，也问到这个问题，他们回答说，不喜欢美国，但喜欢美元。"我们都笑了。我们又问她："你如何看待中国？"她说："我喜欢中国，但不喜欢中国人。"我们问为什么。她说："我在哈尔滨留学一年，也去过北京。中国发展得很快，生活好，物质丰富，但中国人的一些习惯很不文明。"噢，我们都懂得她说的含义。当我们问她毕业以后怎么办，她那双深蓝色的眼睛里出现一片迷茫。她说到时候再说吧。接着她又说："俄罗斯的经济正在复苏，我们的一切都会好起来的。"她是那么自信。我们也接触到其他的俄罗斯人，如给我们开车的驾驶员，技术非常熟练，虽然在冰天雪地给我们开车，一个月的工资也只相当于人民币 800 元左右，却毫无怨言。虽然我们看到海参崴满城跑的都是韩国和日本的二手车，虽然我们看到今天的海参崴仍笼罩在俄罗斯经济衰退的阴影中，生活和经济条件仍处在较低的水平，但无论是驾驶员还是导游，你很少听见或看到他们无谓地抱怨，他们冷静地面对现实，乐观豁达，悠然洒脱地做着应做的工作。从与安娜导游的交谈中，我们感觉到俄罗斯的文化、俄罗斯教育在培育俄罗斯人方面的巨大力量和作用。从与安娜的交谈中，我们看到了俄罗斯人的良好素质，她展示了俄罗斯深厚的文化底蕴，表现了坚韧的俄罗斯精神。他们从骨子里坚强地固守俄罗斯民族的尊严，尽最大的努力弘扬自己的传统和文明。他们有强烈的民族自豪感和爱国心，不允许任何人诬蔑他们的民族和国家。我记得一位名人说过，文化是生活，人们在生活中的一言一行、一颦一笑都体现着文化。文化应该包括人们日常生活的所有方面，包括人们的教养和素养。因此，崇高的理想和信念都与文化有关。在安娜的身上，我们看到这点，同时，我们也对加强精神文明建设，构建和谐社会，提高全民族的文化素质的重要性有了更深刻的理解。

在旧金山机场入口处

1997 年 11 月，我随安徽省 ISO9000 质量认证考察团去美国学习，乘飞机经上海、东京飞往美国旧金山市。

随着波音 747 巨大的轰鸣声，机身在拼命地向上、拔高，不一会儿就跃上万米高空。我伏在舷窗向外观望，除了云彩，还是云彩，飞机好似纹丝不动，只有机翼顶尖上闪烁的红灯不时地透过云层。飞行了 8 个多小时后，从机舱上方的喇叭里传来空姐用英、日、汉三种语言播出的亲切声音："各位乘客，飞机马上就要到旧金山了，请各位乘客系好安全带……"飞机开始降落，薄薄的白云从机翼下掠过，碧波万顷的太平洋映入了眼帘，鳞次栉比的大楼亮着刺眼的白光。波音 747 麻利地下降、着地、滑行后，停在旧金山国际机场。

旧金山是美国的西大门，是美国加利福尼亚州的大城市。19 世纪，加州发现金矿，形成了采金热潮。大批华人漂洋过海，历尽千辛万苦，拥入加州淘金，所以加州被称为"金山"，"旧金山"是中国人给起的名字，英文一直称为"圣弗朗西斯科"。当时矿工们在此开矿、修建西部铁路，为美国西部的开发立下了不可抹杀的功勋。加州有一块后人为华人竖立的纪念铜碑，上面刻着"加州铁路，南北贯通，华裔精神，血肉献功"。旧金山是座美丽的城市，也是美国华人聚集较多的城市之一。我们团入境的海关手续都在此办理。

在来美国之前，听人们说，美国对中国内地人入关较为挑剔。为减少入关麻烦，考察团团长嘱咐我们入关时不要乱说，一切均由翻译回答。旧金山机场很大，我穿着笔挺的西装，系着鲜艳的领带，皮鞋锃亮，推着行李车，与团里其他成员排队等候办理入境手续。在我前面的是翻译小钱，他先到验证台前办理入境手续，验证的男官员是名白人，他们交谈了20分钟左右。我们站在一米红线以外，听不见也听不懂他们在说什么，大家都非常着急，不知美国人在耍什么花招。终于，这位白人在小钱的护照上盖了印戳。事后我问小钱，小钱说，美国人问我们是不是旅游团，小钱说不是，是来美国考察的，美国人不相信，小钱递上了美方邀请考察的函件后对方才予放行。我笑着对小钱说："看来美国人也反对公费旅游。"

临到我办手续，递上护照，那位白人看了看，连问都未问，就盖戳放行。通过放检，进入物品检查。据说美国对入关物品检查很严，他们害怕人们携带毒品进关，往往要打开箱子检查。物检的是位黑人女官员，她有 1.8 米左右，身材魁梧，穿着制服，很威严。我推着行李车走到她的台子前，准备接受检查。这时，她突然问道："Are you Japanese？（你是日本人吗？）"我猛然一愣，没有反应过来。她接着又问："Are you Japanese？"我的大脑的这时对 Japanese 产生强烈反应，日本人！哦，她在问我："你是日本人吗？"此时，我的民族自尊心受到了强烈的刺激，民族自豪感油然而生。我大声回答："No，I am Chinese！（不，我是中国人！）""哦——"这位美国海关安检人员耸耸肩，没有检查我的行李，挥手放行。进关后，我对这位黑人妇女的提问和没有检查我的行李箱一直感到疑惑不解。

在旧金山，我们参观了旧金山标志性的建筑金门大桥。这赭红色的大桥横跨金门两岸，巍然壮观，大桥下波涛汹涌。大桥一边是太平洋，一边是旧金山湾，湾中有一座树木葱茏的小岛，兀立于海中。陪同我们考察的杨先生说：那就是著名的"天使岛"。1910 年到 1940 年这 30 年间，大批华人来美，首先在岛上进行入关审查。岛上有一座二层楼的木屋，在那里关押和审查过无数华人，生活条件之差，审查手段之霸，难以用语言表述。岛上有一块石碑，刻着"别井离乡漂流羁木屋，开天辟地创业在金门"的对联，可见受审华人当时的悲愤心情和顽强意志。

　　听了杨先生的介绍后,我向他谈了我在旧金山机场入关时的经过。杨先生说:"我们接待祖国考察团,就是担心在入境时遇到麻烦。你们这次很顺利,是因为江泽民主席正在美国访问,这也许是美国人的一种姿态。但更重要的是,中华人民共和国正在走向世界,正在走向强大。"

　　我恍然大悟。在这异国的土地上,我对祖国——母亲有了更为直接切身的感受。我体会到:祖国的强大,不仅给身在异国的华人同胞,也给那些外出考察、学习、访问的游子,增添了多少自信和力量啊!

夜幕中纽约的广告

那是深秋的一天,我们考察团由美国华盛顿乘车到纽约时已是华灯初上,万家灯火。在中国留学人员服务中心匆匆安顿好后,我们随着翻译去看夜幕中的纽约。

纽约位于美国东部,是美国财政、金融、商业等方面的中心。讨论国际事务的联合国总部、证券交易的中心——高耸入云的世界贸易中心大厦、闻名遐迩的百老汇剧院……都集中在这里。这是美国最大、最繁华的城市,也是一个世界性的大都市。

室外已寒气袭人,经过一段时间的急行,不多时就到达纽约时代广场。时代广场是纽约最繁华的商业区,是纽约人集会的重要场所。第二次世界大战胜利后,美国人在时代广场彻夜狂欢。我们漫步在时代广场时,虽然没有看见那狂欢的欢庆场面,但仍觉得眼花缭乱、目不暇接。广场四周高楼大厦,鳞次栉比,错落有致,巧妙地借助了自然景观中高山与深谷的对比。大楼被无数黄的、红的、蓝的、紫的……各色灯光装饰,七彩炫目,通体透亮,造成扑朔迷离的效果。通向广场的条条道路灯光不尽相同,有的金黄,有的银亮……五彩斑斓,也许是寓意着遍地是黄金吧?汽车如龙如凤,飞驰而过。所有的车辆都亮着前灯和尾灯,大灯如同银色的射线,后灯的红色好似挣不断的红丝线,来的去的,恰似金丝银丝穿梭交织。广场四周商场橱窗中陈列着各种锃亮闪耀、令人向往的商品。形形色色的霓虹灯掩饰着咖啡厅昏暗灯光后的神秘。人们行色匆匆，服装各式各样，肤色多种多样，透出一个国际大都市的繁华与忙碌。

我徜徉在这灯的世界、光的世界、商品的世界、令人眼花缭乱的世界。因工作的关系，我特别注意广场四周的广告世界。广场四周高高低低的大厦上满是广告，是纽约的广告集中地，可以说是世界各国商品广告的大会展，有灯光广告、电子广告、橱窗广告……各种广告应有尽有。日本丰田汽车"爬"上了楼顶，向人们炫耀着有路就有丰田车；不知是美国哪家机器人公司用活人表演着机器人的动作，引起了路人的围观；特别是雀巢咖啡的广告，占了一栋大楼的整整一面墙，巨幅电子屏幕上，一杯煮沸了的雀巢咖啡袅袅地冒着青烟，飞向那漆黑的夜空，真的给人色香味俱全之感……

广告繁荣的程度，代表着一个城市的商业化程度。广告的设计与制作水平，标志着一个城市的经济、科技、文化等方面的水平。广场四周这多样的、立体的、渗透着高科技的广告，透露着各种商品的信息。我置身于此，好像身在广告的中间。我想起郭沫若的《天上的街市》，"远远的街灯明了，/好像闪着无数的明星。/天上的明星现了，/好像是点着无数的街灯。/我想那缥缈的空中，/定然有美丽的街市……"在这美丽、梦幻般的"街市"上，我细细地寻觅着我国商品的广告。终于，我在对面一幢大楼的广告群之间，看见了三个"9"字。我惊喊起来，这是 999 胃泰的广告。广告长约 10 米，宽约 2 米，不算大，但在夜色中熠熠发光。在这异国他乡，骤然看见它，好似看见亲人，我非常高兴。因为我知道，外国药品进入美国市场非常不容易，药品广告审查条件十分苛刻。999 胃泰在时代广场占有一席之地，也就是在世界药品市场上占有一席之地。我问翻译："这幅广告的费用是多少？"翻译说："听说每年是 600 万美金。"我惊得咋舌，但我更自豪。这不正标志着我国企业走向世界的实力和胆识？我赶忙叫翻译以 999 胃泰的广告为背景拍了一张照片，以作留念。

多少年过去了,夜幕中的纽约给我留下了许多难忘的印象,要说最深刻的,还是时代广场上 999 胃泰那幅广告,它仍在我脑海中闪烁着。

澳洲四章

　　2002 年 12 月底,我随安徽省工商局考察团去澳洲考察学习。澳大利亚的阳光、海滩、牧场等旖旎的风光,独特的风情,给人留下了深刻的印象。旅途中所见所闻的"四大皆空"颇为有趣,于是记下了澳洲四章。

袋鼠角上无袋鼠

　　澳大利亚是袋鼠之国,在这个国家到处都可以看见袋鼠的标记。我们在由悉尼去堪培拉的途中,时常看见袋鼠在公路两旁的草地上奔跑,公路上也常常看见被汽车撞死的袋鼠。所以,澳大利亚的汽车前都装有防止袋鼠碰撞的保险杠。澳大利亚的动物园中,袋鼠基本上是放养的,人们可以与其亲密接触。袋鼠虽然不是珍稀动物,但我们坐在草地上,旁边或坐或卧着一群袋鼠,深刻地体会到处在异国他乡之感。我常常举着桉树叶喂袋鼠。这种长着灰色皮毛、脸形削长、胸部有囊袋、前腿短后腿长、跳跃奔跑的动物,它看也不看,目光坚定地直视着自己注视的地方,不知是在思索,还是在发呆。总之,我感觉袋鼠是一种慵懒的动物。

　　我们在澳大利亚布里斯班市游览 1988 年世博会旧址后,导游带我们去看袋鼠角。我想,那里一定会有各种各样的袋鼠,是澳洲袋鼠大全的地方。可我们走到袋鼠角时,没有看见一只袋鼠,看到的只是布里斯班河南岸边的一堵悬崖,崖高千丈,悬崖下一大片草地,一些人或坐或卧在草地上晒太阳,一些青年男女在攀崖。河水静静流淌,河对岸一些高楼大厦耸入云天,岸边各式各样的别墅星罗棋布,一些私人码头伸入河中。河中没有航船,只有各种各样的游艇在漂荡,呈现出一种平静、安详、富有、和谐的生活景象。我问导游:"袋鼠呢?"导游小戴告诉我:"袋鼠角是澳洲土著人当年围猎袋鼠的地方。澳洲大陆四方临海,土地辽阔,气候温和,资源丰富。澳洲甚至没有狼、虎等凶猛动物,动植物种类繁多,特别是袋鼠更多。虽然澳洲土著人在澳洲大陆生活了3万—5万年,但他们仍然过着原始社会的生活,处在石器时代。他们将袋鼠赶到悬崖上跌下摔死,作为自己果腹充饥的食物。"我问:"为什么澳洲土著人进化得这么慢?"他说:"这是太安逸、太平静、太封闭的生活所致。"而后来澳洲大陆被发现,多国移民的进入带来了多元经济、文化、竞争,促进了澳洲的发展。现在,人们为了警示后人,将此建为攀崖场,以激励人们去竞争、奋斗。

听后,我明白了一个道理:改革开放、竞争创新带来了人类文明的进步;反之,是落后和衰亡。

黄金海岸无黄金

黄金海岸位于澳大利亚第二大州昆士兰州首府布里斯班以南70多公里处。黄金海岸由数十个海滩组成,首尾相接,形成一条70多公里长的沙滩带,是澳大利亚旅游胜地。

我们去时,正是2003年圣诞节、元旦假日期间,也是澳洲的夏天。我们站在黄金海岸的海滩上,看见海滩一边是高楼大厦林立,一边是南太平洋。南太平洋的海水湛蓝湛蓝,与高远的蓝天连成一片。海鸥在海面上飞翔,汽艇、帆船在海面上游荡。冲浪者像捷飞的海燕,穿梭于翻卷的波浪中。海水中男男女女、老老少少,游泳戏水,欢声笑语不绝。海浪由远而近轻轻拍击着海滩。沙滩上,人们坐着、站着、卧着、躺着、走着。男人女人都毫不在乎地展示着自己的肌肤,享受着南半球阳光的抚摸。此时此刻,我想起大诗人艾青访问澳大利亚时说过:如果你不赤着脚走在黄金海岸的沙滩上,你是感觉不到澳洲人的悠闲生活的。于是,我和合肥市工商局的陈同志穿上游泳衣,融入那些俊男靓女之中。黄金海岸的沙特别细,细得像粉;特别白,白得像雪。它是贝壳和珊瑚被海浪冲刷而成。走在沙滩上,一种软软的、细细的、粉粉的感觉由脚底透向全身。我们游向远海,南太平洋蔚蓝色的海水浸湿了我的全身。每隔十个小浪就是一个大浪,不断地撞击着我,打得我晕头转向,但也兴奋无比。我看过那么多的大海,但都不像南太平洋黄金海岸的海那么充满活力和灵动,无怪乎人们叫它是冲浪者的天堂。

我们离开海滩时,太阳快下山了,落日熔金。我看着那滚滚的车流、辉煌的高楼,问导游:"黄金海岸出黄金吗?"他说:"黄金海岸无黄金。""为什么要这么叫呢?"我问。他说:"你回头看吧。"我回头一看,只见落日的余晖将白色的沙滩染上一层黄色,金光闪烁。我笑着说:"懂了。"这是大自然献给澳洲人的黄金,旅游经济带给澳洲人取之不尽、用之不竭的"金沙"。

故事桥上无故事

布里斯班市是濒临南太平洋的沿海城市,海湾较多,城市桥梁也多。桥型各式各样,装点着城市。

我们在布里斯班看见一座几乎与悉尼大铁桥一模一样的桥梁。导游小戴说:"这座大桥叫'故事桥'。"我们说:"你就说说这座大桥的故事吧。"小戴说:"这座大桥的设计师名字叫 Story,与英语'故事'的谐音相同,他是布里斯班人,也是悉尼大桥的设计师之一。他为了为家乡做些贡献,1930 年设计了这座与悉尼大桥相同的桥梁。其目的是想使它与悉尼大桥同样出名,成为城市的标志性建筑。"但事与愿违,这座桥不但在世界上,就是在澳洲也默默无闻。故事桥上无故事。

我看过悉尼大铁桥，桥长 1100 多米，高 130 多米，呈弧形的钢铁桥拱如长虹卧波，横跨在杰克逊湾上，连接着两边的城市，与远处的悉尼大剧院形成一道组合的风景线，成为世界闻名的景点，为后人留下说不完的故事。而布里斯班的故事桥，只是一个连接海湾的桥梁。中国人常说"红花还要绿叶扶持"。这座桥梁的设计，只是模仿，而不是创新，模仿是不会留下什么故事的，只有创新才是事物发展的源泉。

唐人街里无唐人

布里斯班市是澳大利亚昆士兰州的政治、经济、文化中心。布里斯班河穿城蜿蜒而过，城市沿河两岸而建，高楼鳞次栉比，道路宽敞整洁，固定人口不多，流动人口不少，黄金海岸旅游经济的繁荣，带动了布里斯班的经济发展。这座城市体现了都市的繁荣，又充满了乡村的悠闲，是一个活力四射的发展中城市。

我们由黄金海岸回悉尼时，中午在布里斯班唐人街就餐。我仔细端详着唐人街，40 多米长的高大牌坊门楼雄伟壮观，丝毫不比悉尼、纽约唐人街门楼逊色。街道有 400—500 米长，两旁全是三四层楼房，中式建筑，亭台楼阁，雕梁画栋。花坛里鲜花盛开，街道干净清洁，只有几家中餐馆和旧货店开着门。街上没有行人，只有几个华人旅游团就餐的人在闲逛，与悉尼、纽约的唐人街相比，真是门可罗雀，十分冷清。出于职业习惯，我问导游小戴这是为什么。小戴告诉我："市政府为了将布里斯班建成大都市，也像纽约、悉尼那样，建一个唐人街。这个唐人街是由市政府组织，完全按照中国建筑风格兴建，并要求布市华人来此经营。但事与愿违，一开始就遭到当地华人社团的反对，因为这里是布市的西北角，偏离市区，不是繁华的商业区，且社会治安不好，华人不愿在此开店经营。况且，当地华人不多。"我知道了，因为这里不是华人集中居住地,缺少带来繁荣的人流、物流,也就是我们常说的"有场无市"吧。难怪"唐人街里无唐人"。

炼金秀

在澳大利亚,除蓝天、阳光、海滩等给我留下深刻印象外,它的人文景观——炼金秀,也令我难忘。

"秀"在当今中国是一个非常酷的词。秀、作秀、仿秀,"秀"好像包含表演、美好、美丽、哗众取宠等意思,但在澳洲,"秀"专指表演,如:牧羊犬秀、杂技秀、剪羊毛秀等。我在澳大利亚的珀斯市,看了一场炼金秀。

珀斯市是澳大利亚西部最大的城市,它濒临印度洋东岸。1892 年,英国人在此建立移民点,并以英国苏格兰的一个城镇珀斯的名字为它命名。后来在珀斯发现了丰富的金矿和世界上储量最丰富的铁矿,这引来世界上许许多多的淘金者。经过这些年的建设,珀斯已发展成一座既幽雅又现代化的城市。我们从英皇公园俯瞰珀斯城,只见天鹅河两岸高楼林立,花木葱茏,是个花园般的城市。

到珀斯,人们都要参观珀斯铸币局。珀斯铸币局是澳洲现今经营的铸币局中历史最久的一家,自 1899 年 6 月以英国皇家铸币局支局名义开业,到 1970 年移交西澳洲政府接管为止,其任务是精炼西澳东部金矿寻金热时所生产的黄金,并将这些精金铸成金币或其他制品。铸币局就在市内,我们一走进院子,就看见两个金矿挖掘者的雕塑。铸币局的建筑是一座具有维多利亚风格的三层房子。大门前厅两侧的房子都是金店,金店还保持着过去的样子,有古老的天平、制作金银首饰的工具,以显出百年老店的底蕴,但也有不断显示世界各地黄金价格的电脑。琳琅满目、珠光宝气的金银首饰和澳洲宝石,叫人眼花缭乱。漂亮精致的金银制品,叫人爱不释手。橱窗里还有一块很大的天然金,也就是我们所说的"狗头金",这也是我平生第一次看见,导游说,这是炼金秀的序幕。

推开前厅后门,这里原是铸币局的金库和炼金车间。首先映入眼帘的是淘金者劳动的场景。破旧的棚房,简陋的工具,蓬头垢面、衣着破烂的淘金者正在劳动,这些无不反映早期淘金者生活和劳动的艰辛。金库两边的走廊里挂满了照片,介绍铸币局的历史和澳洲的产金史,既有关于早期原始采金的资料,也有对当今澳洲超级现代化最大露天金矿的介绍。看后,我们对澳洲采金有了纵向的和横向的了解。最令人兴奋的是,在金库的玻璃柜中有一块金砖,重达400盎司,价值20万澳元,折合成人民币有100多万元。导游说:"谁能用左手拿起金砖,金砖就归谁了。"大家都上前将左手伸进柜中去试,我也试了试,很沉、很重,拿不起来,的确是劳而无功,但这也是我平生第一次触摸金砖,心中充满了惊奇感。

我们来到炼金室,也就是铸币局原来的炼金车间。这里1893年启用,到1990年停用,原有14座炼金炉,现在只留1座,供表演用。车间是黑色的,干净整洁。一长溜木制栏杆将车间隔为两个部分,一部分为操作间,一部分为观众席。我们坐在观众席上。一位年轻、身体强壮的白人小伙子,正在介绍炼金的过程,他还逐一介绍炼金炉、石墨坩埚、铸模、冷却池和炼金防护服等。他拿起一大块黄金放进坩埚里,将坩埚放入炼金炉中,盖上炉盖,启动开关,刹那间,炉火熊熊,发出呼啸声。他说,过去炼金用油,有污染,现在用天然气,干净多了。炉内温度可高达1200—1300℃,黄金在1063℃开始熔化,浇铸金砖时温度还要高些。过了一段时间,小伙子先把炼金炉盖子移开,用长柄铁钳将坩埚夹出放在铁台子上,然后用专用钳夹住坩埚两边,将金水倒在铸模中。铸模放在一个像扫箕一样的铁框中,他拿起铁框走到观众面前展示,金灿灿的黄金由液体变成了固体。开始时周边颜色发暗,中间还很亮,不久就变成同一种颜色,即完全凝固了,但温度仍然很高。这时,小伙子走到一位漂亮的姑娘面前,说了一些什么,引得观众哄堂大笑。我们不知笑什么,导游说:"这位炼金师对姑娘说:'漂亮的姑娘,这块金砖重 200 盎司,它价值 10 万澳元,如果你能赤手拿起它,我就送给你了。'"呵,原来是这样。炼金秀在幽默有趣的演示中结束了。

从炼金秀中,我似乎领悟了点什么。澳大利亚只有 200 多年的历史,但澳洲人善于用自己的特点来展示自己的历史和特色,这不能不发人深省。我们能否将我们铜陵的冶铜和熔金开发成一种旅游项目,来表现古铜都的历史和特色呢?

风筝·鱼雷·女孩

2002 年 12 月,我因工作关系去过澳大利亚的珀斯。在珀斯,我去过英皇公园。

珀斯是西澳的首府,靠近印度洋,离东边靠近太平洋的悉尼有 4000 多公里。

珀斯气候温和,矿产丰富。澳洲最大的铁矿就在珀斯。天鹅河贯穿全市。我就下榻在天鹅河畔的一家旅馆。夏季的珀斯,阳光灿烂。清晨起来,就会听到鸟儿肆意嬉闹的鸣叫声,可看到阳光穿过桉树林而洒下的光斑,可看到成双成对的黑天鹅在天鹅河中翩翩起舞,可看见河中奔腾跳跃的海豚,可看到骑着自行车锻炼的人群……高耸入云的现代建筑与各具特色的别墅群相互映衬。街道非常干净,像水洗过一般。行人礼貌、谦和、文明。真没想到,这个靠着矿产资源发展起来的城市,澳洲最富有的地区,更像一个自然保护区。身在其中,方觉得城市的标杆,城市建设的榜样,大概也就是这样吧。但更使我感动的是,这里的人们对自然、生活以及和平的热爱。

我们乘车顺山而上来到离市中心很近的英皇公园。汽车一直驶到公园的伊莉莎山顶。英皇公园占地 400 公顷。公园有着大片非常优雅的绿地,保留着一些原始状态的森林,有种类丰富的鸟和西澳独有的野花。伊莉莎是英皇公园的最高点,也是这个城市的制高点,更是观看珀斯全景的最佳地点。登上伊莉莎俯瞰,全珀斯城尽在眼底。掩映在绿树丛中的建筑群,鳞次栉比；天鹅河如一条白色的飘带，蜿蜒曲折；远处的印度洋海水碧绿，像一块硕大无比的绿玻璃……伊莉莎山顶有一个广场，广场中间耸立着洲立战争纪念碑，是用来纪念在两次世界大战中牺牲的军人，广场上的永恒之火，则是悼念为国捐躯将士的亡灵。绿草如茵的地坪上，三三两两地聚集着一些休闲的人，有的在晒日光浴，有的在聚餐，有的在安闲地看书。我看见一家三口在放风筝。男的高大健壮，女的秀丽苗条。小女孩六岁左右，金黄色的头发，弯弯的眉毛，蔚蓝色的眼睛，大大的嘴巴，雪白的牙齿，像个芭比娃娃。她上身穿着花 T 恤衫，下身穿着运动短裤，足蹬运动鞋，非常活泼。她爸爸叫她举着一只燕子造型的风筝。爸爸牵着风筝线，站在远处。随着一声叫喊，小女孩将风筝放开，爸爸奔跑，风筝没有飞上天。第二次仍然失败。第三次，小女孩在母亲的帮助下，将燕子风筝摇摇摆摆地飞上了蓝天。小女孩欢呼雀跃，撒下银铃般的笑声。燕子风筝拖着长长的尾巴，在蓝天白云下翩翩起舞。

广场纪念碑旁边的草地上，还有一具鱼雷"雕塑"。其实这是一枚真的鱼雷，是美军二战时的潜艇鱼雷。鱼雷战斗部分的引信和炸药被拆除了。鱼雷横放在固定的架子上，有一人多高。鱼雷是雪茄形的圆柱体，有五六米长，一人合抱粗，螺旋桨推进。鱼雷铜质弹头被游人摸得锃亮。据统计，第二次世界大战期间，同盟国用鱼雷击沉法西斯德国及其合作国的运输船达1445 万吨，击沉大中型舰艇 369 艘。为了纪念二战的胜利并告诫人们不要忘记历史，特地将鱼雷作为"雕塑"。澳大利亚人很尊重历史。据说，珀斯市长办公室里的墙壁上，挂着一枚 4 英寸厚的炮弹壳。这枚弹壳是澳大利亚皇家海军珀斯号战舰，1942 年 3 月在一场海战中沉没时而留存下来的。市长将它挂在办公室中，是为了时刻告诫自己和人们不要忘记二战苦难史。这时，我看见小女孩在鱼雷上爬来爬去，然后，她站起来，像体操运动员走平衡木一样，又像丑小鸭一样，在鱼雷上摇摇晃晃走来走去。她母亲在一旁守护着她。母女的响亮笑声不时传到我的耳中。

　　风筝、鱼雷、女孩，单独地看起来互不关联，但是，我看着蓝天上飘飞的风筝、风筝下的鱼雷"雕塑"、鱼雷"雕塑"上快乐的女孩，这些要素所构成的画面，这是一幅多么安宁、和平、幸福的图景啊！这难道不是告诫，人们没有和平的家庭，就没有和平的社会，没有和平的社会，就没有和平的国家，没有和平的国家，就没有和平的世界吗？我们走和平发展道路，但我们决不能忘记被侵略被奴役的历史。时刻不能忘记：和平中孕育着战争，战争中孕育着和平。

亚利桑那号战舰在流血

2015 年是反法西斯战争胜利 70 周年,也是中国人民抗日战争胜利 70 周年。而此前,2014 年 2 月 27 日,全国人大常委会以立法的形式将每年的 12 月 13 日定为南京大屠杀死难者国家公祭日,并举行隆重的公祭仪式。2015 年这个值得纪念的年份,唤起我参观美国夏威夷珍珠港亚利桑那纪念馆时的记忆。

2007 年 9 月,我随安徽省工商局市场考察团去美国夏威夷。夏威夷群岛是太平洋中的一串明珠,珍珠港是这串明珠中最灿烂的一颗珍珠,也是到夏威夷的游客必去之地。到达后的第二天一早,我们去珍珠港亚利桑那纪念馆。亚利桑那纪念馆就坐落在美国海军基地内。我们到达游客中心时,已是上午 9 时左右,游客已经很多。游客中心像个小花园,里面有展览馆、书店、出售纪念品的小商店,还有一个循环放映珍珠港事件影片的小影院。我们先是在小影院观看日本偷袭美国珍珠港海军基地的历史纪录片,以对珍珠港事件有个感性的了解。1941 年 12 月 7 日,日本偷袭了珍珠港,350 余架日本战机突然间对珍珠港狂轰滥炸。毫无准备的美军仓促应战,瞬间损失 18 艘大型军舰和 200 架飞机,伤亡 3600 余人。亚利桑那号大型战舰被一颗 1760 磅的炸弹击中,引爆了弹药库,9 分钟沉没,1177 名官兵罹难。珍珠港事件后,美国国内到处是愤怒的浪潮,到处是要求对日开战的呼声。有了民众的支持、国会的批准,罗斯福总统遂宣布对日开战。所以说,珍珠港事件是美国对日作战的一个历史转折点。珍珠港事件在二战历史上，也在人类战争史上留下了浓重的一笔。为了纪念这段历史，1958年，美国总统艾森豪威尔批准，在亚利桑那号军舰沉没的海上建起亚利桑那纪念馆，将其作为美国人追念所有丧生于珍珠港事件中的美军将士的地方。

走出影院，离开那惊心动魄、惨绝人寰的战争场面，放眼望去，白云朵朵，海面碧绿，像一块巨大的翡翠。天空好似一块硕大的蓝色天鹅绒，蓝得叫人心醉。椰树玉立，摇曳多姿。游人如织，着装各异，欢声笑语，其乐融融，一派祥和欢乐的场面。远处的海面上矗立着乳白色的亚利桑那纪念馆，它像横放的风帆，也像中国古代的瓷枕。倘若从空中俯视，纪念馆和沉没水中的亚利桑那号战舰正好构成一个十字形，好似一个巨大的十字架。关于这个长达184英尺，中间低凹，两头高凸，中间耸立着美国国旗，国旗的下端直接插在沉睡海底的亚利桑那号战舰主桅杆上的长方体建筑，设计师的设计理念是：初遭惨败，但经过奋战，牺牲，最终崛起，胜利，既表达了胜利者的自豪与荣光，又表达了对阵亡者的沉痛和哀思。另外，按照我的思维，又是表达了人们在和平的环境中，不能高枕无忧，时刻不能忘记历史，要警惕着战争。

我们乘坐交通艇去亚利桑那纪念馆。开船的是两位美国海军水兵，一位是白人，一位是黑人。他们身着洁白的水兵服，头戴船形帽，身材高大，神情严肃。交通艇在平静的海面上犁出层层波浪，很快就到达了亚利桑那纪念馆。纪念馆分为前堂、中堂和后堂三个部分。一走进前堂入口处，就能看见后堂的白色大理石墙壁上镌刻着金色的阵亡于日军炸弹下的美军官兵的姓名。我站在墙壁前，似乎听到他们在诅咒日军卑鄙、残暴的行为和呼唤和平的声音。中堂两侧的墙体有开敞的栏杆，屋顶是通透的。我看见湛蓝的天空上飘扬着美国国旗。我俯身依栏望去，只见近处的海水下清晰地映出亚利桑那号战舰锈迹斑驳的钢板和庞大舰体的轮廓。其中有一个巨大的圆形钢铁体，导游说，那是亚利桑那号战舰的主炮基座，炮体已无，基座犹存。

我凝视着那碧玉般的海面,看见从战舰的铁板深处不时地冒出点点滴滴的油珠,那褐色的油珠随着海浪荡漾着、变化着,悠然扩散成圈状的油花。油花在阳光的照耀下,折射出七彩的光亮。导游说,60 多年了,这情景一直是这样。我们都很惊讶。周围的环境和气氛很肃穆,很悲壮,叫人透不过气来,使人觉得从肃穆中渗出了再生的力量,在悲壮中透出了不屈的性格。同行的军人出身的合肥市工商局陈局长说,这里在海水的压力下从军舰油库里渗出的燃油。我说,那是在珍珠港事件中殉难的美军官兵的鲜血,是反法西斯战争中牺牲的人们的鲜血,是亚利桑那号军舰的鲜血。

时光已过去了 70 年,和平和发展已成为当今世界的主流,但血的事实时时刻刻都在告诫人们:历史不会因岁月的变迁而改变,事实也不会因巧舌抵赖而消失。只要人人都牢记战争的惨痛教训,珍惜和平,维护和平,中国梦乃至人类的梦想就一定能实现。

第六辑　谈艺篇

漫谈企业的命名艺术

我因工作的关系,经常接触企业的命名,特别是随着铜陵经济快速、健康发展,越来越多的商家前来投资办厂,新办企业大为增多,企业命名成为较受关注的一个话题。笔者就此谈谈自己的看法。

一、企业命名的文化心态

孔子曰:"名不正,则言不顺;言不顺,则事不成……"古往今来,无论海内外,对"名"都非常重视,有着浓厚文化底蕴的中国更是如此。企业的名称,其作用远远超过了其表面的意思。一个响亮的名称,可能成为一个经典;一个紧扣时代主题、反映特色的名称,可能成为一句流行语;一个传承民族精神的名称,可能成为一种文化象征。好的企业名称,是形象的整合、实力的象征、文化的体现、精神的外化,闪耀着智慧的光芒。

任何企业的命名,都受到一定文化心态的影响,文化心态在某种程度上支配着企业的命名。企业的命名的文化心态,归纳起来大致有以下几种:

一是求发展、求吉利。这是大多企业命名的文化心态。无论何等企业,都希望自己的企业兴旺发达,财源茂盛。如:金昌、鸿泰、丰源、盛达、金隆、宏达、恒源祥、老凤祥、汇源、东来顺等等,不胜枚举,都体现了企业命名希望兴旺、发达、顺利、昌盛的心态。

二是求新、求奇。新、奇是人们追求的美好共性,在企业命名的文化心态中,也包含了这一点。如:芜湖傻子瓜子、老干妈火锅城、乡巴佬食品、王麻子剪刀等等,这些名称表现出一种新、奇的文化心态,以显示企业的与众不同。

三是求名、求洋。一些企业用人名、洋名来命名,目的是希望企业日后叫响,同时也显示企业的人文背景。如:东坡酒店、李宁运动服、老舍茶馆、莫斯科餐厅、浪莎袜业、飞亚达钟表等。李宁是著名的体操王子,他用自己的名字开办体育运动用品公司,其目的是扩大自己企业的知名度。以外国地名莫斯科命名,体现了50年代中苏友好的一种情结和该餐厅主营俄罗斯大菜的特点。这种求名、求洋的文化心态在企业命名中占有一定的分量。

二、企业命名的艺术手法

在企业命名文化心态的支配下,企业在命名时要经过认真思考,名称既要表达企业的经营特点、经营者的理念、文化特征,还要具有达、雅、响之感,以使名称的内涵得到恰到好处的传达,使名称具有优雅的美态,使名称叫得响亮。具体来说,大致有以下几种。

(一)以诗文命名。诗文命名表现出一种诗情画意的美,或清新婉丽,或浪漫激昂,或明朗通达,或音韵绕梁。如红豆服饰,该企业取材于王维那首家喻户晓的五言诗中的一句:"红豆生南国",诗中的红豆已成为美和爱的象征。"红豆"作为服饰企业的名称,无比贴切和优雅。成功的命名,使该企业的产品和企业声名远扬,使该企业的品牌获得了经典的特殊意义。人们在购买服饰时觉得该企业的产品不仅是单纯遮体、御寒的工具,而且是美的化身、爱的信物。再如上海红霞服装店,取材于毛主席诗句"红霞万朵百重衣",体现了该店擅做女性服装的特点。

(二)以掌故命名。这也是使用较多的一种企业命名形式,耐人寻味。浙江绍兴"孔乙己茴香豆店、咸亨酒店都取材于鲁迅先生的小说。人们到绍兴,都要到咸亨酒店喝几杯黄酒,吃茴香豆,所以该店的生意一直非常红火。

(三)以景地命名。这种命名方法使用较多。用风景区和地区的特点来展示企业的特点,如黄山旅游公司、九华山索道公司、天井湖、五松山宾馆、铜都铜业等。铜都铜业就突出了铜陵古铜都的特点和铜的开采、冶炼及铜产品加工的特色,声名既响又好记。

（四）以顺势命名。市面上流行什么时尚,就以什么命名,顺应时流。杭州娃哈哈,则取之于流行的新疆民歌。在21世纪到来之时,一些企业取名"新世纪"。近些年来,日风韩流盛行。如:铜陵市的丰山三佳、山田三佳,就体现了三佳集团与日本、韩国企业合资的性质。

（五）以逆势命名。即反其道而行之。如果逆得巧妙、逆得高明,能激发人们的好奇心,起到意想不到的效果。像桂林阳朔一家"没有饭店",不是指饭店里什么都没有,而是指没有不好的饭菜,没有欺诈宰客,没有不好的态度,并用中英文标出,引起中外游客的注意,生意兴隆。

（六）以寓意命名。借着名称寓意,来展示行业和企业的思想。做电脑的叫"联想""浪潮",做机械的叫"精达""精工""天工",做纺织的叫"天丝",做建筑的叫"华厦",做出租车的叫"顺达"……举不胜举。我在新疆吐鲁番到过一家维吾尔族饭店,名叫"阿太赤",这是维吾尔语,是"火"的意思,寓意饭店很"火",果真如此,每天都是食客如云。

（七）以外来语命名。改革开放以来,对外交流增多,用英文等外文命名较多。其中最典型和最有影响的是雅戈尔集团。雅戈尔集团的前身是70年代的知青回城就业的小服装厂,现已发展为全国知名大企业。为发扬知青创业精神,将英语"young"（青年）的音译"雅戈尔"作为企业的名称和商品的商标,具有丰富的精神内涵。

还有以动物名、吉祥物名、人名等等命名的,可谓"八仙过海,各显神通"。所以说,企业命名不应拘泥于一法,可以数法并用,也可另用他法,这才能创新发展。

三、企业命名的基本规则和管理

给企业命名,必须了解企业命名的基本规则和管理。

（一）企业名称具有显著的法律特征。一是反映企业法人的人身权,二是具有标识性,三是具有排他性(即专有性)。企业名称一经法律确认,其他企业不能使用、混用、假借和盗用,一旦发生侵权行为,应受到有关法律的处罚。

(二)企业名称的构成要素。企业名称原则上由行政区划、字号、所属行业(或经营特点)、组织形式等四个要素构成,用公式表示为:企业名称 = 行政区划 + 字号 + 所属行业 + 组织形式构成。如:安徽六国化工股份公司,这是较为规范的企业名称,含有企业名称构成的四个要素,同时,企业的字号"六国"又作为产品的商标,这对企业创造名牌商标,扩大企业影响,产生了积极的作用。

(三)企业名称的核定管理。我国是按行政区划分级核定管理。企业名称由国家、省、自治区、市、县工商行政管理部门分级核定管理。这是因为我国地域辽阔,如果不分级核定管理,就必然大量重名,给企业名称造成混乱,不利于保护企业名称专用权和其合法权益。企业只准使用一个名称的原则,也是一种国际惯例。另外,我国法律对损害国家利益、损害社会或公共利益的名称,同世界上一些国家一样,有着限制性的规定。

企业成功的命名虽然重要,但企业主要还是要在企业的管理、产品的质量、市场的占有、售后服务等方面下功夫。只有这样,企业的名称才能真正叫响。这是我最终的认识。

在大连看雕塑

　　漫步在海碧天蓝的大连,到处可见雕塑。那些千姿百态、五彩缤纷的雕塑,在城市的高楼大厦和翠林绿茵之中,起着点景衬景的作用,有着画龙点睛之美。

　　在大连友好广场的中央,我看见一个水晶球雕塑。据介绍,此雕塑建于1996年。水晶球重117吨,直径为15米,表面由3120块镀膜和透明玻璃组合而成。水晶球内有红、黄、绿、彩灯7852只,由计算机程序控制,夜晚变幻着各种绚丽的色彩,能产生旋转的效果。水晶球的下方,托起水晶球的是黄、黑、红、白、棕五种颜色的巨手,它与五大洲不同人种的肤色是一致的,也与中国传统的五色土相对应。这个雕塑象征着改革开放中的大连,在全国人民的支持下,在全世界各国人民的帮助下,全力建设大连这颗北方明珠。这颗熠熠生辉的明珠雕塑,是欢乐、祥和的象征。

　　当我徜徉在大连老虎滩公园时,我被群虎雕塑所震撼。这座全国最大的花岗岩巨型雕塑由曾寄居在安徽的著名画家韩美林设计。群雕高达75米,长36米,由498块花岗岩所成。其中最大的一块重达18吨,雕塑总重2000余吨。形态各异的6只雕塑老虎面向东方,虎虎生威,甚为壮观。特别是虎雕身上那些粗壮雄健的线条,变形的、深沉的、凸出的锻造刻饰花纹,给人一种神秘的威力和神秘的力量。老虎滩的群虎雕塑,也甚为贴切。它反映了大连与老虎的不解之缘,如老虎滩的传说、旅顺港老虎尾的奇特的自然环境,但更寓意着大连宛如雄伟的东北虎,叱咤海口,奔腾向上的气势和雄风。

我们沿着浪漫的滨海路十八盘,盘山而下,来到海之韵广场。一望无垠的蔚蓝色大海上,波光闪烁。习习的海风轻轻地吹动海浪,在山脚下漾动着一条白色的波曲线;吹动着山上的松林,荡动着一片绿色的松涛。听着松林轻涛,闻着海浪击岸,在享受海之韵味的美妙时,我看着海之韵广场上那一组海浪翻滚的不锈钢雕塑,那与真人一样大小的正在垂钓的、坐着下棋的怡然自乐的中老年人雕塑,和正准备下海游泳的、正在打球的全身散发着青春活力的年轻男女的青铜雕塑,我仿佛看见他们全活了。我抚摸着一个小姑娘的雕像,觉得她的心脏在跳动。这活生生地反映了大连人的现代生活,是现实生活艺术的再现。

海之韵广场还有一对男女青铜塑像。我说这是中国版本的亚当、夏娃。雕像全裸,男性显示了粗壮的腰身和结实的四肢,女性突出了饱满鼓胀的胸脯和硕大的骨盆。造型夸张,身形丰腴,神态愉悦。我跑上去,站在两个雕塑中间合影留念。我思索着,为什么在这充满活力的群雕之旁,会设计一组亚当、夏娃的雕塑? 我想,创作者是提醒人们在建设一个现代化的城市时,在享受现代生活的美好时,切不可破坏生态平衡,人类要保护大海、保护环境,只有这样,人类才能美丽而年轻地生存,城市也才能年轻、健康、美丽。

大连的雕塑真多,劳动公园的足球雕塑、星海广场的青铜脚印雕塑等等,它们都反映了大连这座城市的特点和其丰富的内涵,它们好似凝固的音乐;好像立体的画,呈现在人们的眼前。人们透过这个窗口,可以感受到城市的品位,可以看到一个青春飞扬、充满活力的城市,一个有着浪漫风情、亮丽风采的城市,一个拥有无限未来、魅力无穷的城市。

在莫高窟看飞天

在一个仲秋之晨,我们迎着戈壁滩上的习习秋风,去看敦煌莫高窟。

当我们乘车到达敦煌城南 25 公里处的莫高窟时,四周黄沙丘连天的戈壁上,却出现了一块神奇的绿洲。莫高窟前的岩泉河在八九点钟太阳的照耀下,闪金烁银,静静地流淌着。鸣沙山东麓 40 多米高的断崖上,洞窟上下五层,层层排列,好似蜂巢,蜿蜒 1600 多米。依岩所建的五层楼阁,雕梁画栋,如亭翼然。一排排摇着黄叶的白杨,更衬出莫高窟的恢宏、神秘。

据史料记载,前秦建元二年(366 年),有一位名叫乐樽的和尚云游到此,看见鸣沙山对面的三危山上金光万道,为千佛状,遂架空镌岩,开出第一个洞窟,在此坐禅修行。后来,不仅和尚在此开窟修行,普通人为了表达对佛的虔诚,也在这里开凿洞窟,并在洞中雕塑佛像、画出壁画,以供顶礼膜拜。从乐樽和尚开始,经南北朝、隋、唐至元等朝代,经过 1000 多年的开凿,洞窟已有 1000 余窟,经过人为和自然的破坏,至今仍存 492 个,其中有彩塑 2400 多身,壁画 4.5 万平方米,成为世上规模最大的佛教艺术宝库,成为敦煌的象征。

我随着敦煌市工商局的王主任,从阳光明亮的外面,走进少有阳光的洞窟,一瞬间眼前一片漆黑,就如迈进了时光隧道,开始与公元 4 世纪起的历史对话。王主任按亮了随身所带的手电,慢慢地环绕洞窟四周介绍着说:"敦煌是丝绸之路上的明珠,莫高窟是明珠上的明珠。你们看那辉煌的壁画。"

我仰着头，随着手电的光柱，环视着那斑驳的壁画，看不出其艺术之精美、内容之精深。王主任好似看透了我的心思，他不紧不慢地说："莫高窟的壁画，关键在于它绘出了历史的辉煌。它除了大量反映佛教史迹、经变、神话、供养人等题材外，还有生动的劳动场面、社会生活情景和历史人物活动的描绘。它还有历代各族各类人物的衣冠服饰资料和音乐、舞蹈、美术等各类古代艺术的资料。"听后我似有所悟。

在这些壁画中，我所见、所悟最多的莫过于飞天。

在参观第 320 号洞窟时，我问王主任："我们现在所看见的剪纸飞天、装饰性图画中的飞天，都源于莫高窟中的飞天吗？"

"可以这样说。"王主任的回答很肯定。

飞天又叫"香音神"，是天歌神和天乐神的合称。她们的职能是以歌舞、散花来侍奉佛，同时能散发奇妙的香味。莫高窟集我国飞天之大成，在 492 个洞窟中，飞天总计有 4500 多身，大的有 2 米多长，小的有几厘米。在我所看见的洞窟壁画中，可以说飞天是无处不在，从佛龛的内壁、窟顶、四壁到甬道，都可以看到飞天的踪迹。她们有的手捧花蕾，直冲云霄；有的横跨长空，势若流星；有的缓缓下落，撒下鲜花；有的悠闲遨游，身轻如燕；有的反弹琵琶，分外妖娆。这些飞天在自由地飞翔，真有"天衣飞扬，满壁风动"的效果。

我们走到最能代表唐代风格的飞天壁画前，王主任说："莫高窟的飞天反映了不同时代的特点。莫高窟早期壁画中的飞天受西域影响，头戴花蔓冠，身体强健有力而稍显僵直，风格古朴，有一种沉重感。北魏时期受中原风格影响，飞天身体变得轻柔、苗条、飘逸。隋朝的飞天注意到人物的协调，并利用飘带来表现飞行的动态。唐朝发展到高峰。"他用手电指着壁画上的四身飞天说，"这是唐代飞天的代表作。这四身飞天，两人一组，呈对称状。从右边一组来看，前边那一身飞天在向前飞行时扭身向后，手中拿着花朵，似在散花，又似在戏弄后面的飞天。后面的飞天则张开双臂，聚精会神地向前，似乎在追赶前面的飞天。前面的飞天双手并举，显得舒缓轻曼，后面的飞天做蹬腿状,似在使劲,显得急促有力。这一缓一急、一柔一刚,和谐统一。飞天周围的云气纹和飘飘的彩带,都在表现着轻曼与急促的对比,增强了飞翔的动态,显示出唐代飞天的优美造型和高超艺术。"

　　这真是外行看热闹,内行看门道。此时,我对那些斑驳的壁画和飘逸的飞天有了活生生的理解。我提出了一个问题:"西方壁画中的小天使和莫高窟的飞天有何不同?"王主任说:"西方壁画中的小天使没有脱离现实生活的影响,它长了一对翅膀,像鸟儿一样飞翔。而莫高窟的飞天,只凭几根薄薄的飘带和翻滚的云纹线,却表现出飞得那么轻盈自在,使人感到有一种内在的力量,是一种精神中的念想,这比长着翅膀的小天使更富于想象力,给人以更美的享受。"我笑着说:"王主任,你对莫高窟真熟悉,你对飞天的研究真是学贯中西,是个'飞天通'了。"

　　看着这凌空飞舞的飞天壁画,听了王主任的解说,我眼前出现了在当今舞台上最为盛行的歌伴舞。歌者如醉如狂,舞者裙衫飘飘,灯者光彩熠熠,给人一种长空当舞、满台飞动之感。这种艺术形式也许是取之于莫高窟飞天的表现手法,但又有着创新与发展,可以叫作古为今用吧!

铜都大道的旋律美

铜都大道很美,尤其是它的旋律美。特别是乘车下了笔直的合铜高速,行上长虹卧波的长江大桥,经过山水之门雕塑,驶上铜都大道,感受尤为深刻。

铜都大道是铜陵市一条贯穿南北的城市大道,全长约18千米,宽48米,双向六车道,两侧设隔离带和绿化带、慢车道和行人道、雕塑壁、候车亭。大道宽阔、流畅、舒展、空旷。它是铜陵市的一条迎宾大道、生态大道、景观大道,是铜陵市第一路。

个个音符排列组合,构成悦耳动听的音乐,才能产生旋律美。千奇百怪的线条也能给我们展示无穷的造型变化和魅力。直线和曲线的完美、和谐结合,构成了流线的旋律美。这也是人类认识自然、学习自然和改造自然的能力和理想。铜陵市依长江而建,处山水如画之江南,被誉为"山水生态古铜都"。铜都大道沿线多为丘陵岗地,地形波状起伏,有郁郁葱葱的高山,也有波涛滚滚的长江,还有雄伟壮观的现代工业景观。铜都大道的线型是根据道路两边的地形、地理环境特点来设计的,充分利用道路两旁的自然景观和生态环境,直如赛场百米跑道,弯像柳眉初月。它顺山势而起舞,沿江河而蜿蜒,穿行于青山绿水之间,像一条飘逸在大地上的黑绸带。大道的线型是结构美、曲线美、自然美的有机结合,宛如一首有着优美旋律的歌。

铜都大道的线型充分利用了自然、生态景观,但它的"曲尽其妙"之处还在于在人文景观上下功夫。大道两旁依山而建的六块大型青铜雕塑和山水之门的造型,无不表现了铜陵市深厚的铜文化的历史底蕴,也表现了铜陵人民改革开放的精神风貌。青铜雕塑那奔流的铜水、飞溅的铜花、奔驰的铜车马、扬帆的航船、戏水的白鳖豚、高大的铜鼎、抑扬顿挫的编钟……它们的直线是那么刚毅,曲线是那么圆润,这些线条的美妙结合,使人觉得它们与大道融为一体,使人感受到节奏和韵律。

每当华灯初上,高达 11 米的白色灯杆上,两排柔和的白色灯光,沿着大道的走线,时高时低,时起时伏,时直时曲,好似一条天上的灯道。它们与汽车强烈的光柱、青铜壁射灯发出的金色的光芒,融成了一体。天上人间,用光的语言,在弹奏着动人的乐曲,回旋着优美的旋律。

铜都大道处处洋溢着充沛的活力,流淌着生命的节奏,产生着和美的韵律。它有春花秋月之韵、夏日冬雪之情。人在车中坐,车在画中行。每辆车都是一个流动的音符,每个人都是一个高超的乐师,他们和铜都大道都在演奏着新世纪高昂的乐章,它的旋律美永远使人奋勇向前。

我爱铜陵商城人民市场

近些年来,因工商工作关系,我对逛市场有着特别的兴趣。每次在国内出差、出国,我都尽可能去市场转转,这成为我工作和生活中的癖好。在我所看国内外无数的市场中,我对铜陵商城人民市场感情尤为突出。

商城人民市场是商城首期工程,是以家得利超市为中心的一组恢宏建筑群。市场面积达 12000 平方米,有 1200 个摊位、100 间门面房。宽阔的纵横大道和以块为主的摊位,使市场显得十分整洁、宽敞、美观、大方。市场设有蔬菜、瓜果、家禽、水产、肉类、干杂货、生活和日用工业品等经营区。市场每年成交量 18000 吨,成交额 1.8 亿元,日人流量达 3.5 万人(次)。这样大的厅式集贸市场,在全省都属首创。我看它如同看着自己的孩子,因为,它的出生规划、摊位设计、开业经营,都凝聚着商城业主、建设者和我们工商人员的经验、心血和汗水。

走在市场中,我能看到一年四季的色彩。那绿茵茵的青菜、芹菜、菠菜,红彤彤的西红柿、辣椒、胡萝卜,紫色的茄子、洋葱,还有那淡红色的山羊肉、暗红色的绵羊肉、深红色的牛肉,更有那红白相间的新鲜猪肉等。这些蔬菜、肉类,赤橙黄绿青蓝紫的色彩我一看就爱,它们是自然之美,是任何画家都无法调出的色彩。我好像走进春天姹紫嫣红的世界,这是彩色的市场。

我来到水产、家禽经营区。一长溜摊位上摆满了鱼盆,盆里有鲫鱼、鲤鱼、鳜鱼、鲶鱼、鳝鱼、老鳖等。一对母女正在选购鲫鱼,女孩子捉鱼时溅起的水花和姑娘的笑脸构成生动的生活美景。我看见民营企业养鸡大户小孙正在摊位上上鸡。我问他："生意怎么样？"他满脸微笑告诉我："生意不错。"接着，他向我介绍各种不同的鸡，有三黄鸡、乌骨鸡等等，脸上充满自信与豪情。他还说："因市场行情不错，还要扩大经营规模。"人们捉鸡时鸡的叫声、砍价声……各种各样的声音，好像在演奏一首美妙的交响乐，构成了一种鲜活、灵动、繁荣的交易场景。这是鲜活的市场。

　　每当我工作检查和闲暇逛商城人民市场时，我总要到熟食个体经营户党员王大姐摊位前，与她聊聊。她告诉我："工商和联发置业都很重视市场诚信建设。工商部门加大了对掺杂使假、哄抬物价、卖注水肉，使用激素等不法行为的打击，实行了猪肉入市登记管理，并实行摊群长管理制度等，为经营者和消费者创造了良好的环境。"我看到工商干部老刘巡查市场时，问他："市场投诉情况怎么样？"他笑着说："现在很少。"我说："必须把商城人民市场建成诚信市场、精品市场。"

　　我走在铜陵商城中，好像漫步在城市花园里；我走在商城人民市场中，犹如徜徉在都市乡村里。它给我带来城市现代化的信息及美感，也给我带来田间地头的乡情和温馨。

　　铜陵商城和商城人民市场如同初升的太阳，每天都是新的，它如太阳那样红艳、炽热、灵动、繁荣。

　　我爱铜陵商城，我更爱商城人民市场。